AF199758

Gewidmet all jenen, die noch an

das Überleben der Menschheit glauben.

Geben Sie sich keinen Illusionen hin.

Dummheit ist tödlicher als Waffen.

Beides geht in einer unheil-

vollen Allianz

einher.

prost Mahlzeit!

Dies ist eine zeitgenössische Satire –
kein Kochbuch!

von

GÜNTHER JURIS

Bibliografische Information der Deutschen Nationalbibliothek:
Die Deutsche Nationalbibliothek verzeichnet diese Publikation
in der Deutschen Nationalbibliografie; detaillierte bibliografische
Daten sind im Internet über http://dnb.de abrufbar.

Herstellung und Verlag:
BoD – Books on Demand, Norderstedt

ISBN: 978-3-7504-9323-0

Umschlaggestaltung: Günther Juris

Vorwort

In einer Zeit, in der die Präsidenten zweier Supermächte das Geschehen auf dem Planeten bestimmen, mischen sich ab und zu ein paar Machthaber kleinerer unbedeutender Staaten ein und wollen ein paar Takte mitschnabeln. Diese kleineren Staaten befinden sich genau dazwischen, und ihre Präsidenten und Präsidentinnen schütteln beinahe täglich den Kopf über das, was die beiden anderen so aushecken. Es bereitet denen anscheinend Freude, alle anderen um sich herum zu foppen, weil sie sie für bescheuert halten (manchmal zu Recht).

Die beiden großen Länder, die Ostland und Westland heissen, sind so groß, dass sich ihre Präsidenten einbilden, tun und lassen zu können, was immer ihnen beliebt. Und wenn man ein bisschen hinter die Kulissen blickt und sich mit der Vergangenheit dieser Männer vertraut gemacht hat, wird einem klar, warum der Himmelskörper, auf dem sie agieren, so ist, wie er ist und deshalb nicht mehr lange Bestand haben kann. Es sei denn, die beiden werden möglichst bald abgelöst.

Die Figuren dieser Geschichte sind frei erfunden. Das muss ich aus rechtlichen Gründen so schreiben, obwohl es nicht stimmt. In Wirklichkeit sind alle Namen und die

Typen dahinter korrekt und genau so in den Fels der Geschichte eingemeißelt.

Ein Rätsel bleibt jedoch, und es will nicht einleuchten, warum zwei solche Chaoten an der Spitze zweier Großmächte von ihren Völkern geduldet werden. Auch wenn man die Tatsache ins Feld führt, dass mindestens die Hälfte eines jeden Volkes gaga ist, ist es dennoch verwunderlich, dass es solche Leute immer wieder schaffen, in die höchsten Ämter gewählt zu werden. Wenn auch zu befürchten ist, dass heutzutage in diesen Fällen nicht mehr das Volk darüber entscheidet, sondern gut ausgebildete Helferlein, die letzten Endes dafür sorgen, dass jede Gesellschaft (vorwiegend der Gaga-Anteil) erfährt, was oder wer gerade „in" ist. Die sozialen Medien, über die 99 Prozent der Menschen erfahren, wie sie zu denken und zu agieren haben, sorgen dafür, dass die Welt nicht führerlos wird, und wirklich jeder das Richtige tut. Der klägliche Rest, der keine Ahnung hat und am Ende gar instinktiv vernünftig handelt, kann da nicht mitreden. Er beobachtet aus der Ferne, wie die Lemminge einer nach dem anderen zu den Klippen pilgern, um sich dort ins Ungewisse zu stürzen. Gott sei Dank gibt es aber noch so viele pragmatisch Handelnde, dass eines Tages mit einem Neuanfang begonnen werden kann. Jedenfalls ist das meine Hoffnung. Der *große Geist,* der für dieses Dilemma verantwortlich ist, weil er nicht vorhersehen konnte, was geschehen wird, wenn einigen Lebewesen ein Gehirn eingepflanzt wird, mit dem man nicht nur denken kann, sondern auch sollte, er muss das nächste Mal ein anderes Konstrukt entwerfen.

Da fällt mir ein, dass ich heute im Internet auf einen Gag aufmerksam wurde, der sich „Kiki-Challenge" nennt, wobei der Fahrer oder die Fahrerin eines Autos, noch während dieses rollt, herausspringt, auf der Fahrbahn prähistorische oder moderne Tänze aufführt und sich dabei vom Beifahrer filmen lässt. Dabei werden manche bereits beim Herausspringen vom eigenen Auto erfasst oder vom Gegenverkehr überrollt, den sie übersehen haben. Oder sie knallen gegen einen ebenfalls übersehenen Laternenmast.

Vor solchen Errungenschaften sollte meiner Ansicht nach nicht länger gewarnt werden, denn sonst verzögert sich der Neubeginn der Menschheit und wird unnötig nach hinten geschoben.

Eine Gesangskünstlerin, die sich der Gaga-Bewegung sehr verbunden fühlt, hat extra ihren Namen in „Madame Gaga" umgewandelt und diesen als Künstlernamen angenommen. Ihre Rechnung war wohl, dass ihre Follower (Hinterherrenner) mindestens die Hälfte der Welt ausmachen würden. Und da hatte sie gut gerechnet mit der Zunahme der Gaga-Mehrheit, zu der es zwangsläufig kommen musste, weil sich Gaga-Leute wie die Kaninchen vermehren. Wohingegen der intellektuelle Anteil jeder Bevölkerung immer mehr abnimmt.

Umfragen seriöser Agenturen haben ergeben, dass diejenigen, die selbstständig denken können, immer seltener bereit sind, Kinder in diese Welt zu setzen.

Für all die zuletzt genannten, die das Pech haben, in einer solchen Zeit leben zu müssen, mag es vielleicht tröstlich sein, hier die Erklärung zu finden, wie es dazu kommen konnte. Die Lebensgeschichten zweier Präsidenten, die von den Umständen profitieren, weil sie sonst keine Präsidenten geworden wären, werden in diesem Buch erzählt. Ebenso die gegenwärtigen politischen Fehlleistungen von weniger wichtigen Präsidenten, deren Ergeiz dem der anderen aber in nichts nachsteht. Und aller Lemminge, die nur mit zwei Beinen und einem beschädigten Gehirn ausgestattet wurden und sich nicht als Lemminge sehen, sondern sich anmaßend als homo sapiens, quasi „die Krone der Schöpfung", begreifen.

Erde und Erdi

Zunächst stutzt man, wenn man diese drei Wörter nebeneinander stehen sieht. Mir ging es ebenso, aber dann wurde ich neugierig, was es damit auf sich hat.

Erklärt haben es mir zwei meiner besten Freunde, die sich in ihrer Freizeit mit Astronomie beschäftigten. Gali Gallili behauptet, er sei italienischer Herkunft, und von Niki Koperni weiß keiner, wo der herkommt. Beide weihten mich in ihr Geheimnis ein, an dem ich nun auch Sie teilhaben lassen möchte – mit der Erlaubnis meiner beiden Freunde natürlich, das versteht sich von selbst. Bei Gali bin ich mir nicht so sicher, ob seine Angaben stimmen, denn mir scheint, er bringt Ereignisse durcheinander und vor allem die Zeiten und Örtlichkeiten, wann sie sich wo ereignet haben. Manchmal kommen mir die zwei vor, als wären sie von einem anderen Stern, was natürlich Unsinn ist, aber weiß man`s? Sie wissen sehr genau, was sich dort abspielt, und normalerweise haben Astronomen davon keine Ahnung.

Sie erzählten mir völlig glaubwürdig von einem Planeten, den sie entdeckt und Erdi getauft haben. Erdi deshalb, weil er bis auf ein paar Kubikmeter völlig identisch mit der Erde ist, auf der wir leben. Auch die Verschiebungen der Erdplatten und Kontinente stimmen überein. Was mich außerdem an ihrer Geschichte hellhörig gemacht hat, ist der Umstand, dass sich auf der Erdi die Doppelgänger der Erdenmenschen herumtreiben und völlig irrsinnige Handlungen hinlegen, die aus unbekannten Gründen das Geschehen auf der Erde nach sich ziehen, ohne dass wir hier das Geringste dagegen tun können. Laut ihrer Erklärung befindet sich der Planet Erdi genau gegenüber unserer Erde in der gleichen Umlaufbahn um die Sonne, jedoch hinter ihr, so dass wir ihn nicht sehen und auch seinen Polizeifunk nicht mithören können. Außer Gali Gallili und Niki Koperni ist noch kein Astronom auf die Erdi aufmerksam geworden. Vielleicht erfahren wir ja, wie den zweien das gelungen ist – aber wenn überhaupt, dann später.

Bemerkenswert und nachvollziehbar an ihrer wahren, von mir chronologisch aufgezeichneten Geschichte ist auch, dass bei den Menschen, die denen auf der Erde aufs Haar gleichen, am Ende ihres Namen oftmals ein *i* steht (z.B. Kimi Jongi Uni aus Nordkori). Genauso bei den Ortsnamen, die ebenfalls fast immer ein *i* am Ende stehen haben (z.B. Neu Yoki). Das erleichtert es Ihnen, die geographischen Lokalitäten zu identifizieren und auf unserem Globus zu finden. Vorausgesetzt, Sie haben in der Schule in Geographie besser aufgepasst als Dagobert Dumpf, der momentane Präsident von Westland, der von Erdkunde so viel Ahnung hat wie ein Nashorn vom Kuchenbacken. Er deutet immer in die falsche Richtung, wenn er von einer Stadt oder einem Land spricht, über die bzw. das er sich gerade ärgern muss. Wundern Sie sich also nicht, wenn es gelegentlich konfus zugeht und Sie glauben, dass sich dies oder jenes unmöglich auf der Erde zugetragen haben kann, weil es an Irrsinn nicht mehr zu überbieten ist.

Meiner Meinung nach ist es völlig undenkbar, dass solche Knalltüten, wie es sie auf der Erdi gibt, auch auf der Erde eine Chance hätten, ungestraft ihr Unwesen zu treiben. Da aber auf der Erdi scheinbar alles möglich ist (zum Beispiel Küken schreddern), kann sich das auch nur dort zugetragen haben. Und da ich mich in meiner Niederschrift der Ereignisse nur mit prominenten Fuzzis befassen konnte, die hauptsächlich in der Politik, beim Sport und allen einzig wahren Religionen ihr Unwesen treiben, wird Ihnen so manches Ereignis bekannt vorkommen, und es wird Ihnen jeweils ein Pendant dazu auf unserer Erde einfallen.

Völlige Verdummung scheint es also auf allen Planeten zu geben, auf denen Leben möglich ist.

Ein wirksames Mittel gegen Dummheit gibt es leider bis heute nicht, obwohl es für die Pharmaindustrie eine tolle Herausforderung wäre, eines zu finden. Andererseits würden die Leute eine solche Pille nicht kaufen, weil nur die anderen dumm sind – man selber ja nicht. Das ist wie bei den Autofahrern. Nur die anderen sind zu blöd zum Fahren. Man bekommt gar nicht mehr beide Hände ans Lenkrad, weil man ständig nach allen Richtungen den Vogel zeigen muss. Leider kommt an dieser Stelle heutzutage immer öfter der ausgestreckte Mittelfinger zum Einsatz. Hier kann man am besten den Verfall der Werte und die Verrohung der Sitten beobachten.

Bei diesem Gedanken fällt mir vorweg das Erlebnis mit einem Geisterfahrer ein, der in meinem Beisein zum Polizisten sagte: „Von wegen falsche Richtung! Wissen Sie überhaupt, wo ich hin will?"

Ach ja, zum Thema Verkehr ein weiterer kurzer Beitrag, der auch ganz gut hierher passt:

In der englischen Hauptstadt London hat kürzlich ein

Autofahrer einen blinden Fußgänger, der sich bereits auf dem Zebrasreifen befand, beinahe umgefahren. Er blieb erst nach dem Fußgängerüberweg stehen, weil er bemerkt hat, dass der Stock des Blinden sein Auto berührte. Wutentbrannt sprang er aus seinem Wagen und prügelte auf den Begleiter des Blinden ein, weil der seiner Meinung nach besser auf den Behinderten hätte aufpassen sollen. Wenigstens hat er nicht den Blinden vermöbelt. Was vielleicht geschehen wäre, wenn der alleine unterwegs gewesen wäre. Wer weiß das schon?

Fest steht jedenfalls, dass es allen in diesem Buch skizzierten Politikern schwerfallen würde, selbst bei einem der vielen Schaustellerbetriebe auf dem weltberühmten Volksfest der Bavariaris im Oktober eine Beschäftigung zu finden, nicht einmal als Karussellbremser. Sie konnten praktisch nur in der Politik Karriere machen. Es blieb ihnen gar nichts anderes übrig! Dort treffen tagtäglich ungelernte Kräfte aufeinander, die es versäumt haben, einen Beruf zu erlernen und so ihrem Leben einen Sinn zu geben. Sie haben lieber Jura studiert, und wenn`s hoch kommt vielleicht noch Politische Wissenschaften, das war nicht so anstrengend und kam ihrer hinterfotzigen Wesensart mehr zupass. Da mussten sie sich nach der Arbeit auch nicht die Hände waschen.

Nun überlasse ich es ihnen, welchem Planeten und seinen Bewohnern Sie welche Ereignisse zuschreiben oder zutrauen wollen. Dabei spielt es keine Rolle, wenn Sie gelegentlich durcheinander kommen. Ist mir auch passiert!

Apropos Berufswahl. Vorgestern, als ich mir beim Metzger zwei Leberkäs-Semmeln für die Brotzeit holte, wurde ich unfreiwillig Zeuge, wie sich zwei Mütter hinter mir in mittlerer Lautstärke über die Zukunft ihrer Spröss-linge Gedanken machten. Bei denen soll es bald mit einer Lehre losgehen.

Die eine, die Dicke, sagte: „Wir haben uns überlegt, ob wir den Ludwig nicht Metzger werden lassen, der mag doch die Viecher so gern."

„Das ist eine gute Idee", sagte die Dünne, „unsere Lena will ja partout Freudenmädchen werden!"

Darauf die Dicke: „Das ist auch eine supi Idee, die hat ja schon als Kind immer so gern g`lacht!"

Los geht es mit:
Der-schon-bald-Präsident
von Westland

Am 1. April des Jahres Soundsoviel wurde der spätere Präsident von Westland auf der anderen Seite der Grenze Westlands geboren, in einem schrecklich armen Land in einer noch ärmeren Region, wo es keine Arbeit und nichts zu Essen für die Menschen gab und sie deshalb einer nach dem anderen versuchten, über die streng bewachte Grenze nach Westland zu gelangen. Dort erwartete sie für wenig Lohn die Drecksarbeit, die dort keiner verrichten wollte. Dafür wurden sie nicht selten von ihren Herrschaften beschimpft, bespuckt und sogar geschlagen. Das alles nahmen sie jedoch in Kauf, denn sie folgten dem westländischen Traum „vom Scheißhausputzer zum Millionär". Dieser Traum, von dem sie wussten, dass er sich schon ein paar Mal erfüllt hat, hatte sich so sehr in ihre Gehirne eingebrannt, dass es unmöglich war, sich ihm zu verweigern. Dafür nahmen sie alles hin, auch jede mögliche Variante von Demütigung, denn sie wussten, dass sie es nur hier zu etwas bringen konnten, vorausgesetzt sie hielten durch.

An jenem 1. April, als Ramos Dumpf seinen Sohn erstmals schreien hörte, legte er das alte zerfledderte Micky-Maus-Heft beiseite und lauschte den Tönen, die der Junge von sich gab. Sie schienen Verdruss im Gepäck zu haben. Seine sechs anderen Kinder haben ganz anders geschrien, moderater, wie ihm schien. Egal, die Vorbereitungen für seine Flucht nach Westland waren so weit gediehen, dass er sich in den nächsten Tagen, zunächst noch ohne Familie, hinübermachen (das ist ein beliebter Ausdruck aus einem der Dazwischenländer, als es noch nicht wiedervereint war) wollte. Bald würde er Frau und Kinder nachholen. Sein Vetter, der schon zwei Jahre in Westland lebte, hat bereits Quartier und Arbeit für ihn besorgt, so dass er gleich loslegen und ein nützliches Mitglied der Müllbeseitigung und somit der westländischen Gesellschaft werden konnte.

Den neuen Sohn, den er wegen seiner abgöttischen Verehrung Walt Disneys „Dagobert" nannte, holte er mit seiner Frau als erstes nach Westland. Die anderen Kinder blieben vorerst bei der Familie seines Bruders. Dessen Frau konnte keine eigenen Kinder bekommen und sie waren deshalb voller Glück ob dieser Konstellation.

Ramos Dumpf, dessen Vater aus einem fruchtbaren Land jenseits des östlichen Ozeans (Atlanti) stammte, in dem gefüllter Saumagen gegessen wird, hatte eines Abends nach dem Genuss einer Flasche Tequila eine Vision, in der sein Sohn Dagobert eines Tages im Geld schwimmen würde, so wie es ihm sein Namensvetter aus den Comics vorlebte. Das war auch der Grund, warum er gegen den Willen seiner Frau und den Willen der restlichen Familie, sogar den Willen des ganzen Dorfes, diesen Namen durchsetzte. Egal, wenn er erst in Westland war, dann hatte der Junge mit dem klangvollen Namen bessere Chancen. Dass jedoch das Handeln eines

Mannes oftmals anders bewertet wurde als sein Name und sein Gequassel, darüber hatte er sich noch keine Gedanken gemacht.

Dagobert Dumpf wuchs schnell heran. Seine beachtlichen sportlichen Leistungen machten die Direktoren verschiedener Universitäten auf ihn aufmerksam, was ihm eine Berufung in das Footballteam der weniger bedeutenden Universität Hillbill einbrachte. Der Direktor förderte ihn bei jeder Gelegenheit. Denn er wurde durch ihn immer wieder an seine eigene Jugend erinnert, als er in ärmlichsten Verhältnissen aufwachsen musste und sein Vater wegen seines schwarzgebrannten Whiskys für oftmalige Umzüge zu unpassenden Zeitpunkten verantwortlich war. Immer dann, wenn wieder eine seiner Destillen ausgehoben und niedergebrannt wurde. Dass Ramos Dumpf bei der Einschreibung seines Sohnes im Sekretariat des Direktors einen Geschenkkorb mit ein paar Flaschen des eigenen Selbstgebrannten hinterlegt hatte, half ebenfalls, worüber aber kein Aufhebens gemacht wurde. Die rote Nase des Direktors gab allerdings Zeugnis davon, dass ihm in der Folgezeit die monatlichen Lieferungen Ramos Dumpfs nicht zuwider waren.

Sorgen machte sich der Direktor gelegentlich wegen der ungewöhnlichen Art und Weise, wie sich Dagobert mit Lügen und hinterfotzigen Aktivitäten unzählige Vorteile verschaffte, die seinen Kommilitonen in ausnahmslos allen bekannt gewordenen Fällen schadeten (auch in den nicht bekannt gewordenen). Immer wieder mogelte er sich mit kleineren und größeren Betrügereien durch das Studienjahr.

Irgendwann hatten diese Gaunereien ein Ausmaß angenommen, das nicht länger toleriert werden konnte, und so wurde er von der Uni verwiesen, sehr zum Leidwesen des Direktors, der überstimmt worden war. Aber nur zu dessen Bedauern. Alle anderen atmeten auf.

Das war für Dagobert aber nicht so schlimm, denn den Handlanger bei seinen Aktionen hatte es ebenfalls zerbröselt. Der musste auch das Feld – besser gesagt, das gemeinsame Zimmer räumen.

Es war jedoch der Startschuss zu einer unglaublichen Entwicklung und einer atemberaubenden Karriere. Dagoberts Vorbilder dafür waren ein Typ, der eine Eisenbahn quer durch Westland gebaut hatte und ein anderer, der einer Organisation angehörte, die sich Maffi nannte, und der es als deren Pate zu Reichtum und Ansehen gebracht hatte. Allerdings auch zu einer Bleivergiftung (er starb im Kugelhagel der Konkurrenz). Aber das war das Risiko des Ruhms, soviel wusste Dagobert Dumpf aus der westländischen Geschichte. Keinen Schimmer hatte er jedoch vom Berechnen von Risiken und den Folgen unüberlegter Handlungen. Das gehörte nicht zu seinen Stärken. Dafür konnte er Fußball spielen.

Den abenteuerlichen Weg seiner Idole würde nun auch Dagobert einschlagen, denn er fühlte sich ihnen verstandesmäßig ebenbürtig, wenn nicht gar überlegen; nicht wissend, dass die beiden es mit unternehmerischem Geist und überragender Intelligenz zu etwas gebracht hatten, und nicht nur mit hinterhältigen Methoden und zwielichtigen Machenschaften (außer dem Maffiboss diesmal), bei denen es immer einen Verlierer gab. Egal, solange nicht er der Verlierer war, war alles in Butter.

In den vergangenen Ferien hatte er sich ein paar Mal auf dem Bau verdingt. Er war kräftig und konnte sich dort ein bisschen Taschengeld verdienen. Bei Gesprächen, die seine Bauleiter mit Kunden führten, erfuhr er viel über das Geschäft und die Verstrickungen, die manchmal so undurchsichtig waren, dass er Probleme hatte, sie zu durchschauen. Aber dafür hatte er seinen

17

Handlanger, der ihn fortan bei seinen Lauschangriffen begleitete. Sie brachten sich geschickt in gute Positionen und erfuhren nach und nach, wie man andere auf noch elegantere Weise, als ihnen bis dahin bekannt war, aufs Kreuz legen konnte. Und dabei musste man noch nicht einmal damit rechnen, ins Kittchen zu wandern, denn alles war legal. Ein tolles Land, dieses Westland. Seinem Vater war er so dankbar dafür, dass er mit seiner damaligen Flucht alles richtig gemacht hatte. Ihm selbst und seinem Mittäter, der ihm ab jetzt nicht mehr von der Seite weichen sollte, boten sich ungeahnte Möglichkeiten. Er brauchte nicht einmal eigenes Kapital. Nur ein paar frisierte Bilanzen, für die sein Helferlein schon bald darauf sorgte. Der hatte in Buchführung in der Schule gut aufgepasst, es war sein Lieblingsfach.

Nach einem Vierteljahr war von ihm ein überaus rentables Firmengeflecht konstruiert worden, das jeden Banker davon überzeugen musste, in Dagobert Dumpf einen kongenialen Partner gefunden zu haben, dessen Seriosität auf Jahre hinaus nicht versiegende Geldströme versprach. Banken auf der ganzen Welt rissen sich schon bald darum, Dagobert Dumpf als Geschäftspartner zu gewinnen.

Vergessen war bei ihm die Abwandlung seines Namens, unter der er während seiner Schulzeit gelegentlich gelitten hatte. Der Zusatz „backe" an seinem Familiennamen war für alle Zeit getilgt. Denen, die davon reichlich Gebrauch gemacht hatten, würde er es zeigen.

In den nächsten vierzig Jahren wurde er mit Krediten zugeschissen, die zu bedienen er schon bald nicht mehr in der Lage war. Die externen Handwerker, die er mit Aufträgen überhäuft hatte, wurden von ihm nicht mehr bezahlt oder nur mit einem kläglichen Teil abgespeist. Dazu wandte er immer die gleiche Masche an, die von

Anfang an so gut funktioniert hatte. Er beanstandete die Arbeit der von ihm engagierten Firmen als minderwertig oder fehlerhaft und weigerte sich danach, die restlichen Zahlungen zu leisten. Weil durch die wachsenden Außenstände deren Mitarbeiter nicht bezahlt werden konnten, musste ein Betrieb nach dem anderen dicht machen. Dagobert Dumpfs gewitzte Anwälte sorgten dafür, dass durch langes Hinauszögern den Handwerkern die Luft und schließlich das Geld ausging. Sie mussten Insolvenz anmelden und er war fein aus der Sache raus. Der volkswirtschaftliche Schaden, den er dabei anrichtete, war immens. Später, als er Präsident war, brüstete er sich damit, Arbeitsplätze geschaffen zu haben, wie kein anderer Präsident zuvor. Mit seiner Politik war es jedoch gelungen, genau das Gegenteil zu erreichen. Es gelang ihm noch nicht einmal, wenigstens die Arbeitsplätze wieder zu beschaffen, die er zuvor persönlich vernichtet hatte.

Nach seiner Wahl zum Präsidenten von Westland war er als Geburtshelfer des Begriffes *Fake-News*, was so viel wie *Erstunken und Erlogen* bedeutet, in Erscheinung getreten. Ein wunderbares Mittel, um ein ganzes Land zu verunsichern und ins Chaos zu stürzen. Keiner wusste mehr, was wahr war und was nicht. Er schaffte es in Rekordzeit, alle Medien zu verunglimpfen, so dass kein Mensch mehr glaubte, was er da las oder in den TV-Nachrichten sah. Er tat jede Meldung, die ihm nicht zum Vorteil gereichte, als Falschmeldung ab und behielt somit stets eine weiße Weste.

Vorher noch kam der Präsident von Ostland ins Spiel und lief zu einer grandiosen Form auf. Aber das kommt etwas später. Zunächst soll noch ausführlicher von Dagobert Dumpfs Lebensphilosophie berichtet werden. Wir wollen ihn ja erst ein wenig besser kennenlernen.

Dass er weder bei Handwerkern noch bei Banken seinen Verpflichtungen nachkam, störte das Volk von Westland nicht. Dieses Volk war inzwischen weit mehr als zur Hälfte Gaga geworden. Ihr künftiger Leader hatte sich deshalb zu einem grandiosen Showman entwickeln können, der in den Klatschspalten für unbegrenzte Unterhaltung sorgte. Fast täglich tauchte sein Name im Zusammenhang mit feudalem Lebensstil auf, an dem alle Mitbürger seines Landes künftig teilhaben werden, dann, wenn er erst der Präsident Westlands sein würde. Jedenfalls versprach er das beinahe täglich, spätestens wenn ihm ein Mikrofon gereicht wurde und er von dessen Macht Gebrauch machen konnte. Dabei erweckte er den Eindruck, dass ihm und nur ihm zu verdanken ist, dass Westland zivilisiert und von den Ureinwohnern befreit werden konnte. Was zeittechnisch gar nicht möglich war. Er verbarg, wenn ihm das wieder einmal vorgerechnet wurde, nicht, dass er garantiert dabei gewesen wäre, als vor mehr als hundertfünfzig Jahren den stolzesten Völkern, die die Welt je gesehen hat, die Lebensgrundlage entzogen und auf diese Weise der Garaus gemacht wurde. Und zwar von Leuten seines Kalibers, die es schon damals im Überfluss gegeben hat. Leute, die aus Habsucht Büffel töteten, mit dem festen Vorsatz, die Ureinwohner so von der Bildfläche zu tilgen. Unzählige Säuberungsaktionen, in deren Verlauf Frauen, ihre Kinder und alte Menschen abgeschlachtet worden sind, wurden als von Gott gewollt oder von ihm ausdrücklich begrüßt oder zumindest gebilligt, verkauft. So bekam jedes Massaker einen legitimen Anstrich. Verträge, die mit den edlen Menschen, die sich mit Federn von Adlern schmückten, abgeschlossen wurden, sind schon bald von dem eingewanderten Mob gebrochen und für null und nichtig erklärt worden; immer dann, wenn man feststellte, dass sie plötzlich nicht mehr zum Vorteil der neuen *Besitzer* des Landes gereichten. Eines Landes, das sie niemals besessen, sondern gestohlen haben. Dieses wundervolle Land, für das von den Ureinwohnern so viel Liebe und Sorgfalt aufgewendet worden war, wurde von den Ursurpatoren entlang ihrer Trails zugemüllt, und nach und nach auch der Rest des Landes.

Mit neuen Methoden wird neuerdings daran gearbeitet, selbst die Grundlagen jeglicher Existenz, nämlich das Trinkwasser, zu vergiften und somit sogar das eigene Leben zu vernichten. Sie nennen es Fracking, weil das ein Begriff ist, den niemand sonst auf der Welt kennt oder versteht. Der aber hauptsächlich modern klingt. Grundwasserverseuchen hat dagegen einen eher unpopulären Klang.

Das alles war nach Dagobert Dumpfs Geschmack und entsprach seiner Natur, denn es brachte viel Geld ein. Dass er am Jüngsten Tag nichts mehr davon haben wird, hat sich noch nicht bis zu ihm herumgesprochen.

Bis dato hat sich nichts am Wirken der Westländer geändert. Inzwischen weiß man selbst im letzten Winkel der Erde, dass es keinen Sinn macht, mit einem Westländer Verträge abzuschließen. Denn kein Mensch kann sich daran erinnern, dass von denen jemals einer eingehalten wurde.

Gerne mischen sie sich überall auf der Welt ein. Vielleicht auch nur als Zeitvertreib. Dabei stürzen sie Regierungen aus fadenscheinigen Gründen, und dort, wo ihr Eingreifen notwendig wäre, erklären sie sich für nicht zuständig, weil für sie nichts dabei rausspringt. Das allerdings sagen sie nicht. Es ist aber das Ergebnis von Recherchen.

Und nun bekommen sie Dagobert Dumpf zum Präsidenten, der zu ihnen wie die Faust aufs Auge passt und der dieses Tohuwabohu erwartungsgemäß ausweiten wird.

Die ganze Welt lacht sich inzwischen über seine lächerliche Frisur kaputt, die allerdings von den Damen des horizontalen Gewerbes sowie von Filmsternchen, die es über das Agieren in Pornofilmen hinaus noch nicht sehr weit gebracht haben, toleriert wird.

Nachdem er enttäuscht feststellen musste, dass Nichtbezahlen in deren Branche keine Freundinnen schafft, löhnt er neuerdings das Honorar für ihre Dienste schon vor der Orgie. Und wenn nicht er, dann sein Anwalt, der früher als sein Handlanger fungierte, und nun seine noch rechtere Hand und deshalb unverzichtbar geworden ist.

Diese Damen müssen nicht gleich Insolvenz anmelden, wenn einer mal den Lohn verweigert. Das hatte er vorher nicht gewusst. Und auch nicht, dass sie mit einer wertvollen Information über seine Paktiken zur rechten Zeit einen mächtigen Schaden anrichten konnten. Sein handlangender Anwalt hat ihn auch zu spät darüber aufgeklärt. Über diese Umstände hätte er sich besser selbst Gedanken machen sollen, bevor er sich für das Präsidentenamt von Westland aufstellen ließ. Doch dazu hätte er fähig sein müssen, die Kontrolle über seinen Hosenstall zu behalten, was ihm bis heute verwehrt blieb.

Obwohl er mittlerweile bereits zum x-ten Mal verheiratet ist, zeigt er sich bei seinen oftmaligen Streifzügen durchs Milieu großzügig, denn auch jede dieser Damen hat schließlich eine Wählerinstimme. Sieben Stimmen hat er schon verloren. Deshalb war er jetzt in diesem vertrauten Umfeld so umtriebig. Es galt, verlorenen Boden gutzumachen und noch weiteren dazu zu gewinnen. Bei Wählerstimmen käme eigentlich jetzt der Präsident von Ostland ins Spiel. Aber ganz so weit sind wir noch nicht.

Nochmal kurz zu seiner Frisur. Anlässlich einer selbst einberufenen Pressekonferenz fragte ihn ein Reporter aus einem Nichtschurkenstaat, was eigentlich sein Friseur von Beruf sei. Dagobert Dumpf war so perplex, dass ihm minutenlang der Mund offenblieb, ohne dass sich ein Wort daraus vernehmen ließ. Er war bis jetzt der Meinung gewesen, dass sein Friseur von Beruf Friseur ist. Was aber unmöglich der Fall sein konnte, wenn man sich die Bemühungen seines ... ja was eigentlich? betrachtet.

Im Westen von Westland ist vor vielen Jahren ein Spielerparadies entstanden, dessen Name *eine grasige Ebene* oder *ein fruchtbares Tal* bedeutet. Wovon aber nichts zu sehen ist, weder das eine noch das andere. Unter Spielern hat er sich trotzdem schnell herumgesprochen. Viele der Männer und Frauen, die mit enormen Gewinnen aus Grundstücksgeschäften und anderen zwielichtigen Einkommen, die sie nicht zuletzt den damaligen Verträgen ihrer Vorväter mit den Ureinwohnern verdankten, ausgestattet waren, verloren dort ihr zusammengerafftes Vermögen wieder. Das brachte Dagobert Dumpf auf die Idee, eine eigene Spielerstadt zu bauen, und zwar am anderen Ende von Westland, nämlich in dessen Osten. Da die Geldraffer aber zwischenzeitlich das ergaunerte Geld bereits auf d*er grasigen Ebene* verloren hatten, hatten sie keine Kohle mehr, um es in Dagobert Dumpfs Stadt zu verjubeln. Das kam ihm sehr ungelegen, denn inzwischen waren die meisten der mit ihm befreundeten Banker nicht mehr mit ihm befreundet. Sie verlangten völlig unerwartet ihr Geld zurück. Das war aber nicht möglich, weil er pleite war. Da kam ihm die nächste geniale Idee. Er schlug ihnen vor, ihm noch mehr Geld zu leihen, um die Chance zu wahren, das Geld, das er ihnen bis dahin schuldete, überhaupt zurück zu bekommen. Das leuchtete den Bankern ein, und so schossen sie immer mehr des guten Geldes ehrlicher Menschen dem schlechten Geld Dagobert Dumpfs hinterher (dieses Bankenprinzip hat sich erstaunlicherweise bis heute halten können). Inzwischen wusste niemand mehr, wie pleite oder vermögend er überhaupt war. Die Banken hatten längst den Überblick verloren, da sie sich über die ganze Welt verteilten, und keiner vom anderen wusste. Und dadurch, dass er überall und bei jeder sich bietenden Gelegenheit hinausposaunte, wie reich er war, glaubt ihm das Gaga-Volk kritiklos und ist sogar stolz darauf, einen so erfolgreichen Präsidenten zu haben, der auch sie alle reich machen wird. Er hat es ja versprochen. Alles andere sind *Erstunken-und-Erlogen-Meldungen*, die ab jetzt Fake-News heißen, und die es vor seinem Auftauchen nicht gegeben hat.

Ein Mann, der ein solches Durcheinander anzettelt, ist unmöglich in der Lage, das alles alleine zu schaffen. Er braucht einen Kumpan, und zwar ganz woanders, dort, wo ihn niemand vermutet. Und da kommt endlich der Präsident von Ostland ins Spiel. Obwohl, ist es schon so weit? Nein, noch nicht ganz.

In Westland hat sich seit der Einführung einer Regierung mit einem durch ein Gaga-Wahlsystem bestimmten Präsidenten eine stabile Tradition entwickelt, die vorsieht, dass durchschnittlich jeder zweite Präsident während seiner Amtszeit erschossen, erstochen oder anderweitig abgemurkst wird und so den Platz für einen anderen Präsidenten frei macht. Für einen Präsidenten, der ebenfalls an den mannigfachen Möglichkeiten partizipieren möchte, die eine solche Position garantiert. Das wäre aus verständlichen Gründen nicht gut möglich, wenn einer zu lange an seinem Sitz festklebt. Weil Dagobert sich aus mangelnder Zeit nie so ausgiebig mit der westländischen Geschichte befasst hat, ist ihm diese Tatsache verborgen geblieben. Ansonsten hätte er es sich womöglich anders überlegt und auf die Kandidatur für das höchste Amt im Lande verzichtet. Sein Antrieb war aber der Tatbestand, dass der Präsident von Ostland, der sein ganzes Leben lang für Ostland gearbeitet hat und somit eigentlich den Status eines Beamten inne hatte, auf wundersame Weise der reichste Mann seines Landes geworden ist. Ein Umstand, der nicht möglich wäre, wenn er sein monatliches Gehalt auf die Bank gebracht und dort hätte liegen lassen. Es musste sich also rentieren, wenn man ein solches Amt bekleidete. Woher Dagobert Dumpf das wusste? Jetzt werden wir es erfahren.

Bei einem Besuch in Ostland war er zuerst zu einem Ballett und danach zu einem Bankett eingeladen worden. Dort wurde er mit Vladl, dem Präsidenten von Ostland, bekannt gemacht. Er durfte sogar bei ihm am Tisch sitzen. Nachdem alle anderen Gäste unter den Tischen lagen, weil sie dem in diesem Land bevorzugten Getränk, das sich Wodkatz nennt (weil sein Geschmack an die Ausscheidungen des zweiten Teils des Wortes erinnert), zu sehr zugesprochen hatten, waren nur noch Dagobert und der Präsident Ostlands wach, wenngleich sie sich beide nur noch mühsam am Tisch festklammern konnten. Dabei prahlte der Präsident von Ostland, wie leicht es jedem Präsidenten eines jeden Landes gemacht wird, Geld im Überfluss anzuhäufen. Das ist auch der Grund, warum dieses Amt bei den meisten Schülern weltweit an erster Stelle auf ihrer Liste von Berufswünschen steht. Sehr viel später erst kommt Feuerwehrmann und dann Pilot.

Eine sehr rentable Möglichkeit war zum Beispiel, durch

die Androhung des Erlassens von Gesetzen, die eine bestimmte Branche benachteiligen, dafür zu sorgen, dass an der Börse eine Panik ausbricht, und alle, die in diesem Bereich investiert haben, ihre Aktien veschleudern. Wenn dann ein Tiefpunkt erreicht ist, kauft der Präsident über einen Mittelsmann so viele Aktien auf, wie er sich leisten kann und dementierte danach sein Vorhaben, das diesen Crash verursachte. Die Aktien steigen und steigen wieder und füllen den eigenen Tresor, bis er überquillt und ein neuer, noch größerer angeschafft werden muss. Zusätzlich gründet man ein Firmengeflecht, an dem jedes Mitglied der Familie und engste Freunde beteiligt sind. Die Regierungsaufträge, die zu vergeben sind, werden hauptsächlich von diesen Firmen bedient. So können fantasievolle Rechnungen gestellt werden, die von ihm abgezeichnet und vom Staatssäckel anstandslos bezahlt werden. Genial!

So kam es, dass zum Beispiel Olympische Spiele und Fußallweltmeisterschaften und andere sportliche Großveranstaltungen immer zu den teuersten der Geschichte wurden. Jede Veranstaltung, für die nagelneue Stadien und Infrastrukturen benötigt wurden, sorgten für einen neuen Weltrekord. Ein Großteil der Kosten landete im nächst größeren Tresor, der wieder einmal fällig geworden war. Inzwischen standen 64 Tresore in verschiedenen Größen in des Präsidenten Wochenendhaus, das man in seinem Land Datschi nennt. Dieses Datschi steht mitten in einem Birkenwald nahe der Hauptstadt und wird von einer Kompanie Elitesoldaten bewacht.

Dies alles erzählte der Präsident von Ostland an jenem Abend seinem neuen Freund aus Westland, und leutselig wie sie beide in diesem Moment waren, tranken sie Brüderschaft und küssten sich innig und der eine, der es schon geschafft hatte, versprach dem anderen, der heute auf eine Idee gebracht worden war, dass er ihm gerne behilflich sein werde, dieses Ziel in Westland zu erreichen. Dann könnten sich auch die Beziehungen ihrer beider Länder wieder verbessern, die in den letzten Jahren ein wenig gelitten hatten. Auf die Sanktionen, die weltweit gegen sein Land verhängt worden waren, und die so gar nicht nach dem Geschmack des Präsidenten von Ostland waren, konnte dann verzichtet werden. Sein Volk fing deshalb schon zu murren an. Gott sei Dank betraf die Regel, dass mindestens die Hälfte eines Volkes Gaga ist, auch sein Land. Und so konnte er sein Volk durch gezielte Desinformationen wiederholt ruhig stellen. Immer öfter kamen ihm jedoch Zweifel, ob sich das noch lange durchhalten ließ, und ob die wirklich alle so blöd waren.

Der Präsident von Ostland hätte sich am liebsten die Zunge abgebissen, nachdem er am späten Nachmittag nach dem Gelage aufwachte und in seinem Gehirn das Geschehene Revue passieren ließ. Aber versprochen ist versprochen. Und daran muss man sich halten, wenn man ein Präsident von Welt sein will.

Um sein Versprechen Dagobert Dumpf gegenüber einhalten zu können, musste er schnellstmöglich eine Mannschaft zusammentrommeln, die sich mit Computern und sozialen Netzwerken weltweit auskannte. Das war nicht so schwer, denn in seinem Land gab es – wie in jedem anderen Land auch – eine geistige Elite, die sich mit enormer krimineller Energie das benötigte Wissen erforderlichenfalls selbst aneignet.

In kürzester Zeit hatte er das Problem aus der Welt geschafft und einem geeigneten Team ein Gebäude zur Verfügung gestellt, in dem es künftig sein Unwesen treiben konnte. Sie gravierten einen Fantasienamen auf das

Firmenschild und waren fortan ein privates Unternehmen, das sich "Agentur für Internet-Forschung" nannte und absolut nichts mit der Regierung Ostlands zu schaffen hat. Darauf hat der Präsident bestanden.

Ihre Spezialität sollte die Einflussnahme bei x-beliebigen Ländern werden, wenn dort wieder einmal Wahlen anstanden. Und nebenbei, quasi als Draufgabe für den geliebten Präsidenten, die Destabilisierung von nicht befreundeten Ländern anzukurbeln und voranzutreiben. Jetzt war aber vorrangig Dagobert Dumpf an der Reihe. Es blieb nicht mehr viel Zeit, denn die Wahlen in Westland waren bereits in neun Monaten angesetzt.

Eine Woche später stand der Chef der Truppe, die sich intern *Troll-Armee* und auch liebevoll *Vladlbots* nennt, bei Vladl auf der Matte und unterbreitete dem Präsidenten seine Vorschläge: „Mit fingierten Identitäten werden wir in den sozialen Medien und Online-Foren die Stimmungen in den betreffenden Ländern manipulieren und damit die Meinungen Pro-Ostland beeinflussen. Die Gagas weltweit merken das sowieso nicht, und so können wir Regierungsgegner nach Belieben diskreditieren und Marionetten in höchste Ämter hieven. So haben wir zuletzt auch die Anti-Vladl-Proteste beendet. Mit diesem Dagobert Dumpf machen wir weiter. Die Ungaris und die Polis haben wir schon im Sack. Die funktionieren besser als erwartet. Jetzt kommt der Knallkopf in Westland dran. Das sollte keine großen Probleme bereiten. Die 4000 Quadratmeter des Gebäudes, das Sie uns zur Verfügung gestellt haben, reichen dann allerdings nicht mehr aus." Vladl meinte: „Würden denn 12000 Quadratmeter weiterhelfen?"

„Das könnte hinhauen" sagte der Ober-Troll und grinste über das ganze Gesicht. Er hatte schon ein geeignetes Objekt im Hinterkopf, mit finnischer Sauna, Türkiibad und Thailandi-Massage-Brigade. „Kein Problem", meinte Vladl jovial und winkte generös ab. So wie es eben eines Staatsmannes seines Formats geziemt.

Von dem Augenblick an waren der Staatsmann und der Ober-Troll die besten Freunde, die man sich vorstellen kann, und der Troll-Chef versprach, in den nächsten Tagen mit neuen Ideen aufzuwarten.

Drei Tage später erfuhr Vladl, dass jeder der mittlerweile fast 1000 Mitarbeiter täglich mindestens 150 Kommentare verbreitete, um seine Regierung ins rechte Licht zu rücken. Dazu wurden westländische Identitäten geschaffen, mit deren Hilfe ostländische IP-Adressen verschleiert werden konnten. Zudem wurde der Aufbau einer Serverstruktur in Westland gestartet. Alles ganz easy.

Alltägliche sowie politische Kommentare wurden überall dort, wo sie gebraucht wurden, gepostet. Es war ein solches Durcheinander, das die Gagas aber je nach Gesinnung und geistiger Beweglichkeit nachvollziehen und endlich der einzig wahren Meinung zuführen konnten. So war der Moment gekommen, sie getrost auf Westland loszulassen.

Diesen Hohlkopf Dumpf als Verbündeten zu gewinnen, wäre nicht übel. Vladl hatte in seinem ganzen Leben noch keinen größeren Idioten kennengelernt als diesen Dagobert Dumpf. Außerdem, was für ein dämlicher Name war das denn?

Mit ihm würde er aber sein Lebensziel, die gesamte westliche Welt (und den Rest auch) aufzumischen, locker erreichen. Was jedoch nach dessen Wahl geschehen sollte, übertraf selbst Vladls kühnste Erwartungen. Dass es so schnell und so einfach gehen würde, die ganze Welt – außer Ostland natürlich – in vollkommene Konfusion zu stürzen, überstieg sogar die überspannten und absurden Fantastereien, denen er sich gerne hingab. Von Dagobert konnte sogar er noch etwas lernen. Aber das wusste er zu diesem Zeitpunkt noch nicht, und als es ihm erkennbar wurde, gefiel ihm immer weniger, was er da angeleiert hatte.

Im nächsten halben Jahr konnte er mit Staunen die Fortschritte verfolgen, die seine *Kolchosi Destabilii,* wie er sie liebevoll nannte, machte, obwohl der Laden mit landwirtschaftlicher Produktionsgenossenschaft nichts zu tun hatte. Die Bezeichnung Kolchosi hatte aber einen vertrauten nostalgischen Klang, der ihm ein wohliges Gefühl bescherte.

An manchen Tagen bekam er den Mund gar nicht mehr zu. Seit dem Eingreifen in Dagobert Dumpfs Wahlkampf stieg und stieg dessen Beliebtheit auf der Skala wie ein Thermometer, unter das man eine brennende Kerze hält. Seine Widersacherin verlor immer mehr an Boden. Das war gut so, denn was hatten Weiber an der Spitze eines Landes verloren? Man sah ja, welches Durcheinander sie in den Dazwischenstaaten anrichteten. Da waren zwei am Werk, mit denen er überhaupt nicht konnte. Nicht nur, dass sie abgrundtief hässlich waren, der leidige Klang ihrer Stimmen, die sich nur an der Sprache unterschieden, war nicht auszuhalten. Und dann ließen sie sich nicht so leicht manipulieren wie ihre männlichen Kollegen überall auf der Welt. Bei beiden hatte er sogar das Gefühl, dass sie ihm seit einiger Zeit nicht mehr glauben wollten; immer dann, wenn ein Stirnrunzeln unter ihrem Pony auftauchte, nachdem er wieder eine seiner nichtssagenden Erklärungen abgegeben hatte. Mit Dagobert ist das was anderes, der glaubt alles, was man ihm auftischt.

Jetzt war er doch wieder froh, mit Dagobert Brüderschaft getrunken zu haben. Vor dem Einschlafen kam ihm mit Wehmut seine Kindheit und sein grandioser Aufstieg in der Hierarchie von Ostlands Politik in den Sinn. Und diese Gedanken gingen nahtlos in einen Traum über, der ihm sein bisheriges Leben noch einmal Revue passieren ließ.

Der Präsident von Ostland

Eines stürmischen Morgens ganz am Anfang des Monats April kam in ländlicher Gegend in Ostland ein Junge zur Welt, der seinen Eltern vom ersten Augenblick an das Entsetzen ins Gesicht hämmerte. Sein Ehrgeiz zerfraß nach und nach sämtliche ihrer Nervenhüllen, so dass die Nervenstränge irgendwann blank lagen – falls es Nervenhüllen und blank liegende Nervenstränge überhaupt gibt.

Schon als Zwölfjähriger machte er sich mit dem zu erwartenden Segen und einem geräuschvollen Aufatmen seiner Eltern auf den Weg in die große weite Welt hinaus. Daheim war es ihm zu eng geworden, denn es war niemand mehr da, den er noch belauschen und ausspionieren konnte. Weit und breit gab es keine Geheimnisse mehr, von denen er nicht wusste. Er musste weg, denn er war fest davon überzeugt, dass sein überragendes Talent andernorts dringender gebraucht wurde als in dem unbedeutenden Kaff, in dem er aufwachsen musste.

Da er noch sehr jung war, lachten sich die Führungskräfte beim Geheimdienst in der Hauptstadt seines Landes beinahe kaputt, als er sich bewarb und seine Dienste anbot. Dann aber überzeugte er sie mit geschickt einfließenden Szenarien, wie er nicht trotz, sondern gerade wegen seiner geringen Körpergröße und seiner Jugend von allergrößtem Nutzen sein konnte. Niemand würde in dem kleinen Jungen einen Spion vermuten. Und das überzeugte sogar den, der vorher am lautesten gewiehert hatte. Damit begann seine Karriere als Spion, dem jüngsten Spion, den Ostland jemals auf der Lohnliste hatte.

Sein Name war so geheim, dass nicht einmal er selbst ihn wusste. Weil er aber für den täglichen Einsatz einen gefälligen Namen brauchte, schrieben alle Mitglieder des Ostland-Geheimdienstes einen Wettbewerb aus, in dem sie zumindest ein Pseudonym für ihr hoffnungmachendes neues Mitglied suchten. Den Zuschlag und somit den ersten Preis bekam der Name Vladl, weil der am öftesten genannt wurde. Seitdem hieß Vladl Vladl. Einen Nachnamen brauchte er nicht, denn Vladl heißt sonst kein Mensch. Eine Verwechslung mit jemand anderem war somit ausgeschlossen.

Vladl war so talentiert, dass er das gesamte Führungsteam immer wieder verblüffte. Wenn es ihm beliebte, blieb er sogar unsichtbar. Das hatte vor ihm noch keiner geschafft. Er lernte in Rekordzeit alles Wissenswerte, was ein Spion so brauchte und wandte Werkzeuge, Ausrüstungsgegenstände und Informationen so an, wie es von einem erfahrenen Spion erwartet werden darf. Mit seinen inzwischen vierzehn Jahren war er ein Naturtalent, das es nur alle Jubeljahre einmal gab.

Bis zu seinem achtzehnten Lebensjahr hatte es nicht den kleinsten Anlass zur Klage gegeben. Sein Lohn war ein Auslandseinsatz, der ihn in den Teil eines der Dazwischenländer verschlug, in dem seine Regierung noch immer die Hand drauf hielt. Er war durch einen hohen Stacheldrahtzaun vom Rest des Landes, in dem man frei entscheiden durfte, was man tun oder lassen wollte, getrennt. Der Zaun wurde von Wachhunden und Selbstschussanlagen sowie patrouillierenden Soldaten so gut gesichert, dass niemand auf die Idee kam, in den freien Teil, in dem man tatsächlich tun und lassen und auch noch sagen konnte, was man wollte und dachte, abzuhauen. Die Bewohner der Seite, auf der man nicht tun und lassen, und erst recht nicht sagen durfte was man wollte und dachte, waren noch nicht so weit. Sie brauchten eine Führung, die für sie entschied und handelte. Und dort drüben wohnte der Klassenfeind, mit dem man nicht in Berührung kommen durfte. Der setzte einem Flausen in den Kopf, die man später nur schwer unter Kontrolle bringen konnte. Dort ging es nämlich allen gut, und die Regierung hatte mit aufmüpfigen Gesellen und Gesellinnen zu tun, die einem das Leben schwer machten. Da war es schon besser, wenn es nur ein paar Leuten – einer gewissen Elite – gut ging und die anderen das machten, was man ihnen sagte. Dafür wurden sie mit Uniformen und Fahnen und Aufmärschen belohnt, an denen sie alle in ihrer Freizeit teilnehmen durften, wobei schöne Lieder geträllert und Parolen hinausgeplärrt wurden, von denen keiner wusste, wen sie betrafen und wem sie nutzten. Außer die Parteibonzen natürlich, die wussten es schon.

Dorthin wurde Vladl nun geschickt, um den Laden auszumisten und ein wenig durchzulüften, denn bei denen war der Schlendrian eingekehrt.

Die Parteibosse hielten sich mehr in ihren Landhäusern und bei der Jagd nach vierbeinigen Hirschen und zweibeinigen Hirschkühen auf, so dass gelegentlich da und dort aufgemuckt wurde. Inzwischen waren die Gefängnisse mit Motzern überfüllt, und man musste sich überlegen, wie man sie alle wieder linientreu machen konnte. Dafür war nun Vladl da.

Da Vladl seit seiner Jugend einen Hang zu sadistischen Ausschweifungen hatte, beschloss er, die Trotzigen unter ihnen so lange zu piesacken, bis sie das Herummaulen von ganz alleine einstellten. Danach entließ er sie aus dem Gefängnis in die Unfreiheit des Landes mit der Ankündigung, dass das erst Stufe Eins war, die sie da kennenlernen durften. Wenn sie nochmals herummotzerisch tätig würden, würde Stufe Zwei Inkrafttreten. Aber darauf war keiner mehr neugierig, der bereits Stufe Eins durchlaufen hatte. Außerdem hielt er sie dazu an, von ihrem reichen Erfahrungsschatz bei Schilderungen ihres Erlebten regen Gebrauch zu machen. So würden alle erfahren, dass Nörgeln auch keine Lösung war.

Die Ideologie dieses Landes wurde als Sozialismi bezeichnet, was eine moderatere Unterart des Kommunismi war. Kommunismi bedeutete, dass alle Menschen gleich waren und alle Mitglieder in den Genuss der gemeinschaftlichen Errungenschaften gelangten. Vladl war schon bald klar, dass dieses System nicht funktionieren konnte. Schließlich war es von Menschen für Menschen gemacht. Die Außerachtlassung des Faktors Gier war dabei übersehen worden. Kommunismi dachten immer, dass es Gier nur in den Kapitalisti-Ländern gab, und auf keinen Fall in ihren Reihen. Aber da haben sie sich geschnitten. Jeder Leiter einer Kolchosi (so wurden die verschiedenen Vereine bezeichnet, die in immerwährendem Wettbewerb zueinander standen) wollte schon bald nicht mehr einsehen, warum er das Gleiche verdienen sollte wie der Depp, dem man nicht mehr als eine Stunde Arbeit am Tag zumuten konnte. Die Versuchung, etwas für sich selbst abzuzweigen, wurde übermächtig, und zwar bei jedem. Es war unmöglich, ihr zu widerstehen. So hielt die Gier in beiden Ideologien Einzug und machte sie für ein harmonisches Miteinander untauglich. Trotzdem sie sich auf beiden Seiten wie Zwillinge ähnelten, verteufelten sie einander. Gaga eben!

Weil man in kommunismi geführten Ländern leider nicht so schnell zu persönlichem Reichtum gelangte, erforderte dieses System enorme Anstrengungen, die mit den Freiheiten im Kapitalisti nicht zu vergleichen waren. So perfektionierten die Kommunismis die Selbstbereicherung im Geheimen und ließen die Kapitalistis in diesem Wettbewerb bald hinter sich. In keinem Land wie in Ostland gibt es mittlerweile so viele Superreiche, seit dem Kommunismi abgeschworen wurde. Und das in viel kürzerer Zeit, als den Kapitalistis zur Verfügung gestanden hat. Eins zu Null für die Kommis (das war ihr liebevoller Kosename, auf den sie sich nach jahrelangen Debatten geeinigt hatten).

Vladl sah das alles schon sehr bald kommen. Auf diesem Posten würde er keinen guten Start in den Reichtum haben. Noch waren in seinem geliebten Ostland die hundertprozentigen Kommis am Ruder.

Nachdem das dringlichste Problem, die Beruhigung der ständigen Nörgler, erfolgreich abgeschlossen war, ließ er sich wieder in die Heimat versetzen. Er wollte doch lieber seine Karriere als Spion fortführen. Dort boten sich mehr Gelegenheiten, seine sadistischen Neigungen auszuleben und ein Netzwerk von Mitläufern aufzubauen, die ihm später zu einem noch gößeren Ziel verhelfen sollten. Was für ein Ziel das war, wusste er noch nicht so genau. Obwohl? In seinen Träumen hatte er ein mögliches Ziel schon ein paar Mal erreicht. Das hat ihm behagt.

Im Südosten von Ostland gibt es jenseits der Landesgrenze ein riesiges Land, das sie Chini nennen. So niedlich der Name auch klingen mag, so gemein sind dort seit

Jahrtausenden die Foltermethoden. Sie werden immer noch weiter entwickelt, obwohl die in den Handbüchern erläuterten und reich bebilderten Aufzeichnungen keinen Wunsch offen lassen. Vladl sah es als Glücksfall an, in den Besitz solcher Aufzeichnungen gelangt zu sein.

Ein chinischer Foltermeister wurde in die Reihen seines Geheimdienstes aufgenommen, weil er in Chini beinahe selbst Opfer seiner Errungenschaften geworden wäre. In Chini hält man nicht viel von Menschenrechten. Im Gegenteil, diejenigen, die dafür einstanden, wurden mit jedem Tag lästiger. Sie waren den Auflehnern in seinem letzten Wirkungskreis ähnlich. Mit diesen Handbüchern, das war ihm beim Durchblättern schnell klar geworden, ließ sich dieses Ziel viel schneller erreichen. Da wurden Methoden beschrieben und erklärt, die es möglich machten, einen Motzer immer wieder ins Leben zurückzuholen, so dass ein vorzeitiges ungewolltes Ableben nur unter wirklich unglücklichsten Umständen geschehen konnte. Das war genial.

Vladl studierte die Handbücher Seite für Seite und kam dabei sogar selbst auf so manche Idee, die er bald ausprobieren wollte. Freilich hatte er noch nicht die Erfahrung, was diese Jahrhunderte alten Schriften lehrten, aber trotzdem. Probieren geht über Studieren. Das besagt ein beliebtes Sprichwort aus einem der Dazwischenstaaten.

Weit im Osten von Ostland ist es die meiste Zeit des Jahres saukalt. Ein gutes Gebiet, um Lager zu errichten, in denen die Gemüter von ostländischen Rebellierern abgekühlt werden konnten, und zwar für immer. Es waren auch Lager dabei, die Versuchszwecken dienten, in denen quasi Forschung betrieben wurde. Und zu einem dieser Forschungszentren machte sich Vladl nach langen Überredungsversuchen, bei denen sein Vorgesetzter letztendlich doch irgendwann nachgab, auf den Weg. Dort waren die widerspenstigsten und hartnäckigsten Aufmucker untergebracht, die Ostland hervorgebracht hatte.

In den nächsten beiden Jahren konnte er seine Erfahrungen ausweiten und sogar Lob von langjährigen Folterern, die man neuerdings *Überreder* nannte, einheimsen. Und weil das freundlicher klingt als Folterer, bleiben wir künftig dabei. Sie alle bescheinigten ihm überragende Begabung und rasche Auffassungsgabe. Allerdings haftete ihm zuletzt ein kleiner Makel an, denn zweimal war es ihm nicht gelungen, die zu Überredenden am Leben zu halten. Der eine war bereits nach drei Tagen ununterbrochener Überredung und der andere nach sechs Tagen abgenippelt. Nun ja, ein bisschen Schwund gab es immer, damit musste man sich abfinden. Das sind die Gesetze der Inflation. Da hat man auch Verluste hinzunehmen. Seine Vorgesetzten, und auf die kam es an, breiteten gnädig den Mantel des Schweigens darüber.

Da ihm auf Dauer die Kälte aber dann doch nicht so zusagte, bemühte er sich wieder um ein Engagement in seinem alten Wirkungskreis. Außerdem hing ihm irgendwann das wehleidige Gejammer der zu Überredenden zum Hals raus. Immer das gleiche Gewinsel.

Die nächsten dreißig Jahre durfte er wieder spionieren, und gelegentlich sein Wissen in der hohen Kunst des Überredens auffrischen. Immer dann, wenn seine Lust darauf unerträglich wurde. Es kam ihm immer ganz schnell, wenn er das Gewimmer und Geschrei der schon fast Überredeten hören durfte. Ab und zu fehlte es ihm dann doch.

Da war aber etwas, das ihm keine Ruhe ließ. Immer öfter hatte er das Gefühl, zu Höherem berufen zu sein. Und dann träumte er eines Nachts zum x-ten Mal, Präsident von Ostland zu sein. Das war es! Warum war er da im Wachzustand nicht selbst drauf gekommen?

In den vielen Jahren beim OGD (Ostland-Geheimdienst) hat er alle Kollegen und Kolleginnen ausspioniert und sich unzählige Dossiers angelegt, in denen selbst die kleinste Verfehlung festgehalten wurde. Zum Aufbewahren hatte er eine Lagerhalle angemietet.

Seinen Vorgesetzten war er außerdem so tief in den Allerwertesten gekrochen, dass sie alle ein wohliges Schaudern überlief, wenn die Rede auf ihn kam.

Irgendwann war der Zeitpunkt gekommen, an dem er ganz plötzlich nicht länger auf die Segnungen des Kapitalismi warten wollte. Er stachelte nacheinander zwei Präsidenten dazu an, mit dem Kommunismi endlich Schluss zu machen. Das klappte ganz gut, denn die hatten ihn auch schon seit einer Weile satt. Zudem waren auch sie Vladl so sehr verpflichtet, dass sie ihn gerne bei seinen Plänen für eine landesweite Übung unterstützten. Diese Übung war aus staatssicherheitlichen und nachrichtendienstlichen Erwägungen nicht länger hinauszuschieben. Und so begann die Dreitageübung, die das ganze Land in Atem hielt, an der aber fast alle einen Heidenspaß hatten. Viele wurden dabei an ihre Kindheit bei den Pfadfindern erinnert.

Als nach einer Woche selbst der dümmste Dödel gemerkt hatte, dass die Übung keine Übung, sondern ein Putsch war, war es schon zu spät. Vladl war der Präsident von Ostland. Und niemand konnte etwas daran ändern. Für die paar Deppen, die es dennoch versuchten und um ein Gespräch bei ihm baten, schloss er gemeinsam mit ihnen sein Archiv auf und zeigte seinen *Schatz*. Danach breitete er ihr ganz persönliches Dossier vor ihnen aus und brauchte seitdem die vielen Stufen ins neue Archiv, das sich im dritten Kellergeschoß befindet, nicht mehr zu bewältigen. Inzwischen bereitete ihm nämlich Arthrose in der linken Hüfte und im linken Knie schmerzhafte Probleme. Deshalb war er für die Einsicht der Unzufriedenen dankbar und begrüßte es, ab jetzt in Ruhe gelassen zu werden. Zur Not konnte er immer noch aus Unzufriedenen Überredete machen. Die Aussichten für eine grandiose Karriere waren also nicht so schlecht. Irgendwann fanden alle die Übung gut und keiner wollte mehr zugeben, dass es eigentlich gar keine Übung war.

Seinen Führungsstil durfte man ruhig als gewöhnungsbedürftig bis willkürlich bezeichnen – nur nicht laut. Wer dennoch seinen Schnabel nicht halten konnte, machte irgendwann mit einem ehemaligen Kollegen vom OGD für eine sehr, sehr kurze Zeit Bekanntschaft. Danach sah ihn niemand wieder. Anderen, die in der Öffentlichkeit zu bekannt und angesehen waren, wurde der Prozess gemacht, weil sie doch tatsächlich Steuern hinterzogen hatten oder aufwieglerisch in Erscheinung getreten waren, oder sie hatten gar die Unwahrheit verbreitet. Sie wurden auf die bereits erwähnten Lager in dem ebenfalls bereits erwähnten saukalten Landstrich verteilt. Anwälte konnten ihnen leider keine zur Verfügung gestellt werden, weil die im Moment alle krank oder im Urlaub waren. Die Verteilung war notwendig geworden, weil die Lager durch den enormen Zulauf in Rekordzeit überfüllt waren. Also mussten weitere Lager und sogar neue Forschungszentren her.

In Chini heissen solche Lager übrigens Bildungszentren. Dort wird zum Beispiel eine religiöse Minderheit, die Uiguris, auf Linie gebracht. Diese Bildungszentren sind mit hohen, unüberwindlichen Mauern und Stacheldrahtzäunen umgeben und von bewaffneten Wachposten gesichert. Somit kann sich jeder Insasse in Ruhe seinem Studium widmen. Die Dauer seines Aufenthalts bestimmt allerdings nicht er selbst, sondern die Partei. Das ist da etwas anders als bei uns, wenn sich jemand zu einem einwöchigen Fortbildungsseminar einschreibt.

Vladl überlegte eine Weile, ob er die Bezeichnung Bildungszentren übernehmen soll, aber dann sprach er sich doch gegen ein solches Plagiat aus. Als guter Nachbar wollte er sie doch lieber den Chinis als eigene Errungenschaft überlassen.

In seinem Ostland kam immer mal wieder ein Verblendeter auf die Idee, sich gegen Vladl zur Wahl aufstellen zu lassen. Wenn er nicht so bekannt war, wurde er bei einer unvorsichtigen Straßenüberquerung von einem Auto oder einem Lkw erfasst, oder er stürzte unglücklich die Treppen eines Hochhauses hinunter. Manche erlitten beim Baden einen Herzinfarkt, weil sie sich nicht sorgfältig genug abgefrischt hatten. Und wenn eines Tages wegen der Fülle der Aufträge den Kollegen die Ideen ausgingen, quälte er sich wieder in den Keller, denn dort fanden sich in einem der dicksten Ordner so viele Anregungen, so viele Menschen hatte das ganze Land nicht. Außerdem konnte sich ein Unglück ruhig auch mal wiederholen, denn unvorsichtige Verkehrsteilnehmer gab es zuhauf.

Andere, die bei einer Wahl gegen ihn antreten wollten, wurden gar nicht erst zugelassen. Dazu gründete er ein Komitee, das darüber entschied, wer durfte und wer nicht. Gründe für die Nichtzulassung brauchte es nicht, und wenn es welche gab, verstand sie keiner. In den Medien wurde nur vermeldet, dass dieser oder jener Kandidat seine Meldung überraschend zurückgezogen hat. Sie alle hatten letztendlich eingesehen, dass das höchste Amt im Lande eine Nummer zu groß für sie war.

Vladl war dafür der einzig Richtige.

Bald glaubten das auch die achtzig Prozent Gaga-Menschen in Ostland. Ihr Anteil war wegen des Durcheinanders steil angestiegen, obwohl Vladl das Verhältnis Gaga und Nichtgaga genau andersherum propagierte. Also zwanzig Prozent Gaga und achtzig Prozent Nichtgaga. Das durften dann die Medien auch so berichten, denn jeder Mensch zählt sich gerne zu den Stärkeren und Klügeren. Das ist ein völlig natürlicher Antrieb. Das ist auch bei Fußballfans so. Der erfolgreichste Verein hat die meisten Anhänger, sogar weltweit. Der FC Liverpulli aus Kleingroßbritti zum Beispiel hat in Chini mehr Anhänger als daheim. Ist auch logisch, weil es in Chini bald zwei Milliarden Menschen gibt, von denen nach unserer Rechnung mindestens eine Milliarde Gaga sein müssen. In Kleingroßbritti gibt es nur zwei handvoll Millionen Menschen. Der Vorteil Chinis in dieser Hinsicht liegt also auf der Hand und muss nicht länger erörtert werden. Und somit sind wir beim Sport.

Da es in Ostland sehr lange im Jahr sehr kalt ist, sind die dort ansässigen Sportler, egal, welcher Sportart sie sich verschrieben haben, nicht so heißblütig wie anderswo auf dem Planeten. Und weil allgemein bekannt ist, dass kaltes Blut nicht so schnell fließen kann wie warmes, gelten sie eher als träge. Das ist ähnlich wie bei den Reptilien. Das fiel irgendwann auch Vladl auf und missfiel ihm, wie sich jeder denken kann. Um aber der Welt zu zeigen, dass man in Ostland schneller, weiter und höher als die Sportler anderer Länder laufen, radeln und springen und was sonst noch alles kann, musste er sich wieder einmal etwas einfallen lassen. Von den anderen kam ja keiner drauf.

Während einer Sitzung, bei der Vladl sein harter Stuhl-

gang Sorgen bereitete, hatte er die Idee, bei seinen Sportlern mit den Errungenschaften der modernen Medizin ein
wenig nachzuhelfen. Wozu betrieben sie denn Forschung.
Beim Kacken halfen manche Pillen ja auch. Dann gings
auch da leichter und schneller. Und schon wurde wieder
ein neues Komitee aufgestellt, das dafür zu sorgen hatte,
dieser Misere abzuhelfen (nicht dem harten Stuhlgang
jetzt).

Dafür holte er erfahrene Leute ins Boot, die, wie sich
schon bald herausstellte, einen enormen Vorsprung in
dieser Sparte hatten. Besonders die Experten aus Chini
und dem geteilten Land aus den Zwischenstaaten, wo er
selbst eine Weile tätig war. Davon hatten sie ihm damals
nichts erzählt. Jetzt wusste er auch, warum.

Sportler anderer Länder, die keine eigenen Forschungszentren hatten, sahen es nicht gerne, wenn sie nicht
wussten, warum sie erst eine halbe Stunde später anka-
men, während die Gewinner der Rennen schon Duschen
waren. Oftmals war sogar schon die Siegerehrung vorbei,
weil denen auf den ersten drei Plätzen, für die es Medail-
len gab, diese Dinger bereits umgehängt worden waren.

Die Forschungsarbeit seiner daraufhin eingerichteten
Zentren war so erfolgreich, dass die Sportler Ostlands
fortan in jeder, aber auch wirklich jeder Sportart über-
ragten. Und das von jetzt auf gleich. Außer bei Autoren-
nen, da konnten sie noch immer nicht mitreden. Da gab
es keine Pillen, die ihre im Lande produzierten *Krücken*
schneller machten.

Diese Leistungsexplosion fiel irgendwann auch den
olympischen Organisatoren auf, die ansonsten nie ihre
Scheuklappen ablegten. Die weltweiten Proteste durften
von ihnen nicht länger ignoriert werden. Sie berieten sich
daraufhin, wie sie dagegen vorgehen könnten.

Fußballer und Eishockeyspieler Ostlands liefen noch

eine Stunde nach Ende eines Spieles wie wild herum und waren nicht müde zu kriegen. Diese gewaltige Leistungssteigerungsunterstützung wurde von da an hinter vorgehaltener Hand *Doppi* genannt.

Daraufhin bekamen die Forschungszentren den Auftrag, neue Pillen zu entwickeln, damit der Unterschied nicht gar so krass geriet und zum Beispiel beim Rudern der Teilnehmer aus Ostland auf der Zwei-Kilometer-Distanz im Ziel nicht mehr acht Längen Vorsprung hatte, sondern nur noch eine Dreiviertellänge. Das reichte schließlich auch und war nicht so auffällig. Danach wurde es in *Dopi* umbenannt. Eine erfreuliche Nebenwirkung der moderateren neuen Medikamentierung war, dass die Sportler viele Jahre länger leben durften als diejenigen, die mit einem halben Tag Vorsprung den Triathlon oder Marathonlauf beendeten. Die waren oftmals noch vor ihrem Karriereende an Nierenversagen oder Diabetes oder Herzinsuffizienz oder was auch immer überraschend und vollkommen gesund dahingeschieden.

Jetzt gab es kein Halten mehr. Der Sport hat auf der ganzen Welt die allergrößte Macht. Das weiß jeder. Und Vladl war keiner, der diesen Einfluss unterschätzte. Von jenem Juli Cäsari, von dem er gelesen hatte, und der genauso wie er selbst ein großer Staatsmann war, wusste er, dass man mit Brot und Spielen die Menschen ruhigstellt. Zu allererst den Gaga-Anteil. Aber auch die anderen. Und was bei dem südlichsten der Dazwischenstaaten funktionierte, musste auch in Ostland klappen.

Schon bald gab es keine Aufmotzer mehr.

Vielen der *Gaga-hoch-zwei-Menschen* im Lande wurde es aber irgendwann zu langweilig, immer nur Siegern und Besiegten zuzuschauen, wie die einen mit erhobenen und die anderen mit gesenkten Köpfen davonhüpften oder aus dem Stadion schlichen. Sie wollten selbst teilhaben und gründeten eine neue Bewegung, die sich Hooligi nennt und ihren weltweiten Siegeszug in Kleingroßbriti bereits angetreten hatte. Typisch! Wo sonst?

Dabei kam es darauf an, möglichst viele Fans der Mannschaft, gegen die man gerade verloren hat, auf offener Straße zu verdreschen. Und wem das nicht reichte, der schmiss auch noch die Scheiben der umliegenden Geschäfte ein, plünderte die Läden, zündete Autos an und verwüstete die Stadt, in der er am nächsten Morgen wieder aufwachen würde. Aber daran dachte in diesem Moment keiner. Das war ja erst morgen.

Natürlich machte diese neue Weltanschauung auch vor Ostland nicht halt, und Vladl quälten goße Sorgen, denn er hatte gerade den Zuschlag für die übernächste Fußball-Weltmeisterschaft bekommen. Er wusste, wie ehrgeizig die eigenen Hooligis waren, die diesen Event unbedingt zur Zurschaustellung ihrer überlegenen Leistungsfähigkeit nutzen wollten. Überall im Land wurden von ihnen bereits ehemalige Truppenübungsplätze umfunktioniert und für das tägliche Training tauglich gemacht. Die raschen Fortschritte, die die Hooligi-Truppen dort machten, ließen Vladl das Blut in den Adern gefrieren. Sein Land musste sich unbedingt von der besten Seite präsentieren, von der sich ein Land überhaupt darstellen konnte. Und nun das!

Noch nie in seinem Leben hat er mehr Volksvermögen verprasst, nicht einmal bei Olympi, das vor ein paar Jahren ebenfalls in Ostland stattgefunden hat. Es war nicht gerade billig, die Leute, die bei der Vergabe der Fußball-Weltmeisterschaft ihre Stimme abgeben, davon zu überzeugen, wem sie ihre Stimme geben sollten. Und dann dieser Infiti, dieser langhaarige schmierige Präsident des Welt-Fußballverbandes WFV. Wie leicht war da

45

dessen Vorgänger, den Infiti so brutusmäßig aus dem Weg geräumt hatte, zufriedenzustellen gewesen. Wo bei dem einstellige Millionenbeträge gereicht hatten, wurde es bei Infiti schlagartig zweistellig. Nun ja, die Inflation macht eben auch hier nicht Halt. Aber trotzdem, jedes Mal das Doppelte wäre auch nicht unbedingt nötig gewesen. Und jetzt diese Hooligis.

Da hatte Vladl eine Idee.

Anläßlich eines Wellness-Wochenendes, das er in einem der Lager in dem kälteren Teil von Ostland buchte, erinnerte er sich an die lange zurückliegende und so aufregende Zeit, die er dort verbracht hatte. Er wies seinen Sekretär an, die Kommandanten und Rädelsführer der Hooligi-Truppen ebenfalls dazu einzuladen. Die folgten dem Ruf ihres Präsidenten mit Begeisterung, waren jedoch bei ihrer Ankunft überrascht, dass es sich bei ihrer neuen Unterkunft nicht um ein Fünf-Sterne-Hotel mit Whirlpool und Sauna handelte. Dem einen oder anderen schwante Ungemach.

Der erste Tag war mit Vorträgen ausgefüllt, die die Folgen aufzeigten, die die Ausschreitungen ihrer Art auf den Ruf des Landes weltweit haben würden. Daran hatten sie nämlich bisher noch nicht gedacht, weil ihnen das auch wurscht war. Am späten Nachmittag lachten sie sich halb tot, als die Folgen für sie persönlich erläutert wurden, falls sie dem Ruf des Landes Schaden zufügen sollten. Dabei klopften sie sich unaufhörlich auf die Schenkel. Sie waren nämlich so gut trainiert und fühlten sich als die Elite unter den Hooligis dieser Welt. Sie fürchteten sich vor nichts und niemandem. Nicht einmal vor der eigenen Polizei oder der Armee, von der eh jeder weiß, wie besoffen und bekifft die durchs Land oder andere Länder torkeln.

Vladl schaute sich das Ganze durch die verspiegelte Wand an, die ihn vom Lehrsaal trennte und die nur von seiner Seite her zu durchschauen war. Und er freute sich jedes normale Maß übersteigend auf den folgenden Tag.

Nach einem mehr als karg zu bezeichnenden Frühstück, das bei einigen Lehrgangsteilnehmern leises Murren aufkommen ließ, wurden sie nicht mehr in den Lehrsaal begleitet, sondern mit einer anderen Räumlichkeit vertraut gemacht. Und da sie nur zu zehnt waren, ging ihre Anzahl mit den bereitgestellten Gerätschaften auf, so dass keiner warten musste. Alle konnten gleichzeitig in den Genuss der mehr als anschaulichen Darbietungen des Beendens des ostländischen Hooliginismus kommen. Dabei durfte jeder dem Meister des Überredens zuschauen, wie solche Ziele in Ostland künftig (eigentlich schon immer) erreicht werden. Und wer Lust hatte, durfte es sogar am eigenen Leib erfahren.

An diesem Tag war es nicht notwendig, sie aufwendiger überzeugen zu müssen. Allein das Zuschauen, wie mit ihresgleichen und anderen Nervtötern unter Umständen verfahren wird, überzeugte selbst den hartgesottensten Anführer einer Hooligi-Truppe. Das Entsetzen war jedem einzelnen von ihnen ins Gesicht geschrieben. Die Eindrücke, die sie sammeln durften, würden sie auf Jahre hinaus befrieden, spätestens bis wieder eine Großveranstaltung angesetzt war. Dessen war sich Vladl nach dem Wochenende sicher. Und wenn mal ein neuer Anführer auftauchte, weil ein anderer krank geworden war oder in Rente ging, wurde wieder ein Wellness-Wochenende anberaumt, von dem alle profitieren konnten, wenn auch auf unterschiedliche Weise.

Ein halbes Jahr vor dem Anstoß zur Fußball-Weltmeisterschaft dann die nächste Aufregung. Einem anerkannten

Statistiker war aufgefallen, dass die Fußballspieler Ostlands länger und schneller laufen konnten als alle
anderen Spieler dieser Welt. Nach dreitausend Stunden
Sichtung von Aufzeichnungen war es nicht mehr von der
Hand zu weisen, dass sie sogar schneller und länger
liefen als die schwarzen Riesen von der südlichen Halb-
kugel, was eigentlich unmöglich war, denn denen standen
noch ganz andere Mittel als Dopi und Doppi zur Verfügung. So ein Mist!

Nach aufwendigen Untersuchungen wurde wieder einmal zweifelsfrei festgestellt und auch bewiesen, dass
Dopi in Ostland offenbar staatlich sanktioniert wurde,
und das schon seit Jahren. Alle, außer viele Ostländer,
waren davon überrascht, manche sogar bestürzt. Damit
hatte nun wirklich keiner rechnen können. Die Fläsch-
chen, in denen Pipi der Athleten aufbewahrt wurde,
waren zuvor oftmals irrtümlich vertauscht worden, oder
sind jemandem aus der Hand gerutscht und dabei zerbro-
chen. Manchmal wurden sie sogar willkürlich vernichtet,
so dass niemand in der Lage war, Beweis zu führen –
vermeintlich nicht in der Lage war!

Spione aus Westland und aus den Dazwischenstaaten
hatten sich als ostländische Sportler verkleidet und so
diesen Skandal aufgedeckt. Damit hatte Vladl nicht
gerechnet. Es war niederträchtig, dass es so raffinierte
Spione auch im Ausland gab. Aber er hatte gleich wieder
eine Idee. Das zeichnet übrigens große Staatsmänner aus,
dass sie immer dann sofort eine Idee haben, wenn eine
gebraucht wird. Dagobert Dumpf hat auch immer gleich
eine Idee. Im Gegensatz zu Vladls Ideen kann man aber
mit seinen nichts anfangen.

Wenn man, wie in der Politik auch, alles abstreitet und
leugnet, dann kann einem eigentlich niemand was an-
haben. Und das tat Vladl dann auch. Und seine Sport-

funktionäre und Sportärzte ebenfalls. Staatliches Dopi gab es nicht, und schon gar nicht in Ostland. Damit ihnen das leichter und schneller geglaubt wurde, musste Vladl erneut tief in einen seiner größeren Tresore greifen und ein paar Fächer leerräumen. Außerdem war wieder einmal das Versprechen einer lückenlosen Aufklärung fällig. Das wurmte ihn am meisten, denn inzwischen kam er vor lauter Aufklären zu nichts anderem mehr. Dieses Wochende wollte er so gerne wieder einmal in die Berge zum Jagen fahren, das konnte er sich dann abschminken. Ach was, das mit dem Aufklären konnte auch bis Montag warten.

Am frühen Freitagnachmittag machte er ebenfalls Feier-abend, nachdem er gesehen hatte, dass die anderen Mit-arbeiter bereits zusammenpackten und dabei Pläne für ihre Wochenenden in den Datschis machten. Vladl ließ einen Hubschrauber kommen und nahm noch zwei Fotografen mit, die sein Abenteuer-Wochenende doku-mentieren sollten. Die Fotos und Filme, die sie bei diesen Gelegenheiten machten, zeigten ihn stets mit freiem Oberkörper, wobei er verbissen alle Muskeln anspannte. Ihm war die ganzen Jahre nicht aufgefallen, dass er dabei immer noch mickriger daherkam als fast alle anderen, die bei solchen Gelegenheiten ihre Muskeln nicht anspann-ten.

Gleich nachdem er die Jagdhütte bezogen hatte, machte er sich fertig zum Angeln. Das liebten seine Anhänger in Ostland ungemein. Mit wiederum nacktem Oberkörper kniete er bis zur Hüfte im reissenden Bach, der, wenn er richtig fotografiert wurde, die Kameralinse zwei Zenti-meter über der Wasseroberfläche, selbst als reissender Fluss durchging. Darum auch die besten Fotografen des Landes und die kniende Haltung, denn der Bach war zu seicht, da würde ihm das Wasser nur bis kurz unters Knie reichen. Ein umtriebiger Ranger präparierte derweil den mitgebrachten Lachs mit Dopi, damit er noch einmal ordentlich zappelte, nachdem er ihn am Angelhaken befestigt hatte. Mit einem Schwenk der Kamera konnte man nun das Gezappel und den wilden Kampf Vladls mit dem Riesenfisch live miterleben. Die Leute im Land mussten sich allerdings mit einer Aufzeichnung in den Abendnachrichten zufriedengeben. Dafür wurden sie mit einem weiteren Abenteuer an diesem Tag belohnt. Die nächste Szene zeigte Vladl vor einem unwirklich schönen Sonnenuntergang Auge in Auge mit einem mächtigen Grizzlybär. Vladl nur mit einem Messer bewaffnet. Der Kampf auf Leben und Tod wurde nicht gezeigt, weil er für Kinder unter sechzehn Jahren nicht geeignet war. Man sah erst wieder den erlegten Grizzly und den untröstlichen Vladl daneben, der diesem edlen Tier den Garaus hat machen müssen, um sein eigenes Leben zu retten.

Der Tiertrainer, dem die Verwechslung der Bären unterlaufen war, war Monate später als Latrinenputzer in einem Überredungsheim wieder aufgetaucht. Er hatte an jenem Wochenende den falschen Bären in den Käfig gesperrt, der zum Sonnenuntergang parat sein musste. Es hatte pressiert und am Nachmittag hatte er in Erwartung eines ruhigen Wochenausklangs unglücklicherweise mit seinen Kollegen bereits an einem Gläschen Wodkatz genippt. Ihm war sehr wohl bekannt, dass es Grizzlys in freier Wildbahn nur in Westland und Canadi und in Ostland nur im Zoo gab. Durch die Hetzerei aber hatte er sie verwechselt.

Vor den Fernsehgeräten hat das kein Mensch gemerkt, denn fast alle hatten bereits ebenfalls am Gläschen genippt. Der Film, der von diesem Malheur zeugte, ging später nicht ins Archiv, sondern in Flammen auf.

Am Sonntagabend kurz vor der Abreise der nächste Aufreger. In Kleingroßbritti waren drei Spione, also ehemalige Kollegen von ihm, enttarnt worden und haben Kleingroßbritti ihre Dienste als Überläufer angeboten. Ausgerechnet diesem langhaxigen Weibsbild, das er ohnehin nicht ausstehen konnte.

Wieder hatte Vladl eine Idee. Sie kam ihm beim Flug mit dem Hubschrauber in sein Quartier in der Haupstadt.

Was bei den Unbelehrbaren, die sich immer wieder querstellten, funktioniert hat, würde bestimmt auch bei den Überläufern hinhauen. Er ließ den Chef des OGD zu sich kommen, um sich Vorschläge unterbreiten zu lassen, wie dieses Problem gelöst werden konnte. Aber dann fiel ihm ein, dass schon bald Weihnachten war und er sich deshalb gerne überraschen lassen wollte. Eine weitere ständige Untätigkeit seiner ehemaligen Spione, die sich in Kleingroßbritti einen schönen Lenz machen wollten, wollte er sich zum Geschenk machen lassen.

Am ersten Weihnachtsfeiertag wurde der erste beim unvorsichtigen Überqueren der Straße plattgefahren. Der zweite fiel an Neujahr vom Speicher auf den Gehsteig. Kein Mensch konnte sich erklären, was er auf dem Speicher zu suchen hatte. Der dritte wurde mit radioaktivem Material verstrahlt, hat aber überlebt. Ausgerechnet der, der an der Errichtung und feierlichen Einweihung eines Überredungsheims (die Lager waren inzwischen in Heime umbenannt worden, denn in einem Heim fühlte man sich besser aufgehoben als in einem Lager) beteiligt war. Er bekam nach *Heilige Drei Könige* einen Besuch im Krankenhaus und konnte sich danach nicht mehr an seine Vergangenheit erinnern. Obwohl nach Vladls Beteuerungen zweifelsfrei feststand, dass das verstrahlte Material ostländischer Herkunft dort gestohlen worden war, blieb ein klitzekleiner Rest Zweifel zurück.

Da hatte Vladl erneut eine Idee. Er stellte weitere, intensivere Recherchen in Aussicht und bot seine tatkräftige Hilfe bei der Aufklärung der hintergründigen Umstände an. Ergebnisse wurden keine erwartet, denn das Zeug konnte ja jeder gestohlen haben.

Das waren die schönsten *Feiertage* um Weihnachten herum, die er seit vielen Jahren erlebt hatte. Kurz darauf starb dann auch der verstrahlte Überläufer in dem Krankenhaus, und Vladl hatte ein paar Tage nichts aufzuklären. Er legte schnell entschlossen ein zwangloses Jagd-Wochenende ein, ein Wochenende, an dem es vor Spannung nur so knisterte.

Ich folge daraufhin seinem Beispiel, allerdings in einem bescheideneren Maß, und gehe nach diesem Kapitel ins Wirtshaus, um wieder einen klaren Kopf zu bekommen.

An meinem angestammten Tisch saßen bereits der große Sepp und der kleine Seppi. Meine Stimmung hellte sich schlagartig auf. Der große Sepp war sein ganzes Leben lang Bauer und der kleine Seppi, sein Enkel, wird in diesem Jahr sieben Jahre alt und freut sich jeden Tag auf die Schule, in die er nicht unvorbereitet gehen möchte. Deshalb überrascht seine Wissbegier keinen.

Als ich mich zu ihnen setze, fragt er gerade den Opa: „Du, Opa, ist der Stille Ozean eigentlich den ganzen Tag still?" Dem alten Sepp ist die Fragerei lästig, und er wimmelt ihn ab: „Mensch Bub, frag` doch mal was G`scheit`s."

Als mein Bier kommt, höre ich den Seppi fragen: „Du Opa, an was ist eigentlich des Tote Meer g`storb`n?"

Der Präsident von Westland

Dagobert Dumpf befand sich auf der Zielgeraden zur Wahl zum Präsidenten von Westland. Seine Beliebtheit brachte ihm im letzten halben Jahr einen kleinen Vorsprung gegenüber seiner Gegenkandidatin ein. Das große Zittern begann, ob das reichen würde. Sein Anwalt musste in letzter Zeit schon zum wiederholten Mal bei Vladl anrufen und ihn um Rat bitten. Doch Vladl winkte nur ab und bedeutete ihm, nicht so aufgeregt zu sein und Ruhe zu bewahren. Er, Vladl, würde das schon machen. Dagi könne sich voll und ganz auf ihn verlassen. So weit waren sie inzwischen schon, dass aus Dagobert Dagi geworden ist. Er könne ab jetzt die Füße hochlegen. Was natürlich nur im übertragenen Sinn zu verstehen war, denn im Endspurt musste noch einmal jeder Kandidat richtig Gas geben.

Vladl hatte die genialste Idee, zu der ein sterblicher Mensch überhaupt in der Lage ist. Zwei Tage vor der Wahl wendete sich daraufhin das Blatt. Die Umfragewerte, die Vladl von seinem Fernsehsessel aus mit einem Joy-Stick lenkte, schwenkten zu der Gegenkandidatin um. Er war mit dem privaten Unternehmen verbunden, das er nicht kannte, und die Mitarbeiter dort streuten in den sozialen Medien in Westland und auch sonst überall die Meldungen vom eigentlich erwarteten Sinneswandel der Wähler in Westland ein. Einen Tag vor der Wahl wurde bei den Umfragen ein uneinholbarer Vorsprung der Gegenkandidatin bekannt gegeben. Das Ergebnis war, dass die Weniger-Gaga-Menschen Westlands gar nicht erst zur Wahl gingen, weil der haushohe Sieg ihrer Kandidatin ohnehin feststand. Sie fuhren lieber zum Angeln, Bergwandern oder Golfspielen aufs Land. Nur die Fans von Dagobert Dumpf waren alle da. Da half es auch, dass viele von ihnen gar nicht lesen konnten und sich von jemandem zeigen lassen mussten, wo sie ihr Kreuzchen zu platzieren hatten. Genial! Gratulation Vladl! Einfach grandios, famos, pfiffig, mega, astrein, göttlich, exzellent, brillant, vorzüglich! Da können einem schon mal die Synonyme ausgehen; vielleicht noch krass oder fett! Ein Beitrag aus der Sprache der Jugend oder von Erdogaggi (über den ich auch noch das eine oder andere zu berichten habe) sollte nicht fehlen.

Schade nur, dass sie nicht zusammen feiern konnten, denn das hätte womöglich den einen oder anderen auf dumme Gedanken gebracht. So feierten sie getrennt, der eine mit Wodkatz und der andere mit Champi. Der eine ohne und der andere mit seiner soundsovielten Frau, die er eigentlich gar nicht dabei haben wollte. Viel lieber hätte er mit der Bläserin aus der Nachbarschaft gefeiert. Sie blies vortrefflich die Tubi, die in einem der Dazwischenstaaten gefertigt worden war und dort Tuba hieß.

Nach drei Tagen Delirium tremens fiel Dagi aus dem Bett, und ihm wurde bei seinem Hochstemmen plötzlich bewusst, was eigentlich passiert war. Das wollte er zwar schon, das mit dem Präsidentwerden, aber Präsident sein wollte er doch nicht (Probleme mit der Logik sind ihm nie fremd gewesen). Viel zu viel Arbeit. Und viel zu viel Leute, die einem dabei auf die Finger schauen. Da hatte Dagobert Dumpf die Idee, wie er das alles schnell wieder beenden konnte. Er musste nur in Westland und danach auf der ganzen Welt für planlose Verwirrung sorgen, und schon würden sie ihn des Amtes wieder entheben. Aber da hatte er sich geschnitten.

Die einen jubelten wie verrückt, sobald er nur die Nasenspitze aus der Tür streckte, und die anderen sagten sich: „Mal sehen, was passiert. Geben wir ihm eine Chance."

Kein Mensch kann sich vorstellen, wie anstrengend es ist, ständig nur Mumpitz zu bauen oder verbal von sich zu geben. Dagobert Dumpf fiel es leicht. Seine ehemaligen Kommilitonen überlegten schon bald, ob sie den Zusatz zu seinem Familiennamen wieder in die öffentliche Debatte aufnehmen sollten. Aber dann ließen sie es doch sein, denn wer wollte schon eine *Dumpfbacke* zum Präsidenten haben. Hinter vorgehaltener Hand war es aber immer öfter zu vernehmen. Außer natürlich beim Gaga-Anteil des Landes, der doch weitaus größer war als zunächst angenommen.

In Rekordzeit hat er nach seiner Wahl die besten Leute, die man sich für die verschiedenen Ämter im Land vorstellen kann, wieder gefeuert, weil sich herausstellte, dass sie nicht die besten Leute im Land waren, nicht mal annähernd. Der eine oder andere hatte nämlich da und dort Skrupel und musste deshalb hinfort als ungeeignet betrachtet werden. Die Neuen wurden dann auch wieder gefeuert und so weiter und so fort. Deshalb musste er sich auch tagtäglich um alles selbst kümmern, so dass er durch Arbeit überlastet wurde und oftmals das geplante verlängerte Wochenende auf vier Tage verkürzen musste. Das machte er dann völlig selbstlos aus eigenem Antrieb.

Die meisten seiner Mitarbeiter waren einfach nicht zu gebrauchen. Sogar der langjährige Chef des WGD (Westland-Geheimdienst) erwies sich als untauglich, was er selbst und seine vielen tausend Mitarbeiter gar nicht wussten.

Dagobert hatte ein sehr feines Gespür, wann er sich der absoluten Loyalität seines Gegenübers nicht mehr sicher sein konnte, weil derjenige während der Gespräche unter vier Augen ständig die Stirn runzelte und sich dabei immer wieder tiefe Sorgenfalten quer über das oberste Gesichtsdrittel gruben, wobei sich die beiden unteren Drittel mitleiderregend verzerrten. Achtmal war es ihm gelungen, Leute gerade noch rechtzeitig zu feuern, bevor sie aus eigenem Antrieb das Arbeitsverhältnis aufkündigten. Da musste man Dagobert Dumpf wieder Lob zollen, denn sein Zeitmanagement hatte er in dieser Hinsicht im Griff. Da stand er Vladl in nichts nach.

Zweimal allerdings war ihm einer zuvorgekommen. Beiden konnte er unmittelbar nach ihrem Ausscheiden Versäumnisse und Unfähigkeit im Amt vorwerfen, wenn auch nicht nachweisen.

Dennoch ließ man ihm nun bereits eineinhalb Jahre Zeit, in der Hoffnung, dass sich doch noch alles zum Guten wenden würde. Aber Dagi haute einen Hammer nach dem anderen raus. Und er ließ alle Menschen auf der Erdi, ob Gaga oder nicht, täglich an seinen Ergüssen teilhaben. Und wenn doch wieder einmal Unruhe im Lande aufkam, weil selbst bei den Dümmsten langsam Zweifel aufkamen, prahlte er mit enormen wirtschaftlichen Erfolgen, die sich erst seit seiner Wahl eingestellt haben und die nicht enden wollendes Wachstum versprachen. Da das in dem Moment keiner überprüfen konnte, trat erstmal wieder Ruhe ein. Das hat er von meinem ehemaligen Landesvater Franzi Strausi gelernt. Man kann es auch bei uns in Bavariari im Handbuch für angehende Politiker nachlesen. Eine Übersetzung davon liegt in der obersten Schublade von Dagoberts Nachtkästchen.

Vladl lachte sich inzwischen krumm und bucklig in seinem Schloss in Ostland, zu dem er das Parlament hat umbauen lassen. Es ist ein bescheidener Präsidentenpalast daraus geworden. Vorbild dafür war der emsige Präsident eines Landes südlich von Ostland, das sich Türkiii nennt und dessen Präsident Erdogaggi heißt. Der hat sich einen Palast hinstellen lassen, dessen 1200 Zimmer neuen Weltrekord bedeuteten. Da wollte Vladl auf keinen Fall nachstehen, und Dagobert Dumpf, nachdem ihn der WGD davon in Kenntnis gesetzt hat, erst recht nicht. Er bestellte gleich mal vorsorglich 2000 Zimmer, falls sich die Bestellung Vladls bestätigen sollte, der angeblich 1500 Zimmer anbauen ließ. Dafür mussten in Ostlands Hauptstadt lediglich die Universität und zwei riesige Krankenhäuser weichen, weil die im Wege standen.

„Die Leute sollen einfach mehr Sport treiben, dann werden sie auch nicht krank", waren Vladls Worte und seine Meinung, von der ihn keiner abbringen konnte. Er dachte in diesem Moment nicht daran, dass nicht alle Leute im Land so waghalsige Wochenenden in der Taigi erleben konnten (oder durften) wie er. Viele waren ja meistens gerade dabei, überredet zu werden. Da ist Regung ein defizitäres Unterfangen.

Erdogaggi ist übrigens ein Typ, der den anderen beiden bereits vorgestellten Pappnasen in nichts nachsteht. Eigentlich muss er in einem Atemzug mit ihnen genannt werden.

„Die türkiiische Gemeinschaft und der türkiiische Mensch, wohin sie auch immer gehen mögen, bringen nur Liebe, Freundschaft, Ruhe und Geborgenheit mit sich. Hass und Feindschaft können niemals unsere Sache sein. Wir haben mit Streit und Auseinandersetzung nichts zu schaffen." Das waren gerne zitierte Sätze von ihm, über die sich die Weltöffentlichkeit und die Mitbürger in Türkiii gefreut haben, wenngleich das eine Richtung war, in der sie Erdogaggi bisher noch nicht wandeln sahen. Ein halbes Jahr später richtete er alles wieder ins rechte Lot: „Wenn Ihr Euch weiterhin so benehmt, wird morgen kein einziger Dazwischenstaatler, kein einziger Westler auch nur irgendwo auf der Welt sicher und beruhigt einen Schritt auf die Straße setzen können." Und auf die unzähligen Gefangenen, die täglich mit Eskorte zu den Gefängnistoren seines Landes pilgerten, in den Gefängnissen Türkiiis aber schon lange keinen Platz mehr fanden, angesprochen, meinte er; „Warum sollte ich sie auf Jahre hinweg im Gefängnis halten und füttern?"

Danach wunderte sich niemand mehr, warum man von dem einen oder anderen Unglücklichen nichts mehr zu sehen oder hören bekam.

Der hat sich ganz nach meinem Geschmack entwickelt, dachte Vladl und beschloss, ihn bald einmal zu besuchen, oder ihn zu einem Abenteuer-Wochenende in die Taigi einzuladen.

Die Präsidenten von Ostland und Westland – abwechselnd

Unrast und Tatendrang der Präsidenten oder Präsidentinnen der Dazwischenstaaten, von Türkiii und auch Nordkori (mehr gibt es momentan nicht, die bedeutend oder unbedeutend genug wären, um in diesem großartigen Buch des Zeitgeschehens Erwähnung zu finden) werden nun nach und nach intensiver durchleuchtet.

Machen wir zunächst mit Dagobert Dumpf, manchmal auch liebevoll Dagi genannt, weiter. Für einen Behinderten überlegt man sich ja auch einen Kosenamen. Warum nicht auch für ihn.

Zwei Jahre waren seit seiner Wahl vergangen und keine Besserung in Sicht. Inzwischen machten sich auch manche Gaga-Leute Sorgen.

Ganz im Westen des Landes, wo auf einem bestimmten Gehsteig Sternchen angebracht wurden, auf denen die Namen westländischer Berühmtheiten zu lesen sind, befindet sich auch ein Stern von Dagobert Dumpf – das heißt, befand sich. Keiner wusste, was er unter dem erlesenen Kreis zu suchen hatte. Einer von denen, der es auch nicht wusste, zerhackte mit einem Pickel diese

Auszeichnung, so dass man nicht mehr sehen konnte, wem der Stern eigentlich gehörte. Man musste erst in einer Liste nachschauen, wen er ehren sollte. Die einen, die davon erfuhren und nicht erbaut darüber waren, dass ihrem Idol so übel mitgespielt worden war, bestanden darauf, den Stern mit Dagis Namen umgehend zu erneuern. Die anderen waren der Meinung, dass er gut weg war und dass es ein Fass ohne Boden werden würde, ihn immer wieder reparieren zu müssen. Inzwischen gab es so viele, die durch diese Aktion auf eine Idee gebracht worden sind, weshalb ein neuer Stern immer wieder in Gefahr geriet. Das leuchtete allen im Gemeinderat ein.

Ein abschließendes Ergebnis der Beratungen wird in etwa drei bis acht Jahren erwartet. Vorläufig bleibt das Loch, das notdürftig mit Beton gefüllt worden ist, bis sich eventuell ein neuer Held des Landes zum Ehren aufdrängt – vielleicht sogar Frau Gaga. Dagobert Dumpf jedenfalls hat an dem Tag, als das bereits vor einem halben Jahr Geschehene bekannt geworden ist, neun Mal gezwitschert und in diesen Meldungen, die einen Teil der Weltbevölkerung beunruhigten, seinen Unmut über so viel Vandalismus kund getan. Die Gemeinde heißt übrigens Hollyodi. Und eine(r) von ihren Bewohnerinnen oder Bewohnern war hundertprozentig nicht seiner Meinung.

Da sich Hollyodi ein bisschen wie Jodeln anhört und ich gerade ein wenig Zeit habe, möchte ich gerne für Sie einen geschichtlichen Hinweis aus meiner Heimat, in der gerne und viel gejodelt wird, außer der Reihe einfließen lassen. Das Jodeln, das bei uns schon vor dem Mittagessen praktiziert wird, ist Ausdruck unserer Lebensfreude.

Als sich Dagobert Dumpf in letzter Zeit intensiver mit den ausufernden Verkehrsproblemen seines Landes beschäftigte, wurde er von einem Gelehrten seines Stabes auf den von uns allen in unserer Heimat heiß geliebten und verehrten und berühmtesten Philosophen unseres gesamten Volkes, das als Bavariari weltberühmt und ein Teil eines Dazwischenstaates ist, hingewiesen. Ihm wird übrigens auch der Wahlspruch unseres Volkes zugeschrieben, der besagt: „Leut`, saufts nicht so viel, trinkt lieber Bier." Woran sich auch alle halten, besonders unsere Politiker, die offenbar schon vor dem Frühstück damit anfangen, denn anders sind die meisten ihrer Entscheidungen und Beschlüsse nicht zu erklären. Aber jetzt bin ich abgeschweift. Kein Wunder, wenn man Teil eines Volkes ist, über das weltweit ununterbrochen philosophiert wird.

Vor etwa drei Generationen hat besagter Philosoph unzählige Denkanstöße gegeben, für die allerdings die Zeit noch nicht reif war. Er war mit seinen fantastischen Visionen seiner Epoche weit voraus, weshalb er auch nur von wenigen Menschen verstanden wurde. Heute jedoch macht man sich seine Ideen zunutze und nimmt sie wieder auf – weil die Zeit endlich reif dafür ist.

Unter dem zunehmenden Verkehrsproblem haben schon die Menschen in seiner Ära gelitten, deshalb hat er als Dozent eines Symposiums, gespickt mit Gemeinderäten unzähliger namhafter Gemeinden, sinngemäß folgenden Vorschlag gemacht: „Der sich abzeichnende Verkehrskollaps kann nur vermieden werden, wenn man die Verkehrsteilnehmer gestaffelt folgendermaßen einteilt." Sein empfohlenes Beispiel war: „Am Montag die Fußgänger, am Dienstag die Autofahrer, am Mittwoch die Straßenbahn, am Donnerstag die Polizei, am Freitag die Feuerwehr, am Samstag der Notarzt und am Sonntag die Radfahrer." Oder, wem das zu schnell hintereinander war, schlug er eine alternative Einteilung vor: „Im Januar

61

die Fußgänger, im Februar die Autofahrer, im März die Straßenbahn, im April die Polizei, im Mai die Feuerwehr, im Juni der Notarzt und im Juli die Radfahrer."

Diese Neuordnung hat sich leider nicht durchsetzen können, weil sein Blick dann doch zu weit in die Zukunft gerichtet war. So weit war damals mein Volk noch nicht.

Dagobert Dumpf, so hört man, ist gerade dabei, dieses revolutionäre und übersichtliche System in Westland einzuführen – jedenfalls denkt er intensiv darüber nach. Er soll geäußert haben, zunächst in kleineren Schritten damit zu beginnen, um sein Volk nicht zu überfordern. Deshalb sprach er sich erstmals für die zweite Variante aus. Er ist felsenfest davon überzeugt, den Verkehrszusammenbruch damit abwenden zu können. Und er ließ verlauten, dass es ihm unverständlich ist, warum sich dieses leicht zu kapierende System in unserer modernen Gesellschaft noch nicht durchgesetzt hat. Vielleicht lag es auch an der Reihenfolge? Damit wollte er sich in den nächsten Tagen intensiver beschäftigen, bevor er in dieser Sache vors Rednerpult tritt oder das alles schon vor dem Morgenschiß in die Welt hinauszwitschert.

Um mein Volk, das der Bavariaris, besser verstehen zu können, möchte ich Ihnen einen kleinen Einblick in unsere Folklore geben. Die Männer laufen bei uns gerne in Hosen aus Hirschleder herum und die Frauen im Dirndl. Andere, die mit gefälschten Hosen und Dirndln aus Chini herumirren, sind keine Bavariaris, sondern Zugereiste (wie man die Migranten bei uns nennt) oder echte Touris. Sie alle erkennt man sofort. Genauso die Preiß`n. Das sind die übrigen gemischten Volksstämme des geheimen Dazwischenlandes, dem auch mein Heimat-Freistaat Bavariari angehört. Da wir niemanden diskriminieren, egal welcher Herkunft er ist, unterscheiden wir einfachheitshalber nicht unter Schwabis, Badensis, Hessis, Niedersachsis oder Hanseatis usw. Für uns sind sie alle Preiß`n.

Zwei Aufeinandertreffen mit deren eigenartigen Mentalitäten möchte ich gerne schildern, damit Sie besser verstehen können, wie liberal wir hierzulande mit Fremden umgehen. Es bieten sich dafür zwei Begegnungen im Biergarten an, denn dort verbringen wir die meiste Zeit des Jahres. Auch im Winter, wenn wir nicht gerade Skifahren sind.

Mein Bruder in seiner Hirschledernen und mit dem Hut, den ein mächtiger Hirschbart (ähnlich einem Gamsbart, aber nur ähnlich) zierte, saß mir gegenüber. Ein Ehepaar aus Preiß`n stetzte sich ohne Gruß zu uns, weil sonst alle Tische besetzt und sie dort, wo sie noch Platz gefunden hätten, nicht willkommen waren. Wir beide machen aber keinen Unterschied zwischen Chinis, Afgannis, Somalis oder Preiß`n, deshalb durften sie auch an unserem Tisch Platz nehmen. Nach einer Weile deutete die Frau auf den Hirschbart auf meines Bruders Hut und sagte: „So ein schöner Gamsbart, den sie da haben. Darf ich Sie mit diesem schönen Gamsbart fotografieren?"

„Nein", sagte mein Bruder.

„Aber warum denn nicht?" wollte sie sichtlich enttäuscht wissen.

„Weil mia do ned im Zoo san."

Einen Tag darauf mache ich mich alleine auf den Weg in den Biergarten und komme dort kurz vor dem großen Sepp und dem kleine Seppi an, der in jenen Tagen noch in den Kindergarten ging. An meinem Tisch saß mir gegenüber bereits ein Preiß. Da diese Gruppierungen die meiste Zeit des Jahres oberhalb der Doni leben, können sie bei uns keinen Schaden anrichten. Nur im Urlaub.

Als die Bedienung den Sepp fragt, was sie ihnen bringen soll, bestellt der Sepp: „Zwei Mass Helles."

Da springt der Preiß wie von der Tarantel gestochen auf und empört sich: „Aber sie können doch für das Kind keine Mass Bier bestellen." Dér Sepp winkt mit einer wischenden Handbewegung ab und meint in seiner gelassenen Art: „Was woaß denn so a Kind scho, wos a Mass is."

Als wenig später das Gewünschte eintrifft, stoßen wir mit unseren Krügen an, ohne den Preiß`n allerdings. Der hat sich einen anderen Tisch gesucht. War uns auch recht.

An diesen beiden Beispielen kann man sehen, dass man bei uns im Biergarten jeden Tag etwas dazulernen kann. Das ist die Schule des Lebens und manchmal sinnvoller als der Gang in die Schule, in die sie uns schon als Kinder zwangsrekrutiert haben.

Zurück zur Tracht. Ohne Ausnahme wird die originale Tracht bei unserem berühmtesten Festgelage, das gerne im Oktober stattfindet und zwei Wochen dauert, gelüftet. Dann sieht man auch viele Fälschungen, und man kann lehrreiche Vergleiche anstellen. Manche sind sogar aus Plastik; ihre Besitzer haben zumeist schräggestellte Augen.

Getanzt wird bei uns das ganze Jahr über, wobei sich die Männer bei wilden Sprüngen auf die ledernen Schenkel und die Außen- und Innenseiten ihrer Haferlschuhe klatschen. Zwischendurch knien sie vor ihren Tanzpartnerinnen und wedeln mit beiden Händen deren Röcke hoch, während die sich vor ihnen gleichmäßig schnell oder langsam drehen – je nach dem. So können die Burschen besser sehen, ob unter den Röcken alles schön geformt ist und sich die Balz lohnt.

Hauptsächlich in den Sommermonaten gehen wir ab Mittag (manchmal auch schon früher) in den Biergarten und ergeben uns dem bereits erwähnten Leitmotiv aller Generationen, die nach dem ebenfalls besagten Philosophen diese Tradition, an der nicht gerüttelt werden darf, pflegen.

Die Grenzen unseres Landes, auch Freistaat genannt (warum, weiß kein Mensch), sind im Süden die unüberwindlichen Alpen und ansonsten reissende Flüsse, die nur schwer zu durchwaten sind. Im Westen die Illi, im Osten der Inni und im Norden die Doni. Je nach dem wird das Land bis zur erweiterten nördlichen Grenze, dem Maini, ausgedehnt. Dann werden auch die Volksstämme der Frankis und der Oberpfalzis dazugerechnet. Wie gesagt, je nach dem. Es muss sich dann schon rentieren, zum Beispiel vor Wahlen, weil wir dann mehr sind. Dann sind sie eine Weile keine Preiß`n mehr.

Auweh. Ich muss unterbrechen. Gerade kommt eine Meldung rein. Von einer der renommiertesten Zeitungen (jedenfalls war sie das, bevor Dagobert Dumpf das Ruder herumgerissen hat. Seitdem produziert sie nur noch Fake News). Die Zeitung hat ein Dutzend Statistiker beschäftigt, um herauszufinden, wie oft der Präsident in den ersten achtzehn Monaten seiner Amtszeit gelogen hat. Sie sind einhellig der gleichen Meinung, dass es sich um 5000 Lügen handelt, plusminus 10. Das löste einen wütenden Proteststurm seitens Dagi aus und er rechnete seinen "Fake Newsern" vor, dass es lediglich 3000 gewesen waren. Und somit mussten beide Parteien noch einmal nachzählen. Das ist wie bei Wahlen. Ein korrektes Ergebnis kann erst bekannt gegeben werden, wenn es passt. Als das Nachzählen nach einer Woche beendet war, stand fest, dass beide Parteien recht hatten. Die

Zeitung hat nämlich die Lügen, die er an den Werktagen verbreitete, hochgerechnet mit den Lügen, die er zwangsläufig an den Wochenenden seiner Familie und den Freunden auftischte. Dagi ließ aber nur berufliche Lügen gelten, denn seine privaten Lügen zwitscherte er ja nicht in der Gegend herum. Die gingen niemanden was an. Darüber gab es keine Belege.

Dass bei den Zahlen ein Missverhältnis zu erkennen ist, weil doch Werktage aus Tradition in den meisten Ländern viel zahlreicher sind als Wochenenden, fällt dem aufmerksamen Leser natürlich sofort auf. Zu erklären ist das damit, dass Dagi sehr viele verlängerte Wochenenden einschieben musste, sodass von ihm diese in den meisten Ländern gepflegte Regel umgekehrt wurde. Also zwei Arbeitstagen standen oftmals fünf Tage Wochenende gegenüber. Das war die Tradition, die *er* pflegte. „Irgendwann muss man sich auch mal erholen. Auch als Präsident. Man kann nicht immer nur für andere da sein," war seine Erklärung dazu, die jedem einleuchtete.

Nachdem er nach einem solchen Wochende wegen Sauwetters in Neu Yoki zwischenlanden musste, hatte er das Bedürfnis, die Weltbürger an seiner Meinung zum Klimawandel teilhaben zu lassen. Er zwitscherte „Es ist saukalt in Neu Yoki und es schneit unaufhörlich. Wir brauchen dringendst die globale Erwärmung!"

In den letzten Tagen zwitscherte er nur noch, gab keine Erklärungen und Pressekonferenzen. Und da ein paar Tage vergingen, ohne dass er in die Öffentlichkeit getreten wäre, machten sich seine Fans Sorgen über seinen geistigen Zustand und seine Gesundheit. Vor Tagen hatte er vor laufenden Kameras erhebliche Probleme beim Artikulieren dessen, was es seiner Meinung nach zu artikulieren gab, oder besser nicht gab, wie seine Gegner meinten. Aus jedem „S" machte er ein „Sch". Manche glaubten fest, er sei besoffen – andere, er sei krank. Die mit der Besoffen-Theorie rückten aber wieder davon ab, weil es schon zu lange dauerte, dass er nur noch lallte. Ein Vollrausch konnte selbst bei ihm unmöglich so lange anhalten. Außerdem hatte er öfter Sätze gezwitschert, die überhaupt keinen Sinn ergaben wie zum Beispiel „In der Nacht ist es dunkler als draußen." Dem Geheimnis dieser Sätze konnten nicht einmal die Nichtgaga-Menschen im Land auf die Spur kommen. Geschweige denn die Gaga-Leute. Sie standen allesamt vor einem Rätsel. Zudem wirkten viele seiner anderen sprachlichen Ergüsse wie Äußerungen von Schulanfängern – Entschuldigung, von Sonderschulanfängern muss es heissen.

Da hatte Vladl eine Idee.

Er ließ seinen Ober-Troll zu sich kommen und schlug ihm vor, Dagi mit Falschmeldungen ein wenig unter die Arme zu greifen und sein angekratztes Image wieder aufzumöbeln. Die Öffentlichkeit musste ein wenig abgelenkt werden.

Diese Aufforderung war absolut überflüssig, denn seine Troll-Armee machte eigentlich nichts anderes mehr. Ein wenig verunsichert schossen sie in den nächsten Tagen übers Ziel hinaus. Sie ließen ein Gerücht verbreiten, das besagte, dass in einem der Westland-Staaten eine Chemiefabrik in die Luft geflogen sei und eine islamische Terrororganisation die Verantwortung dafür übernommen habe. Es dauerte eine Weile, bis die gefälschten Meldungen als solche entlarvt werden konnten. Dann tauchte auch noch ein Video auf, auf dem ein Soldat aus Westland mit dem Gewehr auf eine Bibel (den Koran) der Islamis schießt. Das brachte natürlich die Islamis dieser Welt wieder in Rage. Sie verbrannten daraufhin traditionsbewusst Fahnen von Westland auf den Straßen und öffentlichen Plätzen ihrer Städte, und außerdem wurden Strohpuppen emporgehievt, die ebenfalls in Flammen aufgingen. Sie sollte den aufgehängten westländischen Präsidenten darstellen. Gut getroffen, wie so mancher meinte. Besonders die Frisuren.

Das kam alles zur Unzeit, denn noch immer war der kleine Zweifel, ob Vladl nun Einfluss auf die Wahl in Westland genommen hat oder nicht, nicht ausgeräumt. Das, und dass sich in letzter Zeit kein Schwein für ihn interessierte, bereitete Vladl Kummer. Die ganze Welt schaute nur noch auf Dagobert Dumpf. Nicht einmal seine Wochenendfotos mit freiem Oberkörper sorgten mehr für *Likes* in den sozialen Medien, die er inzwischen auch liebgewonnen hat; nicht erst, seitdem Dagi dort jeden Tag aktiv war, und zwar vierundzwanzig Stunden lang. Kein Mensch konnte sich übrigens erklären, wie er das machte. Man vermutete s*enile Bettflucht*. Ein Begriff, der ihm zu Ehren geschaffen worden war. Oder er hatte ein paar Typen engagiert, die das für ihn erledigten. War aber eher unwahrscheinlich. Dazu wollte sich wohl keiner erniedrigen.

Vladl verabredete mit ihm ein Treffen auf neutralem Terrain in den Sümpfen Skandinavis, und davon gab es dort viele. In einem Pfahlbauhotel, in dessen Umkreis von 121,7 Kilometern kein anderes Haus stand, kamen sie zusammen. Da konnten sie sich bei Gesprächen, die den ganzen Nachmittag dauern sollten, ungestört und un-belauscht austauschen. Dabei musste sich Vladl ständig wiederholen, da Dagobert nicht kapierte, was er ihm eigentlich sagen wollte. Tatsächlich ging es immer wie-der um die gleiche Sache, nämlich das angebliche Einmischen in die Präsidentschaftswahl in Westland, die Vladl dauernd fälschlicherweise untergeschoben wird.

Und von der er überhaupt nichts wusste. Mit Engelszungen wiederholte er wieder und wieder den Satz, den Dagobert später bei der Pressekonferenz von sich geben soll, falls er darauf angesprochen wird, was zu erwarten war.

„Ich sehe keinen Grund, warum sich Ostland in die Westland-Wahl eingemischt haben sollte." Zur Vorsicht schrieb er ihm den Satz noch mit einem Filzschreiber auf die Innenseite seiner linken Hand, denn die Rechte hatte er zumeist in der Hosentasche oder angewinkelt mit erhobenem Zeigefinger. Da war das Risiko zu groß, dass er den Satz später nicht fand. Vladl wusste, dass die Berater Westlands ebenfalls zu diesem Kniff griffen und er Dagobert deshalb vertraut war.

Bei der anschließenden Pressekonferenz drängte Dagobert als erster an sein Rednerpult, weil er sich so komplexe Sätze, die er nicht selbst verfasst hatte, nicht so lange merken konnte. Dass er eine Spickhilfe hat, hatte er schon wieder vergessen.

Die Augen und Ohren aller Anwesenden hingen an seinen Lippen, sobald er den Mund aufmachte. Vladl neben ihm brach der Schweiß aus, als Dagobert plötzlich zu lallen begann. Aber dann, gerade noch rechtzeitig, wurden seine Worte verständlicher, und der Zeitpunkt für den alles entscheidenden Satz war gekommen: „Ich sehe keinen Grund, warum sich Ostland in die Westland-Wahl eingemischt haben sollte." Er schaute zu Vladl und hoffte, alles richtig gemacht zu haben. Und Vladl lächelte und nickte ihm beifällig zu.

Bravo. Er hat es geschafft. Vladl wäre ihm am liebsten um den Hals gefallen und hätte ihn gerne abgebusselt. Vorsichtshalber und aus Freude darüber, dass er alles richtig gesagt hatte, wollte Dagobert Dumpf den Satz gleich noch einmal wiederholen. Aber nach den ersten beiden Worten legte ihm Vladl geistesgegenwärtig die Hand auf den Arm und sagte: „Ist gut, mein Freund. Ich bin überzeugt, sie haben es alle verstanden." Und Dagobert lächelte nun ebenfalls.

Abends saßen beide noch mit ihren Gefolgsleuten beim Abendessen und dem anschließenden Am-Glas-Nippen. Dabei flossen wieder ungeheure Mengen Wodkatz und Champi. Vladl erzählte bei dieser Gelegenheit von seinen Abenteuern mit freiem Oberkörper in den Bergen und in der Taigi, und Dagi erinnerte sich an Wagnisse von denen er zwar gelesen, sie aber nicht selbst erlebt hat, und reklamierte sie für sich. Seine eigenen Erfahrungen mit risikoreichen Ausflügen beschränkten sich bekanntlich auf Rotlichtbezirke der Metropolen Westlands. Davon konnte er immer noch erzählen, wenn die anderen, außer ihm und Vladl natürlich, wieder allesamt unter den Tischen lagen. Auf diesen Spaß freute er sich schon und konnte es kaum erwarten.

Vladl hatte mitgezählt und wusste deshalb, dass die letzte Lüge Dagis 126ste an diesem Tag war. Er war etwas über dem Soll. Vladl nahm sich vor Nachsicht zu üben, denn es war ein ereignisreicher Tag heute.

Drei Tage dauerte diesmal die Ausnüchterung, die sich fortsetzte, als Dagobert Dumpf mit seinem Anhang in Westland eintrudelte. Schon am Flughafen in Neu Yoki stürmten Reporter und Fotografen auf ihn ein und wollten eine Erklärung zu dem Scheißdreck (dieses unflätige Wort wurde dabei am häufigsten verwendet, deshalb die Erwähnung in diesem ansonsten gesitteten Bericht), den er da in Skandinavi bei der Pressekonferenz verzapft hat. Und Dagobert Dumpf wusste nicht, wovon sie sprachen. Erst als er im *Bleichen Häusl* in der Hauptstadt von Westland war und sein Stab sich um ihn versammelte, wurde ihnen allen bewußt, was er sich da geleistet hat. Seinem Führungsstab, der ihn nach Skandinavi begleitet hatte, war gar nicht aufgefallen, was er da losgelassen hat, denn sie hatten gemeinschaftlich zum wiederholten Mal schon vor dem offiziellen Am-Glas-Nippen am Glas genippt.

Fieberhaft berieten sie die halbe Nacht, wie man das aus der Welt schaffen konnte, denn schließlich wusste inzwischen alle Welt von der Einflußnahme Ostlands bei der Präsidentenwahl in Westland, außer Vladl natürlich. Und dem Ober-Troll.

Am nächsten Tag, schon sehr früh, berief Dagobert eine Pressekonferenz ein mit der Ankündigung, etwas richtigstellen zu müssen. Vor der versammelten Presse und anderen Medien erklärte er, dass sein Satz nicht korrekt wiedergegeben wurde, oder er ein Wort vergessen hatte zu sagen, und zwar das Wort *nicht*. Es müsse nämlich heissen: „Ich sehe keinen Grund, warum sich Ostland *nicht* in die Wahl eingemischt haben sollte." Man kann doch auch einmal ein Wort vergessen. Das passiert doch jedem mal.

Die Tatsache, dass Vladl inzwischen auch bei sich daheim war und ihn mit seiner Schulmeisterei nicht auf die Nerven gehen konnte, beruhigte ihn vorerst. Er fühlte sich in Sicherheit.

Vor dem *Bleichen Häusl* und überall auf den gößeren Plätzen in der Hauptstadt und den anderen Städten im Land hatten sich unzählige Anhänger Dagobert Dumpfs versammelt, und ein Jubelsturm brach los und fegte über das Land, nachdem sie beim Public-Viewing diese Worte vernahmen und ihr Hero damit zu alter Stärke und Glaubwürdigkeit zurückgefunden hatte – und sie auch.

Doch schon einen Tag später traf er sein Volk erneut auf dem falschen Fuß und zog ihm eins über die Birne mit einem Satz, der ihm vor dem Einschlafen eingefallen war und den er sich gleich notiert hatte, weil er selbst so begeistert davon war und ihn nicht vergessen durfte. Er würde zusätzlich seine erstarkte Position untermauern: „Es gibt mit Bestimmtheit keine Absprache zwischen mir und meiner Kampagne, aber ich kann in jedem Fall für mich sprechen - und die Ostländer, null."

Als Vladl das vernahm, wusste er auch nicht mehr weiter, genau wie die Menschen im Land der *grenzenlosen Möglichkeiten*.

Man empfahl Dagobert Dumpf, Urlaub einzureichen, weil man Burn-out-Syndrom vermutete. Er solle die Gelegenheit nutzen, um seinen Amtskollegen in einem Land südlich von Ostland zu treffen, das sich Griechi nennt und sich vortrefflich für Urlaubmachen und dergleichen eignet. Die Griechis, die noch nie im Leben mit Geld umgehen konnten, könne er in dieser Sache beraten, denn sie überlegten fieberhaft, wie sie das Stabilitätsprogramm, das die Typen von der Dazwischenländischen Union ausgeheckt haben, einhalten könnten.

Weil sie seit Bestehen von Griechi niemand darüber aufgeklärt hatte, kamen sie ums Verrecken zu keinem Ergebnis. Auf einmal wurde von ihnen verlangt, dass sie nicht nur die Hand aufhalten, sondern gemeinschaftlich zum Bruttosozialprodukt Beitrag leisten sollten. Für das Wort Bruttosozialprodukt gab es aber in Griechi kein Wort mit gleicher oder ähnlicher Bedeutung, deshalb war man gespannt, was Dagobert Dumpf dazu beisteuern kann; wie er die Griechis in die Spur bringen würde.

Um das Volk der Griechis und ihre angeborene Abneigung gegen das Steuerwesen besser zu verstehen, wäre noch zu sagen, dass sich ihr oberster Gotti „Zeusi" nennt, er mächtiger als alle anderen Gottis zusammen ist und gerne Blitze auf die Erde losschleudert. Einer seiner unehelichen Söhne hieß Herculi, von dem jedes Kind weiß, dass es seinerzeit auf der ganzen Welt keinen stärkeren Mann gab als ihn. Den hätte keiner an ein Kreuz gehämmert. Von ihm erzählt man sich auch, dass er ständig mit riesigen Felsbrocken um sich warf.

Ein anderer Held, über den die Griechis gerne quatschen, ist Odyssi. Über ihn gibt es leider nicht viel zu sagen, denn er verfuhr sich ständig, wenn er aufs Meer hinaussegelte. Einmal kam er eine halbe Ewigkeit nicht nach Hause. Danach prahlte er mit hanebüchenen Geschichten über Abenteuer, die er angeblich erlebt hat.

Es ist wirklich kein Wunder, dass ein Volk mit solchen Ahnen mit Heldenstatus es vermeidet, überhaupt ernst genommen zu werden.

Nach drei Wochen Urlaub mit Symposien in ganz Griechi wurde Dagobert mit Sirtakii (Tanz) und reichlich Usi (Schnaps) verabschiedet und auch gleich wieder vergessen. Kein Griechi hat verstanden, was der da gelabert hat. Schließlich haben die Griechis bis jetzt alle Banken, sogar die Zentralbank der Dazwischenstaatlichen Union, um Geld angehauen, und das schon so lange, wie sie dieser Union angehören. Die wollen ihnen einfach nicht mehr glauben, dass sie irgendwann etwas zurückbekommen werden. Dagobert Dumpfs Kreditsystem hatten die Griechis schon vor 3000 Jahren verinnerlicht.

Wieder zu Hause angekommen wurde Dagobert als neuer Messias gefeiert, der endlich den Griechis gezeigt hat, *wo der Bartl den Most holt*. Das ist so ein Ausdruck aus meiner Heimat, den keiner richtig erklären kann, der aber in etwa so viel bedeutet wie: dass der Bartl (das ist ein beliebter Vorname bei uns) weiß, wo man einen bekommt. Ich weiß, es ist eine Schande, dass der bei uns so verehrte Bartl in einem Atemzug mit Dagobert Dumpf genannt wird – aber mir fällt gerade kein anderer ein. Und der Bartl hat breite Schultern. Der kann auch *das* stemmen.

Am Abend rief Vladl Dagobert auf seinem abhörsicheren uralten Handy von Nokii an. Ein moderneres lehnt Dagi ab, seitdem er die Umschulung auf fortschrittlichere Geräte nach der dritten Wiederholung resigniert aufgegeben hat. Sein altes Nokii wurde deshalb auffrisiert, damit er außer telefonieren auch zwitschern kann.

„Mein lieber Dagi", begann Vladl, „wir könnten die ganze Welt so schön aufmischen – wir zwei! Aber du solltest es nicht immer gleich so maßlos übertreiben – obwohl ...?"

„Wieso?", unterbrach ihn Dagobert, „ich bin so, wie ich bin!"

„Ach so, ja", sagte Vladl. Und das war das kürzeste Gespräch, das zwei Präsidenten jemals miteinander geführt haben, und es wurde bereits am nächsten Morgen in die Geschichtsbücher und in das Buch der Rekorde aufgenommen. Vladl hätte sich eigentlich denken können, dass es keinen Sinn macht, mit seinem ebenfalls abhörsicheren Telefon bei Dagi anzurufen, wo Dagis Handy doch zwitschern kann.

Eine Woche später las Dagobert Dumpf in der Zeitung (einer Zeitung, die ausnahmsweise keine Fake-News veröffentlichte), dass sich neben der Gaga-Bewegung eine neue Gruppierung aufstellte und sein Land zu überschwemmen droht – und sich „Ballaballa" nennt. Sofort bemühte er sich auch um diese Nische. Es wunderte ihn, dass die Leute dieser neuen Weltanschauung so leicht zu gewinnen waren, leichter noch als die Gagas. Ich wollte das nur schon hier erwähnt haben, denn man weiß nicht, wann diese Ballaballas die Gagas ablösen. Sie scheinen noch triebhafter zu sein, was bedeutet, dass abzusehen ist, wann sie die stärkste Kraft im Lande werden. Wie eine Epidemie breiten sie sich aus. Es ist zu hoffen, dass sie sich nicht zu einer Pandemie auswächst. Die Statistiker haben schon jetzt alle Hände voll damit zu tun, die aktuellen Zahlen auszuwerten.

Jedenfalls wurden zwei Tage später zehn Prozent der Bevölkerung, die man vorher zu den Unentschlossenen gezählt hatte, als neue Mitglieder der Ballaballas geführt. Damit schmolz der Anteil der registrierten Intellektuellen ein weiteres Mal zusammen. Obwohl, eigentlich waren das ja gar keine Intellektuellen, sie wurden in der Statistik bisher immer als Unentschlossene geführt. Das war genauso wie in einem der Dazwischenländer, wo Leute völlig nutzlose Umschulungsprogramme durchlaufen müssen, weil dadurch die Arbeitslosenzahlen reduziert werden können; sogar bis zu Rekord-Tiefständen, wie es sie seit dem Wirtschaftswunder in den 50er Jahren nicht mehr gegeben hat. Den Namen dieses Landes verrate ich nicht, der ist geheim!

Der nächste Tag begann turbulent, und er hielt Dagobert bis Mittag in Atem. Es war bekannt geworden, dass sein ehemaliger Wahlkampfmanagerhandlanger Burli Manfi jede Menge privaten Zaster ins Ausland geschafft hatte, nachdem er sich von Dagopbert Dumpf zu diesem wichtigen Job hat überreden lassen. Er tat das, um zu retten, was zu retten war, falls Dagobert Dumpf wider Erwarten doch Präsident dieses wundervollen Landes werden sollte.

Und weil das noch nicht reichte, meldete sich gleich nach dem Frühstück der Machthaber von Nordkori nach ein paar Wochen Sendepause zu Wort. Dem machte es

Spaß, sein winziges, völlig unbedeutendes Land immer wieder als größten Widersacher Westlands ins Spiel zu bringen. Er drohte zum wiederholten Mal damit, Westland dem Erdboden gleich zu machen. Was nätürlich Unsinn war, denn die Raketen, die er bisher aufs offene Meer hinausballerte, würden nie bis nach Westland kommen. Damit konnte er bestenfalls ein paar Fischschwärme aufmischen. Vielleicht sah er ja darin eine Möglichkeit, Westland auszuhungern. Jedenfalls war dieses Wichtelmännchen, das einen noch untauglicheren Friseur als Dagobert Dumpf zu haben scheint, vollkommen durchgeknallt. Keine Ahnung, was sich der jeden Tag reinschmiss. Beim Gedanken an ihn fiel Dagobert nur Rumpelstielzchen ein (das ist ein umtriebiger Zwerg in einem Märchen aus einem der vielen Dazwischenstaaten, genaugenommen aus dem geheimen, mit den niedrigen Arbeitslosenzahlen).

Und gleich war Mittagspause. Bis jetzt hatte er noch nichts geschafft. Brauchte er auch nicht. Manfi, der ihm inzwischen ohnhin lästig geworden war, weil er sich andauernd wegen des Wahlkampferfolgs feiern ließ, der seiner Ansicht nach nur ihm zu verdanken war, würde er gleich nach dem Mittagessen feuern und den Zwerg aus Nordkori gar nicht erst beachten. Obwohl, ein bisschen Reizen hätte auch was, wonach ihm das Mittagessen bestimmt noch besser schmecken würde. Heute gab es gefüllten Saumagen, das hatte er einmal bei einem inoffiziellen Besuch bei einem Kanzler in einem der Dazwischenländer vorgesetzt bekommen, und das war eines der Geheimnisse, warum der Kanzler immer wiedergewählt worden ist. Es war deshalb eines der Geheimnisse, weil dort niemand mehr wusste, warum er immer wieder gewählt worden ist. Seine Erfolge hatte man zuletzt dem Saumagen zugeschrieben. Warum? Keine Ahnung.

Irgendwann war er dennoch abgelöst worden von einer Frau, die mit ihren Händen immer eine Raute oder ein Herz vor ihrer Muschi formt, wenn sie sich an die Öffentlichkeit wendet oder zu einem Gemeinschaftsfoto aufstellt. Dagobert konnte sie nicht ausstehen, weil sie ihn immer küssen will, so wie sie es mit dem Franzosi macht. Pfui Teufel, dass der sich das gefallen lässt. Nun ja, er selbst muss es sich ab und zu auch gefallen lassen. Deshalb war er um Ausreden niemals verlegen, wenn sie ihn wieder einmal besuchen wollte. Und Vladl hat ihm verraten, dass es ihm genauso ergeht. Der küsst, wie er selbst auch, lieber die Weiber, die er sonst so ansteuert und die nicht unbedingt einem Land vorstehen müssen.

Kurz und gut, nach dem Mittagessen war alles in einer halben Stunde erledigt und Dagobert Dumpf konnte sich den Rest des Nachmittags freinehmen. Wieder einmal waren alle Termine von den Leuten, die selbst um diese Termine gebeten hatten, abgesagt worden. Sogar bis zum Ende der Woche, die gerade erst begonnen hat. Das kam ihm zwar komisch vor, er wollte sich aber deshalb nicht weiter den Kopf zerbrechen, sonst könnte er womöglich nicht so lange blaumachen. Kurz entschlossen nahm er den Zylinder von der Kommode, der mit Zetteln ange-füllt war, auf denen alle Golfplätze, die er sein Eigen nennt, notiert waren. Er mischte die Zettel sorgfältig durch, zog dann einen davon heraus und musste schmun-zeln, denn es war ausgerechnet sein Lieblings-Golfresort. Er hatte es an dem schwarzen Punkt, den er auf der Rückseite angebracht hatte, sofort erkannt. Er freute sich riesig, dass er ausgerechnet diesen Zettel gezogen hat, nun schon zum sechsten Mal hintereinander. Dieser Zettel war außerdem orange, nicht weiß wie die anderen. Sicher ist sicher.

Ein wunderbares Wochenende begann und endete vier

Tage später. Er war zu einer Talksendung eingeladen und musste deshalb vorzeitig abbrechen. Diese Talksendung war sehr wichtig für ihn, denn die Moderatorin Mikii Wrzlbrumpfi (50) hatte ihn bei verschiedenen Gelegenheiten bloßgestellt. Das musste gekontert werden. Während ihrer Sendung erzählte er bei unpassender Gelegenheit, dass sie, Mikii Wrzlbrumpfi (50), bei ihrer gestrigen Zusammenkunft wegen eines Faceliftings im Gesicht geblutet habe. Nur dumm, dass man noch im Laufe der Sendung zweifelsfrei beweisen konnte, dass sie weder geblutet noch sich in besagtem Zeitraum im erwähnten Golfresort aufgehalten hat.

Nun ja, war auch schon lange her – einen Tag. Da kann man schon mal was durcheinanderbringen. Das ist wie bei manchen Sätzen, die man so sagt, und bei denen man ein Wort vergisst.

Ein paar Tage danach der nächste Aufreger. Eine ehemalige Wahlkampfhelferin, die danach Mitglied seines Stabes wurde, hat er zu spät gefeuert. Kann auch passieren. Obwohl, inzwischen ist keiner mehr von denen da, die ihm ins Amt geholfen haben. Die konnte man anscheinend alle nur dazu brauchen. Diese jetzt, diese Manigi Neumi gab ein Interview, in dem sie sich beim Nichtgaga-Volk von Westland dafür entschuldigte, sich mitschuldig an den Betrügereien Dagobert Dumpfs an seinem und ihrem Volk gemacht zu haben. „Im *Bleichen Häusl* wird nur noch gelogen und betrogen. Sie täuschen die Nation darüber, wie rückständig der Präsident in der Birne ist. Wie schwer es ihm fällt, komplexe Informationen zu verarbeiten. Wie wenig er mit den wichtigsten Entscheidungen befasst ist, die unser Land betreffen." Und dann beteuerte sie noch einmal, dass sie sich daran mitschuldig fühlt.

Vladl meinte nur: „Sag mal was Neues, Mädchen."

Dagobert Dumpf raste vor Wut. Das konnte er nicht auf sich sitzen lassen. Er fragte: „Wer ist diese Tante überhaupt?" Und dann diktierte er das neueste dazugehörige Gezwitscher. Darin beschimpfte er Neumi als „bekloppten Abschaum" und dass sie ihn „um einen Job angebettelt" habe. „Dann hat sie noch dauernd Meetings verpasst." Und das alles über eine Tante, von der er fünf Minuten zuvor nicht wusste, wer sie war.

Da kam ihm Folgendes gelegen: Vor ein paar Tagen haben die Türkiiis, auf Betreiben Präsident Erdogaggis, einen westländischen Pastor wegen Spionage eingelocht. Dagobert Dumpf will sich das nicht gefallen lassen und verdoppelt daraufhin türkiiis Strafzölle, was bewirkte, dass die Währung Liriii in Türkiii dramatisch abstürzte. Wieder einmal ist der Gerechtigkeit Genüge getan, und von wem? Von Dagobert Dumpf natürlich. Die anderen wissen ja nicht, wie man auf solche Provokationen zu antworten hat.

Erdogaggi spricht daraufhin von einem möglichen Krieg. „Staaten, die Frieden wollen, müssen bereit zu Krieg sein", sagte er. „Wir sind bereit mit allem, was wir haben." Das passte zu Dagobert Dumpfs verbalen Auswürfen. Da war ein Ebenbürtiger auf der internationalen Bühne aufgekreuzt.

Ein Krieg für einen Pastor. Vladl schüttelte ungläubig den Kopf und sagte: „Mit Rechnen haben es diese bekifften Deppen nicht gerade. Die sollte ich mal einladen und ihnen unsere Überredungsoasen vorstellen. Nur für zwei Tage. Das würde bei denen daheim sowieso niemandem auffallen, wenn die mal ein Wochenende weg wären". Außerdem hätten ihre Völker mal Gelegenheit, durchzuschnaufen.

Übrigens, bevor ich es vergesse: Wie Sie vielleicht

bemerkt haben, sind die Überredungsheime inzwischen in Überredungsoasen umbenannt worden, weil man dem Trend zu mehr Luxus auch in Ostland Rechnung tragen möchte. *Oase* bringt man mit Wellness eher in Verbindung als *Heim*. Aber ob das bei den beiden was nützt? Vladl hatte seine Zweifel und verwarf den Gedanken an die Einladung gleich wieder.

Mit einer Flasche Wodkatz bewaffnet machte er es sich auf der Couch vor seinem Satellitenempfänger bequem. In ein paar Minuten wird eine Rede von Dagi im TV übertragen. Das will er sich nicht entgehen lassen. Mal schauen, was der heute drauf hat.

Doch bereits fünf Minuten, nachdem Dagi die Ostlandaffäre als eine Verschwörung der Linken im Land ausgemacht hatte, obwohl das Thema schon längst abgehakt war, schaffte er in den verbleibenden vier Minuten vier weitere Lügen, die da waren: „Westland zahlt 90 Prozent der Bündniskosten mit den Dazwischenstaaten. Der Konzern Westland Stahl baut sieben neue Stahlwerke (wovon niemand sonst Kenntnis hat). Die Königin von Kleingroßbritti ließ ihn bei der Audienz warten, und nicht anders herum. Die Hallen sind bei seinen Veranstaltungen voller als die der berühmtesten Popstars seines Landes."

Vladl gab es auf, leerte die Flasche Wodkatz in drei Zügen und ging lieber ins Bett. „Das hält der stärkste Bär nicht aus", murmelte er im Dialekt seines Heimatdorfes vor sich hin, als er in seinem Schlafgemach verschwand.

In Westland gab man sich derweil keine Mühe mehr, die Lügen Dagobert Dumpfs aufzudecken oder aufzuzählen, vielmehr versuchte man verzweifelt, Wahrheiten bei seinem Gelaber herauszufiltern; was bisher noch keinem gelungen ist. Sie glaubten ihm nicht mal mehr, wenn er bekanntgab, dass er jetzt aufs Scheißhaus geht.

Trotzdem jubelten oder vielmehr johlten seine zuge-dröhnten Anhänger ob seiner *Wahrheiten* mit Sprech-chören: „Westland zuallerallererst! Westland zuallerallererst! Westland zuallerallererst! Westland zuallerallererst! Westland zuallerallererst! Westland zuallerallererst! Westland zuallerallererst! Westland zuallerallererst!..." So ging es den Rest der Nacht weiter. Irgendwann schaltete der Sender die Übertragung ab, nachdem zum eintausendneunhundertdreiundfünfzigsten Mal hintereinander „Westland zuallerallererst!" über das Westland geschallt hat. Dagobert ließen seine begeister-ten Anhängern erst gar nicht mehr zu Wort kommen.

Das Versäumte holte er am nächsten Tag nach. Diese Kuh, die in den Dazwischenländern immer jeden Präsi-denten abschleckt, mit der hatte er auch noch ein Hühn-chen zu rupfen. Ihre Einwanderungspolitik spottet jeder Beschreibung. Dadurch gehen in allen Dazwischen-staaten die Kulturen den Bach runter. Und nicht nur das, die Kriminalität hat drastisch zugenommen (was auch nicht stimmte, denn sie hat abgenommen).

Immer wieder formt sie die Raute vor ihrer M..... und ruft verzückt: „Wir schaffen das", und dann gleich noch-mal: „Wir schaffen das." Dass das Unsinn ist, hat er sofort richtig erkannt, denn die Busslerin tut gar nichts dazu. Das müssen immer andere machen, Leute, die das nicht schaffen, weil es nicht zu schaffen ist.

Bei diesem ganzen Gezwitscher hat Dagi total verges-sen, dass Westland ausschließlich von Migranten gegrün-det worden ist, und auch er von ihnen abstammt. Und dass man das Wort Kultur auf keinen Fall in einem Satz mit Westland in Verbindung bringen darf. Höchstens wenn das Gespräch aufs *Schlachten* gelenkt wird. Oder auf den kläglichen Rest von Ureinwohnern, der sich tagtäglich dafür schämt, dass es seinen Ahnen nicht gelungen war, diesen Mob wieder ins Meer hinaus zu treiben und dorthin zurückzuschicken, von wo er gekommen war, nämlich hauptsächlich in die Dazwischenländer, vor allem aber nach Kleingroßbritti. Und sogar nach Chini. Halt, die Chinis sollte man besser ausnehmen. Sie sind wichtig, denn auch in Westland muss von jemandem die Wäsche gewaschen werden.

Um nicht die gleichen schlechten Erfahrungen mit Migranten zu machen, lässt Dagobert gegenwärtig an der Grenze von Westland zu Mexi illegale Einwanderer von ihren mitgebrachten Kindern trennen. Die werden dann woanders weggesperrt. Ihr Weinen kann er aufgrund der großen Distanz zu seinem Golf-Resort nicht hören.

Unter mir als Häuptling der Ureinwohner, dachte Vladl, wäre das nicht passiert. Ich hätte alle Stämme vereint und zusammengehalten und den Einwanderern den Arsch versohlt.

Diese Gedanken gingen jetzt dem kleinen großen Präsidenten Ostlands durch den Kopf, als er schon zum Frühstück mit Dagis Unsinn konfrontiert wurde. Kein Wunder, dachte er, wenn so mancher schon vor dem Frühstück dem Griff zur Flasche nicht widerstehen kann.

In Südostasi wird gerade das zweite Treffen zwischen Dagobert Dumpf und Kimi Jongi Uni vorbereitet, nachdem das erste Treffen der beiden keinerlei Ergebnis erbracht hatte.

Der von manchen auch nur Kimi genannte ist der, den wir bereits als Fischschwarmbedroher ausgemacht haben.

Derzeit hat man in Hanoiii, wo der Gipfel stattfinden soll, den Doppelgänger Kimis des Landes verwiesen. Der wird von Kimi Jongi Uni immer vorausgeschickt, um die Stimmung im Lande auszuloten, und falls gerade ein

Attentäter, der ihm nichts Gutes will, unterwegs sein sollte, er diesen auf eine falsche Fährte locken kann (die Frisuren von Kimi und seinem Doppelgänger sind notwendigerweise identisch, weshalb man leicht darauf hereinfällt. Ein drittes Mal gibt es diesen Haarschnitt auf der ganzen Welt nicht).

Vor neun Monaten hatten sich Kimi und Dagi in Singipuri zum ersten Mal persönlich gegenübergesessen. Damals hatten sie sich auf die Denuklearisierung der korischen Halbinsel geeinigt, ohne die Welt darüber aufzuklären, was genau sie damit meinten. Man muss dazu anmerken, dass Kori in Nordkori und Südkori geteilt ist, genauso wie das seinerzeit in einem der Dazwischenstaaten der Fall war, in dem Vladl einige Zeit sein Unwesen treiben durfte. Die Nordkoris, deren alloberste Lichtgestalt Kimi Jongi Uni ist, hängen noch immer der veralteten Kommibewegung nach und kommen deshalb ums Verrecken nicht auf die Beine. Die im Süden dagegen leben wie die Maden im Speck und dürfen außerdem tun und lassen und sagen, was sie wollen, ohne gleich dafür eingesperrt oder unfreiwillig in die Ewigkeit abberufen zu werden.

Um ein wenig Aufmerksamkeit zu erregen, hat Kimi vor einiger Zeit damit begonnen, die Westländer mit seinem Atomraketenprogramm aufzuschrecken. Lange zuvor war er schon unangenehm aufgefallen, weil er seinen Onkel Jangi Songi Thaeki wegen Landesverrats zum Tode verurteilen ließ. Angeblich soll er danach sogar dessen Kopf herumgezeigt haben, damit Genossen von diesem Gedanken abgebracht werden konnten, falls sie jemals einen solchen gefasst haben sollten.

Wie erwähnt hat er jetzt sogar damit gedroht, Westland platt zu machen. Er kann Dagobert Dumpf und Konsorten nicht ausstehen. Mit seinem Gehabe erinnert er auch ein wenig an einen ehemaligen Führer eines der Dazwischenstaaten (dem geheimen mit den niedrigen Arbeitslosenzahlen), der Adi H. hieß. Wobei sich dieser Vergleich nicht wirklich anbietet, denn Adi hatte mehr Arsch in der Hose. Der hat nicht nur gedroht, der hat auch gehandelt. Genutzt hat es ihm dennoch nichts.

Dagobert Dumpf könnte sich von Kimi Jongi Uni nur eines abschauen, und zwar, wie Verkehrsprobleme im Land zu lösen sind. Bei dem gibt es in den Städten keine Staus, genauso wenig wie auf der einzigen Autobahn. Parkplätze haben sie im Überfluss, denn es gibt keine Autos, und wenn doch einmal, dann kein Benzin. Die Leute leben gesünder, weil die CO_2-Belastung durch Autoabgase wegfällt; und weil sie wegen Mangels an Fahrzeugen ausreichend Bewegung haben. Allerdings relativiert sich das mit den Autoabgasen, denn diesen Mangel holen sie bei Südwind wieder auf. Dann kommt von Südkori der Smog, der denen in Nordkori fehlt. Aber das passiert nur an ein paar Tagen im Jahr.

Mehr Bewegung könnte auch Dagobert Dumpfs Volk nicht schaden. Nirgendwo auf der Welt gibt es so viele Frauen mit so großen Ärschen. Richtig unappetitlich ist das. Man will sich im TV schon gar keine Berichterstattung aus Westland mehr anschauen, weil einem da das Abendessen nicht mehr schmeckt. Die Männer dort scheinen langsam aufzuholen. Offenbar wollen sie sich nichts nachsagen lassen. Das ist ihr wieder einmal falsch verstandener Beitrag zur Gleichberechtigung und Quotenregelung. Irgendwie erinnert mich dieses Szenario immer an unser berühmtes Volksfest im Oktober, wenn beim Einzug der Festwirte Pferdegespanne durch die Innenstadt unserer Landeshauptstadt gepeitscht werden. Die Hinterteile der Bräurösser stehen denen der Westlandweiber in nichts nach. Bei uns gehört das allerdings zur Folklore. In Westland ist das Allgegenwart.

So, jetzt muss ich eine kleine Pause machen, denn der Gipfel der beiden Chaoten hat noch nicht begonnen, geschweige denn ist ein Ergebnis zu erwarten. Ich werde mir eine Mass einschenken, denn anders ist die Weltlage heutzutage nicht mehr zu ertragen. Und danach werde ich frühstücken. Ich habe den letzten Absatz nämlich im Bett geschrieben, weil ich heute wegen des Sauwetters keine Lust zum Aufstehen habe.

Da fällt mir ein, dass der Bierkasten fast leer ist. Ich muss mich mit dem Frühstück beeilen, denn dieser Mangel muss abgestellt werden. Vielleicht nehme ich mir vorsichtshalber gleich einen zweiten, quasi einen Reservekasten mit, damit ich während des Gipfels das Haus nicht unnötig verlassen muss. Bis dann also.

Nun habe ich mir die Sache doch anders überlegt, denn das Frühstück kann ruhig ein bisschen länger warten. Im Bierkasten sind noch zwölf Halbe. Die müssten bis morgen Abend reichen. Viel wichtiger ist, dass ich Ihnen noch ein bisschen über die Geschichte meiner Heimat erzähle, die weltweit unter dem wohlklingenden Namen Bavariari Berühmtheit erlangte; die früher einmal ein Freistaat war, sich heute aus touristischen Erwägungen aber nur noch so nennt. Man nennt das Marketing. Wieder so ein Wort aus Westland, das mehr Schaden anrichtet als dass es nutzt.

Bavariari wurde vor nicht allzulanger Zeit (wenn man die Existenz der Erdi in Betracht zieht) von einem König regiert, den man irgendwann hinterrücks niederstrecken musste, weil er lieber Schlösser baute als Krieg zu führen. Das war der nachrückenden Politikergilde ein Dorn im Auge und man hat deshalb den BGD (Bavariari Geheimdienst) gegründet, der das dann erledigte. Und weil heutzutage der Tourismus nicht gefährdet werden darf, steht in den Geschichtsbüchern was ganz anderes. Der Pilgerstrom der abermillionen unwissenden Touristen, der sich alljährlich zu den Schlössern und Biergärten meiner Heimat aufmacht, darf nicht gekappt werden. Sie alle sind in dem Glauben, dass unser Märchenkönig Luggi II in einem bekannten Badesee ertrunken ist, nachdem er bei einem Ringkampf mit seinem Leibarzt der Unterlegene war. Warum das Gerangel ausgerechnet im See stattfinden musste, darüber ist nichts überliefert. Normalerweise balgt man sich doch auf einer Wiese. Ein Rätsel war auch, woher die beiden Einschusslöcher im Rücken seines Mantels kamen. Am besten war, diese gar nicht erst zur Sprache zu bringen.

Zu erwähnen wäre noch, dass in meinem Heimatland das Bier noch nach dem Reinheitsgebot gebraut wird und deshalb wenig bis gar keinen Schaden anrichtet, im Gegensatz zu dem Gebräu, das aus anderen Ländern zu uns hereinschwappt. Man muss das Bestreben dieser Länder zwar verstehen, denn sie müssen ihr kontaminiertes Gesöff auch irgendwo loswerden. Nach dem Ablaufdatum aber, das auf den Flaschen notiert sein muss, wird es hierzulande weggeschüttet, wobei man sich nicht erwischen lassen darf, denn es muss ordnungsgemäß als Giftmüll deklariert und als solcher entsorgt werden. Bei Nichtbeachten werden Bußgelder bis hunderttausend Euri fällig – schon für eine Flasche.

Bavariari besteht eigentlich nur aus zwei Regierungsbezirken, nämlich Oberbavariari und Niederbavariari. Der Fluss Doni bildet die flexible Grenze nach Norden. Dahinter leben bis zur endgültigen Grenze die Frankis, die als Ober- Unter- und Mittelfrankis bekannt sind, und die weniger bekannten Oberpfalzis. Sie alle haben jedoch an Einwohnern mehr aufzuweisen als die, die unterhalb der Doni leben. So hat es sich kürzlich zugetragen, dass eine böse Überraschung das Land in Erstaunen versetzte. Es standen wieder einmal Wahlen an, und deshalb wurde aus Gewohnheit der obere Teil dazu aktiviert.

Da bei uns noch nie eine Volkszählung stattgefunden hat, waren alle platt, dass neuerdings die Frankis und Oberpfalzis den Minipräsi stellen. Freudentaumel im Norden Bavariaris und lange Gesichter im Süden waren die Folge. Das erste Gesetz, das der neue Minipräsi erließ, war die ständige Zugehörigkeit der Frankis und Oberpfalzis das ganze Jahr über und für alle Zeiten. Nicht nur eine paar Wochen vor der Wahl und gleich danach nicht mehr. Sein Lieblingsgetränk ist Weißweinschorle ohne Wasser.

Um Gottes Willen, jetzt habe ich den Volksstamm der Schwabis vergessen, der sich westlich an Oberbavariari heranwanzt, den man allerdings wegen seiner hektischen Betriebsamkeit und seines unverständlichen Dialekts nicht so richtig auf dem Zettel hat. Sie reden dort von nichts anderem als vom "schaffi schaffi Häusli baui". Das kommt bei uns im Zentrum gar nicht gut an. Das raubt uns die Gemütlichkeit, wegen der uns der Rest der Welt beneidet und gerne heimsucht – falsch, *besucht* muss es heissen. Und die Touries sind wichtig, denn die kaufen bei uns wie verrückt die Plasikhosen in Lederoptik, die man zuvor zu diesem Zweck in ihrem Land produziert hat. Und sie sind ganz wild auf unsere Autos, die alle mindestens sechshundertdreiundzwanzig PS haben müssen und mit denen man in halsbrecherischem Tempo über die hiesigen Autobahnen donnern kann. Was sie noch nicht gemerkt haben, ist, dass sie in ihren Ländern, in denen sie auf Forst- und schlaglochverseuchten Landstraßen unterwegs sind, gar nicht so schnell fahren können. Egal, Hauptsache produziert und verkauft, ist unsere Devise. Wenn es der eine oder andere nicht einsehen will und seinen Bavariari Motori einmal doch ausfährt, weil er wissen will, ob der tatsächlich über dreihundert km/h schnell ist, wird eben ein Neuer fällig. Bedingung ist, dass er oder sie den Test überlebt hat. Das Geschäft boomt, trotz einiger Ausfälle ob der vielen Gagas und Ballaballas unserer Zeit, weltweit.

Nun treffen sich also der *Kleine Raketenmann*, wie ihn Dagobert Dumpf noch vor ihrem ersten Treffen vor zehn Monaten lächerlich zu machen versuchte, und der dann wohl *Große Raketenmann*, wie ich ihn mal nennen möchte.

Ergebnisse werden keine erwartet, denn das hat Tradition, wenn diese Knalltüten aufeinandertreffen.

Soeben wird das Erscheinen der Protagonisten angekündigt, und da taucht auch schon der *Große Raketenmann auf*, mit einem schiefen Grinsen und wieder einmal einer viel zu langen Krawatte, die ihm bis zum Schritt reicht. Dagobert Dumpfs Friseur scheint also auch sein Fashionberater zu sein. Diese Krawatten mit Überlänge werden extra nur für D.D. gefertigt. Kein Mensch weiß warum. Außer vielleicht die *Stürmische Dani,* deren Bekanntschaft D.D. bei einem Pornoshooting gemacht hat. Das war kurz vor seiner Wahl zum Präsidenten von Westland. Sie soll einmal gesagt haben, dass das, was sich hinter der Krawattenspitze versteckt, etwas von der Länge seines Schlipses vertragen könnte. Aber das ist wohl nur Gerede, denn die *Stürmische Dani* hat Stil. Die würde so etwas niemals sagen, weil das ihrem Geschäft abträglich wäre. Da lobt man sein Gegenüber. Sie wurde übrigens kurz darauf, als der Wahlkampf im vollem Gang war, vom engsten Vertrauten Dagobert Dumpfs mit einem großzügigen Bonus stillgestellt, damit nichts von ihrem Techtelmechtel mit dem künftigen Präsidenten, der auch noch glücklich verheiratet war, an die Öffentlichkeit gelangt. Trotzdem kam es heraus, denn sie fühlte sich aus Gründen, die heute keiner mehr weiß, plötzlich nicht mehr an ihr Stillhalteabkommen gebunden. Da hatte sie vergessen, dass sie Stil hat. Wahrscheinlich, weil ein neuerlicher Bonus von anderer Seite winkte. Und von Boni kann man nie genug haben. Das weiß D.D. selbst am besten und ist ihr deshalb nicht gram.

Geblendet werden alle von einem Blitzlichtgewitter der dreiundvierzigtausend Reporter aus aller Welt, die auch dabeisein wollten, wenn wieder einmal Weltgeschichte geschrieben wird.

Ist Ihnen aufgefallen, dass ich zuletzt nur noch mit D.D. abgekürzt habe, wenn von Dagobert Dumpf die Rede war? Wenn Sie einverstanden sind, bleiben wir künftig dabei, denn mir wird es langsam zu dumm, diesen saublöden Namen ständig ausschreiben zu müssen. Mir reicht es schon, wenn ich bei D.D. ständig sein dämliches Gesicht und den erhobenen Zeigefinger vor Augen habe.

Hinter D.D. schleicht nun der *Kleine Raketenmann* in den Saal. Für ihn hat man extra ein Podest errichtet, um ihm die Gelegenheit zu geben, auf Augenhöhe mit D.D. aufzutreten. Das Rednerpult hat man so breit gebaut, dass beide nebeneinander stehen können, ohne dass der Unterbau von Kimi Jongi Uni zu sehen ist.

Nochmal in eigener Sache: Vielleicht könnte ich auch Kimi Jongi Uni abkürzen zu K.J.U. -Danke!

Dieses als Marathontreffen erwartete Meeting (so nennen die Westländer Plauderstündchen) dauerte etwas länger

89

als das erste – nämlich eine halbe Stunde. Dann war alles gesagt. Diesmal wurde nicht überzogen. Unglücklicherweise hatte zur gleichen Zeit der vormals engste Vertraute, der die meiste Drecksarbeit für D.D. erledigte, vor dem Kongress von Westland gesessen und den Westländern die Augen über den Präsidenten, den sie sich gewählt haben, geöffnet. Sein Name ist Michi Cohi, und ihm blieb seinen Angaben zufolge keine andere Wahl, denn er musste endlich sein Gewissen, das sich diese Tage gerührt hat, erleichtern. Es blieb ihm deshalb nichts anderes übrig, als D.D. schonungslos als das zu schildern, was er tatsächlich ist, ein Hochstapler, ein Rassist übelster Sorte und ein Betrüger, wie ihn die Welt noch nicht erlebt hat – geschweige denn Westland, obwohl sich Vorbilder dieser Gattungen in Westland zuhauf aufzählen ließen. Aber das würde zu viel Speicherplatz in Anspruch nehmen, und soviel haben wir momentan nicht zur Verfügung.

Jetzt wurde auch langsam klar, warum K.J.U. nicht länger mit D.D. zusammenhocken wollte, er wollte lieber den nächsten Präsidenten von Westland abwarten, mit dem ja nun bald zu rechnen ist. Mit D.D. weiter zu quatschen würde bedeuten, nächstes Jahr das Ganze vor dem Neuen wiederholen zu müssen. Das machte doch keinen Sinn. Obwohl ihm D.D., der fast sein neuer Freund geworden wäre, blühende Landschaften und eine innige Freundschaft mit ihm selbst und dem Rest der Welt in Aussicht gestellt hat.

K.J.U.`s Sinneswandel kam während einer Zigarettenpause zustande, in der sein Team in einem Nebenraum die Rede von Cohi verfolgt und für K.J.U. übersetzt hatte.

Das erschütterte ihn gewaltig, denn so viel Geld hatten sie in Nordkori auch nicht, dass er sich öfter ergebnislose

Reisen, die eine Menge davon verschlangen, leisten konnte. K.J.U. erfuhr in dieser Kiffpause, dass D.D. gar nicht der ehrenwerte Gesprächspartner, wie er selbst einer ist, war, sondern es faustdick hinder den Ohren hat.

Vladl schlug derweil die Hände über dem Kopf zusammen, denn auch er hatte die Rede Cohis verfolgt. Er hatte dafür wahllos auf einen Westlandsender drücken können, denn alle TV-Kanäle dort haben ihr Programm unterbrochen, um pünktlich den Ausführungen Cohis lauschen zu können. Da waren doch tatsächlich ein paar Informationen dabei, die ihm sein OGD noch nicht geliefert hatte. Nun ja, die konnten auch nicht immer dabei sein, wenn D.D. das Haus verließ.

Da erfuhr er zum Beispiel, dass D.D. jedes Land, das von einem Schwarzen geführt wird, als ein Scheißloch (wörtlich übersetzt) bezeichnet. Dabei hat er offenbar übersehen, dass sein Vorgänger im Präsidentenamt ein Schwarzer war. Immer deutlicher wurde auch die Zusammenarbeit mit Ostland vor seiner Wahl. Ferner wurde bekannt, dass D.D. bei seinen Geschäften nicht nur gegenüber den dazwischenländischen Banken unwahre Angaben über sein Vermögen gemacht hat. Er hat es unglaublich aufgebläht und im Gegenzug bei steuerlichen Angaben genauso abenteuerlich schrumpfen lassen. So hat er sich von seinem Land über hundert Millionen Dollis Steuervergünstigungen ergaunert. Dabei wollte er doch seinen Aussagen vor der Wahl zufolge Westland groß machen und nicht ausplündern. Das wusste Vladl allerdings schon, und es machte ihm nichts aus. Denn das ist in ihren Kreisen nun mal so üblich. Er wusste auch von den 500 Drohbriefen, die Cohi für D.D. an alle möglichen Institutionen abgeschickt hat, damit keine Lügen in die Welt gesetzt wurden. So bekam auch die Universität Hillbill einen solchen, denn sie sollten sich dort auf keinen Fall erlauben, Dagis Noten von damals zu veröffentlichen. Bestimmt hatte er befürchtet, dass dann bekannt geworden wäre, dass er eigentlich auf eine Sonderschule gehört hätte. Wenngleich wir hier Sonderschulen nicht beleidigen wollen.

Über Geldwäsche, die D.D. in ungeheuerlichem Ausmaß betrieben hat, darf Cohi allerdings keine Angaben machen, weil darüber gerade am Bundesgericht in Neu Yoki verhandelt wird. Dass die Schmiergeldzahlungen an die stürmische Dani und an ihre Kollegin Karii Dougi als Wahlkampfspenden aufgeführt werden konnten, machte der Umstand möglich, dass Cohi das von den beiden geforderte Schweigegeld für D.D. ausgelegt und dann von ihm, als Wahlkampfspenden deklariert, zurückbezahlt bekommen hatte. Das alles konnte er mit Unterlagen belegen. Dumm war er nicht, der Cohi. Anscheinend war ihm damals, als er bei D.D. anheuerte, schon klar, dass es von Vorteil sein konnte, eine ordentliche Buchhaltung zu führen, denn er wusste sehr wohl, mit wem er sich da einließ.

Das war jetzt ein kleiner Teil der beweisbaren Vergehen, deren sich D.D. vor und während seiner Amtszeit als Präsident von Westland schuldig gemacht hat. Die würden in jedem anderen Land locker reichen, um ihn nicht nur des Amtes zu entheben, sondern auch eine geraume Zeit nach Singi Singi oder in eine vergleichbare Einrichtung zu schicken. Das käme Vladl gar nicht zustatten, denn dann würde auch seine Verbindung zu D.D. öffentlich werden, weil Dagi bestimmt seinen Mund nicht halten würde, wenn ihm im Gegenzug Hafterleichterung oder sogar Erlassung derselben versprochen würde. Das musste unbedingt verhindert werden.

Da hatte er eine Idee.

Im nächsten Moment trommelte er die ganze Mannschaft von Trollen zusammen, die bereits so hervorragende Arbeit bei der Wahl D.D.`s geleistet haben, und die er gar nicht kannte. Sie bekamen nun den Auftrag, die öffentliche Meinung in Westland dergestalt zu lenken, dass Dagi wieder zu alter Glaubwürdigkeit und Größe zurückfinden konnte. Obwohl – Glaubwürdigkeit? Egal. Es musste etwas in der Art unternommen werden und zwar sofort, schließlich hat Dagi versucht, unter Einsatz von allem, was ihm zur Verfügung stand (z.B seiner Krawatte), die Welt vor einem Nuklearkrieg zu bewahren. Oder war es das etwa nicht, was er bei dem Gipfel mit K.J.U. zustande gebracht hatte? Er ist ein Held und sein Kumpel, und das wiegt schwerer als ein bisschen Geldwäsche. Gewaschen muss schließlich immer werden.

Von dem Auftritt Cohis vor dem Kongress hat nun also auch K.J.U., während er kiffte, erfahren, und jetzt war er fest entschlossen, den Gipfel abzubrechen. Das kam ihm sehr gelegen, denn D.D. hat zuvor doch tatsächlich von ihm verlangt, dass er seine Atomraketen vernichten solle und ihm im Gegenzug blühende Landschaften in seinem Land in Aussicht gestellt. Aber blühende Landschaften hatten sie schon in Nordkori. Die sollen mal im Frühling vorbeischauen, wie da alles blüht. Und dafür sollte er auf sein Lieblingsspielzeug verzichten? Auf gar keinen Fall! Und er möge sogar seine Lager, auf die er so stolz ist, schließen. Dort sitzen gewöhnlich um die zweihunderttausend Motzer ein und schmollen. Die kann man beliebig foltern, vergewaltigen und fast täglich exekutieren. Das würde dann alles wegfallen. Nein, darauf wollte er sich nicht einlassen. Bei der Öffnung seines Landes musste man behutsam vorgehen, da durfte man nichts übereilen. Das konnte auch bis nach ihm warten. Man konnte ja sehen, wie das in dem Dazwischenstaat lief, als der plötzlich wieder vereint worden war. Obwohl – dessen Abbusslerin ist auch nicht an die Wand gestellt worden. Die ist sogar Kanzlerin geworden. Aber Kanzler von ganz Kori ist für ihn nicht genug. Er ist dann doch lieber einem Zeusi gleichgestellt.

Einen Tag nach dem ominösen Gipfel, als sie wieder zu Hause waren, gaben beide ihr Statement ab. D.D. verkaufte seinen Auftritt als Erfolg auf der ganzen Linie bis auf den unwesentlichen Umstand, dass kein Ergebnis erzielt werden konnte. Aber das eilte auch nicht, denn das kann beim Gipfel 2.1, spätestens aber bis Gipfel 2,4 geschafft werden. Das versprach er dann hoch und heilig.

Dennoch fegte nach seiner Erklärung ein Aufschrei durch Westland, weil er unter anderem Kimi Jungi Uni geglaubt hat, als dieser ihm versicherte, über den Vorgang eines gefolterten jungen Westländers in einem Lager von Nordkori nicht Bescheid gewusst zu haben. Sogar Vladl wusste jedes Detail von dem Geschehnis. Der junge Mann hatte als harmloser Tourist ein Propaganda-Poster gestohlen, das er sich als Souvenir mit nach Hause nehmen wollte, und war deshalb zu lediglich fünfzehn Jahren Arbeitslager verurteilt worden. Irgendwann war er aus unerfindlichen Gründen ins Koma gestürzt, und, nachdem er in seine Heimat abgeschoben worden war, kurz darauf verstorben. Also ist er in Westland gestorben. Da hätten sie halt besser auf ihn aufpassen sollen. Das geht doch ihn, K.J.U., nichts mehr an. Die Foltermale an seinem Körper können ihm auch in Westland zugefügt worden sein. Das weiß man ja, dass die Westländer gerne foltern. Und zwar von Guantanami her.

D.D. glaubte dem Schwindler K.J.U. in dieser Sache,

denn das ist unter Lügnern so üblich. Wehe wenn einer mal die Wahrheit sagt, aber dann...!

Dieser Skandal um den unglücklichen jungen Mann verschaffte D.D. eine Verschnaufpause. Man hatte doch tatsächlich vergessen, welche gewichtigeren Anschuldigungen sein ehemals bester Freund und Anwalt namens Cohi hinausposaunt hatte. Wenn jemand dachte, das würde ihm nun politisch das Genick brechen, hatte er sich geschnitten. Das Propaganda-Poster hatte da mehr Gewicht.

Sogar in Kleingroßbritti atmete die Premimini mit der spitzen Nase und dem langen krummen Gestell auf, denn auch sie konnte sich für einen Moment durch D.D.`s Missgeschick aus der Schusslinie bringen. Ihre Arbeitstage waren seit längerem mit der Demontage Kleingroßbrittis so ausgefüllt, dass sie von den anderen Clowns in den höchsten Ämtern gar nichts mehr mitbekommen hat. Alle in Kleingroßbritti haben seit Monaten auf sie eingedroschen, weil sie einfach nichts richtig macht. Genauso wie die andere, die Busslerin von dem ehemals getrennten Dazwischenstaat (mit den niedrigen Arbeitslosenzahlen). Bei ihr fällt seit ewigen Zeiten das gesamte Militär aus, weil keines der Fahrzeuge mehr fahren, schwimmen oder fliegen will. Auch sämtliche Gewehre schießen um die Ecke, anstatt geradeaus. Das kommt daher, weil sie im Supermarkt um die Ecke gekauft worden sind. Dort waren sie wegen kleiner Mängel, die nicht ins Gewicht fielen, im Angebot. Dafür ist zwar letztendlich die Verteidigungsmini zuständig (ja, Sie haben richtig gelesen: Es gibt einen Staat, wo eine Frau der Armee vorsteht, seit Jahren als Praktikantin), aber die Kanzlerin hat dennoch die Oberaufsicht in diesem Land (ja, Sie haben richtig gelesen: Zwei Frauen in den beiden wichtigsten Ämtern im Land – quasi Frau hoch zwei. Die Quote kam hier durcheinander, denn eigentlich sollte eine Frau und im Gegenzug ein Mann das Sagen haben, um ein Gleichgewicht zu schaffen. Quasi Quotenregelung).

Diese Verteidigungsmini namens Ursi von den Laien hat übrigens als eine ihrer ersten Amtshandlungen durchgesetzt, dass Kindergärten in den Kasernen eingerichtet wurden, das hatten sie nämlich vorher noch nicht. Wäre interessant zu wissen, ob sich wenigstens die Räder der Kinderwägen noch drehen.

Im Augenblick ist Ursi damit beschäftigt, die Kalkulationen um den Berlini Flughafen zu toppen. Ihr Ehrgeiz bringt sie diesem Ziel Schritt für Schritt näher. Die anfängliche Kalkulation für die Renovierung des Segelschulschiffes Gorchi Focki (die diesmal in ihrer Verantwortung lag) von zehn Millionen Euris hat sie bereits verdreizehneinhalbfacht. Alle Achtung! Vielleicht sollte sie sich mit Dagobert Dumpf, dem Finanzgenie, zusammensetzen und sich ein paar Tipps bei ihm holen. Oder besser doch nicht, denn das würde dann auch mich betreffen und die Steuern, die ich so schmerzlich in dem Dazwischenland zahle, in dem auch ich lebe.

Vor kurzem wurde bekannt, dass Berater der Verteidigungsmini einen dreistelligen Millionenbetrag gekostet haben. Um das zu untersuchen, ist ein Ausschuss gegründet worden, der aber keine Dateien zu diesen Vorgängen finden konnte, weil die gelöscht worden sind.

Inzwischen sind sie wieder aufgetaucht, weil IT-Spezialisten sie wieder herstellen konnten. Wäre ebenfalls interessant zu wissen, ob Vladl diese Spazialisten auch kennt, oder wieder nicht.

D.D. hat es sich ein paar Tage später nicht nehmen lassen, wieder einmal eine neue Duftmarke zu setzen, dort, wo keiner damit rechnen konnte. Diesmal eine harmlose.

Bei einem Treffen im *Bleichen Häusl* saß er mit ein paar Wirtschaftsgrößen von Westland zu einer Plauderstunde zusammen, weil die Wirtschaftsbosse gerade nichts anderes zu tun hatten, und D.D. auch nicht. Unter den Giganten war einer der Gigantischsten natürlich auch dabei. Er ist der Boss einer Computerfirma, deren Logo einen angenagten Apfel darstellt. Dieser Mann heisst Timi Coki und ist derzeit einer der reichsten Männer der Erdi. Noch reicher als D.D. – viel reicher. Sogar mit ehrlicher Arbeit geworden. Timi Coki hat eine Reihe enormer Investitionen in Westland getätigt, und dafür dankte ihm der Präsident nun: „Wir wissen das sehr zu schätzen, Herr Timi Apfeli."

Einen Tag später, nachdem sich alle Welt und sogar einige seiner treuesten Anhänger (nur die, die einen Apfeli-Computer ihr Eigen nannten) über diesen Fauxpas beinahe in die Hose pissten, zwitscherte er in altbekannter Manier in die Welt hinaus und versuchte so seinen Ausrutscher zu rechtfertigen: „Um Zeit und Worte zu sparen, habe ich diese Abkürzung gewählt." Damit hinterließ er einmal mehr eine Weltbevölkerung mit offenen Mündern und riesigen Fragezeichen auf der Stirn. Und für Vladl wurde es erneut Zeit, sich Sorgen zu machen, weil sein Kumpel aus Westland nicht einmal bis sechs zählen konnte.

Das gibt mir Gelegenheit, mal zu schauen, was Vladl zur Zeit ausbaldowert. Um ihn ist es ziemlich ruhig geworden. Ist er etwa krank? Nein, sicher nicht, denn dann hätte er sich bestimmt mit freiem Oberkörper in seinem Himmelbett in der streng bewachten Datschi mit den vielen Tresoren fotografieren lassen, damit ihn sein Volk ausgiebig bedauern und für ihn beten kann.

Es ist alles in Ordnung mit ihm, abgesehen von dem Sodbrennen, das er D.D.`s weltmännischer Art und seinen irrsinnigen Erklärungen zu verdanken hat. Das erinnert ein wenig an seine legendären Worte: „Nachts ist es dunkler als draussen." Sie erinnern sich?

Ich sehe gerade, dass Vladl immer noch mit Kleingroßbritti und seiner langhaxigen Premimini beschäftigt ist. Kleingroßbritti ist sowas wie ein Lieblingsfeindbild, das er ständig hegt und pflegt. Dieses Land hat es sich zur Aufgabe gemacht, allen Spionen aus Ostland, die des Spionierens für Ostland überdrüssig geworden sind, ein neues Zuhause zu geben. Dafür wollen sie lediglich ein paar Informationen (praktisch alle), die ihr Land betreffen und die sich in Ostland in den letzten Jahren durch ihre Spionagetätigkeit angesammelt haben. Und außerdem noch ein paar Infos über die Schritte, die Ostland in nächster Zeit in Kleingroßbritti vorhat. Vladl ist aus verständlichen Gründen gar nicht *amused* ob dieser äußerst bedenklichen Entwicklung. Am Essen in Kleingroßbritti kann es ja wohl nicht liegen, dass immer mehr seiner besten Leute dorthin pilgern. Er hat schon versucht, dem Agenten-Auswanderungs-Virus Einhalt zu gebieten, mit den stets verlässlichen Aktionen wie Verkehrsunfällen, Fenster- und Treppenstürzen und Vergiftungen mit und ohne radioaktive Substanzen. Hat alles nichts genutzt. Die Abwanderung geht trotzdem weiter. Die Agenten glauben nämlich ihrem früheren Arbeitgeber nicht mehr, wenn er sagt, dass er von den häufigen Sterbefällen der Kollegen keine Kenntnis hat und seine Beteiligung an den Dezimierungen erstunken und erlogen ist.

„Wo bleiben denn die Beweise?" fragt er nach jedem Abnippeln eines Delinquenten. Die gibt es natürlich nicht, und wenn, dann erst, wenn die Agenten, die dafür verantwortlich waren, selbst so weit sind, ihren ständigen Wohnsitz nach Kleingroßbritti zu verlegen. Soweit kommt es aber nicht, denn die werden vorher von ihren anderen Kollegen auf die ewige Verlustliste gesetzt. Und Vladl weiß nichts von alledem. Damit hat er nichts zu schaffen. Und die zuständige Abteilung gibt auch keine internationalen Pressekonferenzen, in denen sie sich zu Fragen und Antworten zu diesem Thema äußert. Das hat bisher gut funktioniert, warum sollte man daran was ändern.

Kleingroßbritti hat vor geraumer Zeit sein Ballaballa-Volk abstimmen lassen, ob es in der Dazwischenländer-Union verbleiben will oder nicht. Das Volk hat entschieden, dass nicht. Sie bezeichnen diesen Schritt, den sich in Kleingroßbritti niemand richtig überlegt hat, als Kleingroßbrexi (Überlegen ist nicht gerade ihre Stärke). Dass sie keine Zeit hatten, sich die Folgen eines solchen Schrittes auszumalen, dafür hat Vladl gesorgt, denn er hatte sofort eine Idee, als von der Abstimmung erstmals die Rede war. Er rief die Troll-Jungs und Troll-Mädels zusammen, die schon bei Dagoberts Wahl so gute Arbeit geleistet hatten, und fragte, ob es möglich sei, auch auf die Kleingroßbrittis über die sozialen Medien derart ein-zuwirken, dass sie mehrheitlich für den Austritt stimmen. Das käme ihm nämlich sehr gelegen, weil es ihn seinem Ziel, der Destabilisierung der Dazwischenländer-Union, näherbrächte.

„Nichts leichter als das", war die einhellige Meinung seiner Trollinger. „Dieses Inselvolk hat vor vielen Jahren den Grundstock für die Besiedelung Westlands gelegt. Die Gene der Väter und Mütter dieses Volkes sind also verantwortlich für die Generationen, die seitdem Westland wie auch Kleingroßbritti zugrunde richten. Die Wahl Dagobert Dumpfs zum Präsidenten von Westland zeugt davon und bedeutet den vorläufigen Höhepunkt dieser Entwicklung. Bessere Voraussetzungen kann sich kein Mensch wünschen. „Übrigens", fügte der Chef der Truppe noch an, „mit den Wahlen der rechtslastigen Präsidenten in Ungari und in Poli waren wir ja auch erfolgreich. Uns gelingt in letzter Zeit so gut wie alles, was wir uns vornehmen." Vladl zauberten diese Worte ein Lächeln ins Gesicht. Seine Zuversicht wuchs. Jetzt konnte diese überhebliche Bande in den Dazwischenländern keiner mehr retten. Der Anfang vom Ende dieser Union war gemacht. Er verabschiedete sich von den Jungs und Mädels der Firma, die privat war und die er nicht kannte, mit der Ankündigung, für einen fetten Bonus für alle zu sorgen. Ein Jubelsturm ließ daraufhin die Grundmauern dieser Firma erzittern, und die Mädels und Jungs skandierten stundenlang: „VLADL zuallerallerallererst! VLADL zuallerallerallererst! VLADL zuallerallerallererst! VLADL zuallerallerallererst! … usw." Das hatten sie übrigens von der Dagobert-Dumpf-Kampagne übernommen und noch ein *aller* draufgesetzt. Dort wurde lediglich „Westland zuallerallerallererst" usw. skandiert, was schließlich auch ihre Idee war.

Der Chef der IT-Firma sagte nach Vladls Abgang: „Schade, dass wir ihn nicht kennen dürfen."

Ein paar Tage nach dem Supergipfel dieser Superclowns macht die Nachricht die Runde, dass der *Kleine Raketenmann* K.J.U. so sauer über das Scheitern des Gipfels ist, dass er an der Reaktivierung einer bereits stillgelegten Raketenbasis bastelt. Schließlich gilt das Wort des Präsidenten von Westland auch nichts. Da muss man sich anpassen können. Und flexibel ist er, da soll ihm keiner was nachsagen.

K.J.U. musste lachen, als er zum Frühstück von seinem Ober-Schergen eine Meldung aus Westland unter die Nase gehalten bekam. Dort gibt es ganz im Westen des riesigen Landes eine Provinz, die sich Kalifoni nennt. Dort haben sie einen Gouverneur, der vor einiger Zeit einen anderen Gouverneur ablöste, weil der es mit der ehelichen Treue nicht so ernst nahm und auch sonst als Schauspieler besser war. Obwohl eheliche Untreue fester Bestandteil der Folklore in gesamt Westland ist. Nur erwischen darf man sich nicht lassen.

Dieser Neue will tatsächlich die Todesstrafe, die vor über vierzig Jahren in ganz Westland eingeführt worden war, abschaffen. „Das ist unmenschlich", waren seine Worte. Da musste D.D. natürlich sofort dazwischenfunken. Und da musste ihm K.J.U. wiederum beipflichten. Denn das Braten eines Delinquenten auf dem elektrischen Stuhl hat doch einen gewissen Unterhaltungswert. Er wollte diese Art von Gerechtigkeit bereits im eigenen Land einführen, war aber dann von seinem Gesamt-Schergen-Parlament davon überzeugt worden, dass Erschießen, wie es seit jeher in seinem Land gepflegt wird, zu ihrer Folklore gehört. Außerdem würde es sie ihrer Wettleidenschaft berauben; des einzigen Glücksspiel, das seinem Volk gestattet ist. Es gibt nämlich vier Richtungen, in die ein gerade Erschossener umfallen kann. Die Chancen auf einen Gewinn sind also gar nicht schlecht. Besser als beim Roulette, bei dem die Kugel in 37 Fächer fallen kann. Und was noch schlimmer wäre, dass auch sein braves Volk dieser wöchentlichen Lotterie beraubt werden würde. Dieses samstägliche Ereignis musste beibehalten werden, denn es war ein Event, bei dem die Menschen im Land Zerstreuung und Aufklärung zugleich geboten bekamen. Aufklärung deshalb, weil jeder sehen konnte, was mit ihm passiert, wenn er K.J.U. seine Zuneigung verweigert, oder gar zu Widerworten neigen sollte.

Kimi Jongi Uni hat seine schulische Ausbildung in einem Eliteinternat in einem Land genossen, das zwischen den Dazwischenländern liegt und nicht zu deren Union gehört. Es nennt sich Schwizzi und ist neutral. Die Leute dort mögen Ausländer nicht, sind aber dennoch zu denen freundlich, die eine Menge Geld übrig haben, von dem sie nicht wissen, wohin damit. Sie geben ihnen dann ein paar Tipps. Und so kommt es, dass viele Staatschefs dort gerne einen Kurzurlaub einlegen, während dem sie einen Besuch in einer der unzähligen Banken verabreden. Hier ist ihr Geld besser aufgehoben als vergleichsweise in Zairi oder Kongi oder Ugandi. Hauptsächlich sind es nämlich Staatsoberhäupter mit schwarzer Hautfarbe, die diese Gelegenheit zuerst aufgetan haben. Inzwischen aber nicht nur, denn auch in Westland ist man darauf aufmerksam geworden und macht regen Gebrauch von den angebotenen Möglichkeiten.

Als die westländischen Geschäftsleute und Politiker davon hörten, dass beinahe alle Präsidenten von Bananenstaaten (so nennt man Länder mit elastischem Finanzwesen) sich dieser Geldwanderung anschließen, entschlossen sie, sich ebenfalls daran zu beteiligen. Das darf nicht nur Bananenrepublikanern vorbehalten bleiben. Das muss allen gestattet sein. Und die Schwizzis sagten: „Na gut."

Natürlich wissen längst auch Dagobert Dumpf (ich muss die Namen doch wieder ausschreiben, sonst gibt es mit den vielen Abkürzungen am Ende noch Verwechslungen. Zweimal bin ich schon selbst durcheinender gekommen) und auch sein Spezl Vladl davon. Dem ist es inzwischen zu blöd geworden, ständig neue Tresore zu

102

kaufen. In seiner Datschi haben sie inzwischen keinen Platz mehr. Seine Frau hat bereits gemurrt, weil er deswegen das gemeinsame Schlafzimmer und die Küche in ein Nebengebäude ausgelagert hat.

Die Konten bei den Schwizzi Banken haben Nummern, die nur deren Besitzern und den Bankern bekannt sind. Bei Vladl funktioniert das ganz gut, aber bei Dagobert Dumpf? Der hat die Nummer gleich wieder vergessen und wo er den Zettel, auf dem er sie notierte, abgelegt hat, ebenfalls. Die Banker in Schwizzi freuen sich über jeden Kunden von Dagoberts Kaliber. In ihren Geschäftsbedingungen ist nämlich vermerkt, dass sie nur dann an ihr Vermögen herankommen, wenn sie die Kontonummer angeben können. Ansonsten ist das Geld für den Entsprechenden verloren. Verloren ist es aber nicht für die Bank, denn die passt ja darauf auf. Die kann damit wieder einmal ein paar Löcher stopfen, die sich durch unglückliche Spekulationen ihrer Mitarbeiter aufgetan haben.

Genauso ergeht es erbberechtigten Nachkommen zum Beispiel von Filmstars, die auch nicht gerne Steuern in ihren Ländern zahlen wollten. Wenn der Erblasser verstorben ist, ist damit auch das Konto gestorben. Es sei denn, der Filmstar hat die Nummer mitvererbt, was ganz selten der Fall ist, weil die Konten ja geheim bleiben müssen, und weil die Filmsternchen der Meinung sind, unsterblich zu sein. Dies schärfen die Bankiers allen neuen Kunden ein.

Da die Superreichen unter ihnen mit dem Alter aber immer vergesslicher werden (wie es vielen von uns auch geht), ist das Ganze ein nicht zu verachtendes Zubrot für notleidende Banken. Eine von ihnen, die Schwizzi Bergbank, hat auf diese Weise schon so manche turbulente Zeit überstanden. Drei ihrer neuesten und geheimsten Kunden heissen Dagobert Dumpf, Kimi Jongi Uni und

Vladl. Obwohl, Kimi Jongi Uni hat, wie bereits erwähnt, in einem Schwizzi Internat gelernt, wie das hier so gehandhabt wird, und wie man mit Geld jongliert, wie man intrigiert und Intrigen gegen sich selbst schadlos übersteht. Das sind nämlich die Eckpunkte des schulischen Angebots in Schwizzis Internaten und auch anderen Schulen. Man lernt dort, was man fürs Leben braucht und verzichtet auf lästige und zeitraubende Fächer wie zum Beispiel *Ethik*. Deshalb hat auch der Welt-Fußballverband dort seinen Sitz.

Vladl war interessehalber auch mal eine Woche in einem solchen Internat, dann verließ er es wieder aus dem einfachen Grund: „Weiß ich doch schon alles. Gehört bei uns in Ostland zum Stoff der gerade eingeschulten Zwergerl."

Kimi Jongi Unis Papi hat seinem Filius übrigens bei seiner Einschulung in Schwizzi ein Sparbuch mit ein wenig Taschengeld angelegt. Deshalb kannte der Kleine natürlich die Abläufe in diesem zentral gelegenen Land. Nun aber war ein weiteres Konto fällig, ein etwas umfangreicheres.

Jetzt bin ich wieder abgeschweift. Sagen wollte ich eigentlich, dass immer wieder Möglichkeiten geschaffen werden, die das Amt eines Präsidenten erstrebenswert machen. Mit vollem Einsatz für sein Volk kommt man heutzutage nicht weit. Eigentlich noch nie.

Im Süden von Westland entstehen übrigens die gleichen steuerlichen Oasen wie in Schwizzi. Die Inseln der Karibi haben schnell gelernt und den Reichen in Westland eine Möglichkeit geschaffen, die gleichen Vorteile mit einer wesentlich kürzeren Anreise zu genießen. Um eine Firma zu gründen, reicht es völlig, wenn man sich in einem Heimwerker- oder Baumarkt einen Briefkasten besorgt. Den nagelt man dann auf einer der zahlreichen

Inseln an eine Hauswand, und schon ist man berechtigt, bei einer dortigen Bank ein Konto zu eröffnen. Leichter geht es wirklich nicht.

Vladl überlegt sich gerade, wie er einen Teil seines haufenweise gehorteten Geldes dorthin schaffen könnte. Da hat er eine Idee. Weil alle Banken auf Inseln sind, braucht er nur eine zu finden, die ganz nah am Meer ihren Sitz hat (die gibt es aber haufenweise, denn Banker haben auch gerne einen Arbeitsplatz mit Meerblick). Dann ist es ein Leichtes, seinen Zaster mit einem U-Boot dorthin zu transportieren. Wie genial. Das Ganze könnte man als Übung deklarieren und schon bekäme es einen legalen Anstrich. Überweisen wäre natürlich einfacher, aber von den Moneten darf ja außer ihm niemand wissen, nicht einmal seine Frau. Die stöbert nämlich gerne ein bisschen herum. Ihr hat er erst vor ein paar Tagen erzählt, als ihm ihre Schnüffelei aufgefallen ist, dass in den vielen Tresoren lauter Patente lagern, die er selbst entwickelt hat. Seitdem ist sie viel stolzer auf ihren Gatten, weil der ein solches Genie ist. Nur Siemensi hat mehr Patente zugesprochen bekommen. Das erklärt auch Vladls immensen Reichtum, denn mit Präsidentsein allein ist das nicht zu stemmen. Das leuchtete ihr ein und so hat sie das Inspizieren vorerst eingestellt. Für sie macht es nun auch Sinn, dass er oft auch nachts im Büro verweilt, wahrscheinlich um wieder an einem neuen Patent herumzutüfteln. Er ist schon ein Teufelskerl, ihr Vladl. Er ist nicht nur Präsident des größten Landes der Erde, sondern auch ein begnadeter Erfinder. Nicht einmal Daniel Düsentrieb war erfolgreicher – behauptete er neulich glaubwürdig ihr gegenüber.

Die Recherchen zu diesem Kapitel haben mich durstig gemacht. Im Biergarten sitzen bereits der Sepp und der

Toni. Der Toni ist nach eigener Aussage der Schönste und Klügste, einer, der gerne die Welt bereist. Er war schon in Westland bei den Cowboys und sogar in Ostland, aber den Vladl hat er dort nicht getroffen. Den Dagobert zuvor auch nicht.

Nach der fünften Mass kommt er mit seinem letzten Abenteuer daher, das er vor kurzem in der Wüste in Namibi erlebt hat: „Ich sag euch, wie ich in der Wüst`n unterwegs war, faucht`s auf einmal fürchterlich hinter mir. Und wie ich mich umdreh`, schau ich einem riesigen Löwen ins Maul. Ich nix wie weg und auf den nächst`n Baum nauf!"

„In da Wüst`n gibts aba koane Baam", meint der Sepp.

„Des war mir wurscht!"

Der sehnlichst erwartete Bericht.

Seit beinahe zwei Jahren hat ein Mann namens Bobbi Mülli, ein ehemaliger Eff-Bi-Eiler, als Sonderermittler in Westland offiziell geforscht, ob Dagobert Dumpf irgendwelche Verbindungen zu Ostland hatte, die seine Wahl zum Präsidenten von Westland möglicherweise begünstigt hätten. Dieses Thema beschäftigt noch immer.

Mülli war gar emsig in diesen zwei Jahren. Dreißig geführte Anklagen, 500 Durchsuchungsbefehle und 13 Anfragen an ausländische Regierungen (die allesamt ins Leere liefen, weil keiner von nichts was wusste), sowie die Befragung von 500 Zeugen ergaben das, was Vladl schon immer wusste. Dass Ostland absolut nichts mit der Beeinflussung der westländischen Bevölkerung zu tun hatte. „Das habe ich Euch doch gleich gesagt", war Vladls einziger Kommentar dazu.

Den Bericht Müllis fasste der Justizminister Barri zusammen und gab die Quintessenz, ganze vier Seiten, bekannt. Danach wusste man so viel wie zuvor. Nur Vladl wusste ein bisschen mehr, aber das musste man ja nicht unbedingt an die große Glocke hängen.

Bemerkenswert bei den ganzen Befragungen war, dass Dagobert Dumpf seine Auskünfte schriftlich gab. Das leuchtete allen ein, denn für komplexe Fragen, mit deren Begreifen Dagobert überfordert und auf Hilfestellung angewiesen ist, war die Unterstüzung durch Intellektuelle (die es in Westland tatsächlich geben soll, wenn auch ihr Aufenthaltsort nur wenigen bekannt ist) erforderlich geworden. Dieses Zugeständnis ist man seinem Präsidenten schuldig.

Denkwürdig ist vor allem die Tatsache, dass der Justizmini Willi Barri, den Dagobert Dumpf erst vor kurzem ins Amt hievte, lediglich vier Seiten an den Kongress übergab, während die westländer Demokratis den vollständigen Bericht fordern, um ihn der Öffentlichkeit zugänglich zu machen. „Westland hat ein Anrecht auf die Wahrheit", schallt es aus allen Ecken des Landes.

Nun gut, es laufen ja noch eine ganze Reihe von Verfahren, mit deren Ausgang vage Hoffnungen verbunden sind, wenngleich auch nur die unverbesserlichsten Optimisten dabei einen Lichtstreif am Horizont ausmachen.

Dagobert Dumpf zwitscherte zwischen zwei Donuts während des Frühstücks, dass sich alle Anschuldigungen gegen ihn in Wohlgefallen aufgelöst hätten. Er habe in allen Punkten eine weiße Weste. Später wird bekannt, dass das alles andere als richtig ist. Von der Einflussnahme auf die Justiz und von deren Behinderung kann er nicht freigesprochen werden.

Vladl war dennoch mächtig stolz auf Dagi, denn er musste ihm diesmal gar nichts einsagen. Er rief ihn zwischen zwei Wodkatz zum Abendessen (wegen der Zeitverschiebung frühstückt der eine, während der andere zu Abend isst) an und gratulierte ihm zu seinem grandiosen Erfolg.

„Na, wie habe ich das wieder gemacht?", fragte Dagobert Dumpf, und man konnte den Triumph in seiner
Stimme beinahe körperlich spüren. Der verursachte aber
Kopf- und Gliederschmerzen bei seinem Gesprächspartner. „Gut!" schwindelte Vladl, denn was sollte er
sonst auch sagen. Die Chance, dass Dagobert Dumpf
seine gesamte Amtszeit (ohne vorher seines Amtes ent-
hoben zu werden) zu Ende bringen konnte, blieb vorerst
gewahrt, und nur darauf kam es an. Er hatte sich an
seinen Kollegen inzwischen soweit gewöhnt, dass er
lieber gelegentlich mit ihm haderte, als sich mit einem
anderen, unmanipulierbaren Präsidenten auseinanderset-
zen zu müssen. Es dauerte immer so lange, bis man die
Typen dort hatte, wo man sie haben wollte. Und momentan fühlte er sich wieder reif für ein Abenteuer-Wochenende in der Taigi oder in den Bergen des Urali.

Da hatte er eine Idee. Er könnte doch Dagi zu so einem
Wochenende einladen, jetzt, wo alle Welt weiß, dass sie
nichts miteinander zu schaffen hatten. Das war doch ein
Grund zum Feiern. Gedacht, getan. Er wählte Dagis
Nummer, hatte aber Pech. Sie war drei Stunden lang
belegt. Vladls Gefolgsleute, die sich mit Telefonen aus-
kannten, informierten ihn innerhalb von zwei Minuten,
mit wem Dagobert Dumpf so lange zu quasseln hatte und
worum es dabei ging. Dabei erfuhr er, als er mithören
durfte, dass Dagi auch das Verlangen nach einem erhol-
samen Wochenende hatte, allerdings beschränkte sich
sein Abenteuer auf die belastbare Matratze in seinem
Lieblings-Golf-Resort. Das hätte sich Vladl denken können. Denn sein Kumpel in Westland hatte eine Hexen-
jagd, wie er es immer wieder betonte, ohne Schaden
überstanden. Und vor dem nächsten Niederschlag, der
sicher bald zu erwarten war, war vielleicht nicht mehr so
viel Zeit, die *Sau rauszulassen*. Dagis Alte war momen-

tan irgendwo zu Charityzwecken eingespannt und konnte ihm somit nicht in die Quere kommen.

Vladl verschob seine Einladung auf einen späteren Zeitpunkt. *Aufgeschoben ist nicht aufgehoben.* Und feiern kann man zur Not auch zweimal hintereinander. Das ist leichter und weitaus angenehmer als Regieren. Das galt Vladls Ansicht nach jedoch nur für Dagi. Ihm selbst war Regieren lieber, da hatte er täglich seine Erfolgserlebnisse, was er nach seinen als patentschöpferische Nachtschichten im Büro deklarierten Schäferstündchen nicht immer behaupten konnte. Da reichte ein freier Oberkörper schon lange nicht mehr. Da musste er sich ganz ausziehen, was manchmal bei seinen Gästinnen für Heiterkeit sorgte. Egal, sie konnten es ohnehin nicht weitererzählen, denn Verkehrsunfälle gab es auch auf der viel befahrenen Straße vor seinem Büro. Und Gästinnen gab es in Ostland mehr als genug. Vielleicht sogar mehr als in Westland. Und ihnen musste man nicht durch einen Anwalt Anerkennungen in Form von Boni für ihr Stillhalten zukommen lassen.

Vladl wollte sich ursprünglich alleine zum nächsten Abenteuerwochenende aufmachen. Es war wieder einmal ein Bär fällig, diesmal aber ein richtiger, den es auch tatsächlich in Ostlands freier Wildbahn gibt. Doch weil ihm Dagis Telefongespräch auch Appetit auf anderes machte, plante er kurzfristig um und lud eine neue Gästin dazu ein, deren Bekanntschaft er bis jetzt noch nicht gemacht hat (lediglich mit ihrem Dossier). Falls die auch einen Lachkrampf bekommen sollte, würde er sie hinterher mit auf die Bärenjagd nehmen. Das wird eine *Hetz.*

Vor dem Abendessen beim Bärenjagd-Wochenende erfuhr Vladl von einem Geheimdienstmitarbeiter, dass sich Bobbi Mülli beim Justizmini Barri beschwert hat, weil dessen Zusammenfassung seines Berichtes absolut nichts mit seinem Bericht zu tun hat. Mülli ist auf zahlreiche Kontakte von Dumpfs Wahlkampflager mit Vertretern Ostlands gestoßen, die nachweislich keine Balletttänzer des Bolschitheaters waren. Wobei sich aber nicht beweisen ließ, dass das etwas mit der Wahl Dagobert Dumpfs zu tun gehabt haben könnte. Die Öffentlichkeit Westlands erfuhr erst einen Monat später von Müllis Einwänden. Da war die Luft schon wieder raus.

Die Luft war auch beim Sepp raus. Diesmal saß er ohne den Seppi an unserem Tisch, weil`s schon spät war und der Kleine lieber daheim einen Western mit John Wayni anschauen wollte. Sepp machte einen deprimierten Eindruck auf mich, deshalb fragte ich ihn mit ehrlicher Anteilnahme: „Was ist denn los mit Dir? Du g`fällst mir heute gar nicht!"
„Ich war heute Vormittag beim Arzt zur Vorsorgeuntersuchung, und da hat der festgestellt, dass ich ein Wanderorgan hab`."
Höchst erstaunt frage ich ihn: „Sowas hab` ich noch nie g`hört. Was hat er denn genau g`sagt?"
„Mei Leber is im Arsch!"

Weltreligionen und der Nahe und der Mittlere und der Ferne Osten

Um ein wenig abzuschalten, könnte ich eigentlich ein bisschen darüber erzählen, was mir zu den einzig wahren Weltreligionen einfällt. Deren Vertreter mischen schließlich auch in der Politik mit, und das nicht zu knapp. Eigentlich sind Religionen zu dem alleinigen Zweck eingeführt worden, den Menschen ein paar Regeln mitzugeben, quasi einen Leitfaden, wie man sich im allgemeinen aufzuführen hat. Sie wurden je nach Charakter und Eigenheiten der verschiedenen Rassen auf das jeweilige Volk zugeschnitten. Deshalb passte auch nicht für alle die gleiche Konfession. Es mussten verschiedene her.

Bei der, die man mir nach meiner Geburt mit auf den Weg gegeben hat, geschah das durch zehn Gebote, die unser Gott bei einem konspirativen Treffen mit einem Urvater dieser Glaubensrichtung in Tafeln aus Stein gemeißelt hat. Da steht zum Beispiel, dass man nicht nach Belieben über die Frau seines Nachbarn herfallen soll. Oder nicht jeden unliebsamen Zeitgenossen abmurksen darf, ohne ihn vorher gefragt zu haben, ob ihm das auch recht ist. Woran unserem Gott aber am meisten gelegen ist: Du sollst keinen anderen Gott neben mir haben. Da gingen die Eifersüchteleien schon los. Dann steht noch da, dass du nicht nach dem Haus deines Nächsten verlangen sollst. Wie bereits erwähnt, auch nicht nach seiner Frau, nicht nach seinem Sklaven oder seiner Sklavin, seinem Rind oder seinem Esel oder nach irgendetwas, das nicht dir, sondern dem anderen gehört.

Lügen darf man auch nicht! (welcher Religion gehört eigentlich Dagobert Dumpf an?)

Es steht auch geschrieben, dass man sechs Tage lang schaffen und *jede* Arbeit tun kann, nur am Siebten nicht, denn dann ist Ruhetag, der dem Herrn, deinem Gott, geweiht ist. Da ist derjenige wieder in der Zwickmühle, der sich zum Beispiel als Auftragskiller seinen Lebensunterhalt verdient. Einmal heisst es, er darf alles tun, und dann heisst es wieder, er darf nicht morden.

Ich frage mich außerdem, warum das Gespräch Gottes unbedingt vor ewigen Zeiten mit einem Typen namens Mosi geführt werden musste. Warum konnte das Treffen nicht mit einem Luggi oder Bartl zum Beispiel auf der Zugspitze oder auf dem Watzmann stattgefunden haben, sondern ausgerechnet auf dem Berg Sinaiii, in einer staubigen und unwirtlichen (eigentlich gottverlassenen) Gegend, von der kein Mensch weiß, wo sie zu suchen ist. Wir wissen es schon – aber die in Westland nicht.

Eine andere Frage beschäftigt mich auch schon eine Weile. Warum lässt sich der Sohn Gottes eigentlich überhaupt nicht mehr auf der Erde blicken? Jetzt, wo es doch verhältnismäßig sicher ist, wenn man sich als Gottes Sohn ausgibt. Falls überhaupt irgend eine Strafe dafür vorgesehen ist, dann wird sie *im Namen des Volkes* bestimmt auf Bewährung ausgesetzt. Kein Mensch nagelt deswegen heutzutage einen anderen an ein Kreuz oder hängt ihn an einen Baum. Fragen über Fragen, auf die mir keiner eine Antwort geben kann oder will. Es wäre sicher an der Zeit, wieder einmal eine Bergpredigt abzuhalten, um denjenigen die Leviten zu lesen, die im Namen der Kirche Kinder missbrauchen, Gelder, die den Armen und Geknechteten zustehen, veruntreuen, oder andere Schandtaten im Namen der Religion verüben.

Religionen gibt es wahrlich genug auf der Erde. Grundsätzlich haben sie friedlichen Charakter, aber nicht alle. Nachdem die katholische Kirche das Ermorden derjenigen, die sich nicht missionieren lassen wollen, inzwischen eingestellt und auch die Inquisition eine längere Pause eingelegt hat, verzichtet man auch seit einiger Zeit auf den ehemals beliebten Event, die Hexen-Verbrennung. Es wurde nämlich nicht gerne gesehen, dass so manche attraktive junge Frau, die einem hässlichen Kirchenmann ihre Zuneigung verweigerte, mit dem Teufel, dem ärgsten Widersacher Gottes, im Bunde stand. Ein anderer Grund, Frauen als Hexen zu outen, war, ihnen die Schuld an Dürre- und Kältekatastrophen zuzuschieben. Darin waren im Mittelalter viele Priester und Mönche sehr umtriebig und erfolgreich.

Die Religion des Islami ist degegen noch nicht so weit. Dort bringt man untreue Ehefrauen noch immer durch Steinigung auf den rechten Weg zurück, den sie allerdings nach der Veranstaltung aus begreiflichen Gründen nicht mehr beschreiten können. Sie hebt sich von den meisten Religionen durch den nicht zeitgemäßen Nachdruck ab, mit dem sie verbreitet wird. Dabei soll ihr Gott eigentlich ein ganz friedlicher sein. Viele seiner Prediger aber haben anderes vor. Sie streben die Weltherrschaft an und verbreiten so Angst und Schrecken in jedem Winkel der Erdi. Dazu gründen einige ihrer Vertreter sogar einen eigenen grenzübergreifenden Staat, den sie ISI nennen. Sie haben zwar auch ein Buch, eine Art Gotteswort, das sie aber nach Belieben auslegen und somit Übergriffe jeglicher Art rechtfertigen können.

Es gibt also unterschiedliche Auffassungen und Interpretationen, wie man mit einer Religion umzugehen hat und wie sie auszulegen ist.

Die Religion des Islami passt vorwiegend zu der Bruthitze in den Ländern des Nahen Ostens und deren heissblütigen Bewohnern, für die sie hauptsächlich erfunden wurde. Jedenfalls brodelt es in dieser Region, seit ich denken kann. Dort ist ganz und gar kein dauerhafter Frieden möglich.

Die Superpolitiker der Supermächte und der Länder, die sich ebenfalls dazugehörig fühlen, kommen regelmäßig zusammen und handeln Waffenstillstandsabkommen aus, die dann bei einem reichhaltigen Bankett als Riesenerfolg oder gar als Durchbruch gefeiert werden. Einen Tag später aber durch irgend einen Heini wieder ad absurdum geführt werden, indem der ein paar Schüsse oder eine oder mehrere Raketen über die Grenze zum Nachbarn abfeuert. Egal, in welche Richtung und aus welcher Richtung auch immer. Meistens sind mehrere Heinis damit beschäftigt. Dort funktioniert das mit den Regeln für das Miteinander noch nicht richtig. Da muss noch dran gefeilt werden, was aber wie gesagt durch die enormen Temperaturen erschwert, meistens sogar unmöglich gemacht wird.

Hauptsache, das Bankett bei ihren Zusammenkünften schmeckt. Einmal hat man sogar einem der berüchtigtsten Terroristen dieser Region den weltweit begehrtesten Preis überhaupt verliehen – den Friedens-Nobelli-Preis. Dieser Preis wurde im Namen eines Typen namens

Nobelli nach dessen Tod ins Leben gerufen. Den unermesslichen Reichtum, aus dessen Stiftung der Preis geschöpft wird, hat er durch die Erfindung des humanen Sprengstoffs Dynamitti (im Gegensatz zur Atomibombi) erwirtschaftet. Jetzt werden damit jährlich Leute in verschiedenen Kategorien, wie zum Beispiel Physik, Literatur und eben auch Frieden reichlich beschenkt. Zumeist handelt es sich dabei um einzelne Kandidaten.

Neu war, dass auch ein Superterrorist in den Genuss dieses hochdotierten Preises kam, den er augenblicklich in Schwizzi an einem sicheren Ort einzahlte. Das durch die Judis geschundene Volk der Palestinensi, für das er große Reden führte und grausame Taten zu verantworten hatte, war ihm dann doch nicht so wichtig wie die eigene Zahlenkombination in Schwizziland.

Er erinnerte sich jedenfalls lange und gerne an jene Auszeichnung und das wunderbare anschließende Bankett ihm zu Ehren. Mit ihm durfte sich auch noch ein eher unbedeutender Päsident von Westland freuen. Unbedeutend deshalb, weil mir sein Name gerade nicht einfällt. Ich weiß nur noch, dass er im Hauptberuf Erdnussbauer war. Sie mussten sich den Zaster teilen. Das machte aber nichts, denn davon hatten beide reichlich.

Ein Volk gibt es dort, die gerade erwähnten Judis, die schalten und walten dürfen, wie sie wollen. Nachdem sie in der Vergangenheit in einem der Dazwischenländer beinahe ausgerottet worden sind, haben sich die, die sich retten konnten, zusammengetan und einfach ein Land annektiert, das vorher (eigentlich schon immer) den Palestinensis gehörte. Seitdem lassen sie keine Gelegenheit verstreichen, dieses Volk zu knechten und zu demütigen und klein zu halten, um ihre expansive Siedlungspolitik voranzutreiben. Judis gibt es auf der ganzen Welt. Sie sind überall auf dem Planeten für das Finanzwesen zuständig und verantwortlich. Andere Glaubensrichtungen und Volksstämme kann man damit nicht betrauen, das sieht man ja am Beispiel Dagobert Dumpfs. Oder an Vladl, der sich in den letzten Tagen schon wieder einen neuen Tresor bestellt hat.

Obwohl – Judis Präsident Nethanjaji hat offensichtlich auch ein paar Fehlgriffe getätigt. Jedenfalls behaupten das diejenigen, die bei der anstehenden Wahl seine Gegner sind und auch gerne an den Segnungen des Präsidentenamtes teilhaben wollen.

Wie aber kam es dazu, dass man nur den Judis den ergebnisorientierten Umgang mit Geld zutrauen konnte? Der Ursprung dieser Entwicklung liegt weit in der Vergangenheit, als es noch in jedem Land mindestens einen König gab. Offiziell jedenfalls, denn manchmal gab es mehrere, die sich um einen Thron kloppten. Das konnte ganz schön ausarten. Damals gab es noch keine Wahlurnen und keine Wahlbeobachter, wie das heute so Unsitte geworden ist. Und Demonstrationen zu Gunsten des einen oder anderen Herrschers sind auch nicht bekannt geworden. Zum Demonstrieren hatten die Leute damals keine Zeit, denn sie mussten auf den Feldern Frondienste leisten, die ihnen keinen Freiraum für politische Veranstaltungen ließen. Wahlplakate mit blödsinnig grinsenden Visagen gab es auch noch keine.

Aber jetzt zurück zu den Judis und wie es dazu kam, dass sie auf die ganze Welt verstreut wurden.

Unglücklicherweise hatten sie es sich erlaubt, den Sohn des Gottes, den die westländische Kultur anbetet und verehrt, an ein Kreuz zu nageln. Das ist bereits bekannt, und es hat dessen Anhänger, die Christis, die seitdem wie die Pilze aus dem Boden schossen, derart auf die Palme gebracht, dass sie den Judis empfahlen, das Weite zu suchen. Und so kamen die einen weiter und die anderen weniger weit herum. Und überall dort, wo es Könige gab, freute man sich, dass endlich Leute da waren, die mit Geld umgehen konnten. Denn die Könige konnten das nicht (siehe auch der spätere Märchenkönig Luggi II von Bavariari. Der mit den vielen Schlössern).

Unter den Königen, lange vor Luggis Zeit, hat es sich schnell herumgesprochen, dass man sich von den Asylanten aus dem Nahen Osten (es gibt auch einen Fernen Osten, aber dazu kommen wir später) Geld in rauen Mengen borgen konnte. Und die Judis waren bereit dazu, denn sie lebten von den Zinsen und kamen damit über die Runden. Bis zu dem Zeitpunkt, da es die Könige übertrieben (so ein Beispiel gibt es heute nur noch in Kleingroßbritti, nur handelt es sich dort um eine Königin. Verschwendungssucht ist also nie ein geschlechtsspezifisches Problem gewesen).

Es kam, wie es kommen musste. Irgendwann konnten die Könige das gepumpte Geld nicht mehr zurückzahlen und suchten deshalb nach einem Ausweg aus ihrer Misere. Einer nach dem anderen kam auf die Idee (denn auch das hat sich unter ihnen herumgesprochen, zwar nicht so schnell wie heute, denn sie waren damals mit Boten auf Pferden vernetzt, weil Daniel Düsentrieb das Internet noch nicht erfinden konnte. Er wurde erst viel später geboren), den Judis Wucherzinsen und Ausschweifungen zur Last zu legen und somit einen Grund zu haben, das eigene Volk gegen sie aufzuhetzen und sie zu verfolgen, und diejenigen, die die Verfolgungen überlebten, zu isolieren. Man nannte die Stadtteile, in die sie gepfercht wurden, Gettis. Nur dort durften sie sich noch aufhalten und sich weiter dem Geldverleihen widmen. Aus Angst um ihre Familien gaben sie den Königen noch mehr Geld, das diese erst recht nicht mehr zurückzahlen konnten (das Prinzip kennen wir von Dagobert Dumpf her. Es liegt die Vermutung nahe, dass einer seiner frühesten Ahnen ein König war). Und so kam es, dass sie erneut vertrieben wurden. Noch weiter weg von daheim als jemals zuvor. Sogar bis nach Westland. Und dorthin kamen eine ganze Menge von ihnen. Das Finanzwesen ganz Westlands wird seitdem von ihnen und der Westland-Maffi kontrolliert. Und die Präsidenten Westlands ohne Ausnahme sind seit jeher bestrebt, stets gute Miene zu machen, wenn wieder einmal eine Konferenz zum Befrieden der Nahost-Region ansteht. Sie wissen dann immer, auf wessen Seite sie zu stehen und wessen Lied sie zu singen haben. Deshalb empfiehlt es sich auch nicht, gegen die Politik der Judis zu mosern. Diese wundern sich dennoch, warum ihnen weltweit die Sympathien abhanden kommen. Ständig beklagen sie sich, weil keiner mehr mit ihnen spielen will. Besonders die Syris, die Irakis und die Iranis im Norden der Judis und die Saudii Arrabbis im Osten, genauso wie die Ägyptis im Süden (praktisch alle Nachbarn). Nur im Westen haben sie noch Ruhe. Dort ist das Mittlere Meer. Der gesamte Nahe Osten pflegt eine tief verwurzelte Abneigung gegen sie. Und wer etwas gegen sie sagt, wird als Anitsemitti beschimpft und fortan gemieden. Damit kommen sie ganz gut zurecht, das hat sich seit Jahren bewährt. Dabei merken sie nicht, dass immer mehr Menschen weltweit Stellung gegen sie beziehen, weil denen ihre Arroganz schön langsam auf den Keks geht. Wie alle Völker haben auch sie nichts aus der Vergangenheit gelernt.

In jedem Land der Welt gibt es mittlerweile Organisationen der Judis, die immer darauf achten, dass jeder, der irgend etwas gegen sie vorbringt, sofort als Antisemitti beschimpft und mit dem Finger auf ihn gezeigt wird. Diesen Makel wird man nicht mehr los. Er existiert auch noch, wenn Generationen verstrichen sind und die Nachkommen gar nichts gesagt oder getan haben, weil ihnen die Judis egal sind. Die müssen sogar für die Verfehlungen ihrer Vorväter büßen, und zwar immer dann, wenn wieder eine Entscheidung zu Gunsten der Judis ansteht. Man kann getrost davon ausgehen, dass diese Praktik Bestand haben wird, solange der Planet existiert und es Judis gibt.

Ich weiß, dass ich das nicht schreiben darf, denn nun bin auch ich für ihr Verständnis ein Antisemitti. Wenn ich es mir aber recht überlege, ist mir das genauso wurscht, wie wenn in Bavariari ein Dackel gegen einen Maibaum pinkelt. Außerdem kann ich gar kein Antisemitti sein, denn Antisemittimus bedeutet *eine pauschale Judifeindlichkeit.* Und davon kann keine Rede sein, denn ich kann nur die Deppen unter ihnen nicht leiden, genauso wenig wie ich die paar Deppen in meinem geliebten Bavariari nicht ausstehen kann. Oder die vielen Trottel in Westland, in Ostland, in Kleingroßbritti, in Türkiii, in Nordkori, in Griechi, in Schwizzi und so weiter und so fort. Also praktisch in jedem Land.

Jetzt habe ich mich tatsächlich ein wenig echauffiert. Am besten, ich schenke mir erst mal eine Mass ein. Das hilft zumeist, wenn ich mich aufgeregt habe. Schon ist die Welt wieder in Ordnung und ich habe den Kopf wieder frei zum Philosophieren. Zum Beispiel über unseren verehrten Philosophen, der sich so lange mit der Verkehrsproblematik auseinandergesetzt hat. Und der heute ein hochgeschätztes Vorbild für Dagobert Dumpf und andere Wichtigtuer ist. Das hat er nicht verdient, dass die sich heutzutage mit seinen Errungenschaften schmücken und sich seine Lösungen für jedes dringende Problem ans Revers heften.

Was ich noch loswerden muss: Alle Politiker weltweit

sind inzwischen Antisemitti, sie müssen nur alles Geschwafel und Handeln vermeiden, das auf ihre Grundhaltung schließen lässt. Und da alle Politiker (fast alle) auch ein Seminar in Diplomatie belegt hatten, gelingt ihnen das vortrefflich. Auf Dagobert Dumpf, den Begründer der modernen Diplomatie, können sie jederzeit zählen. Er hat die westländische Botschaft nach Jerusi verlegen lassen und diese Stadt, die halb zu Palestinensi gehört, den Judis als Hauptstadt zugesprochen. Genauso wie die von Judi gestohlenen Golani-Buckel, die zu Syri gehören. Er zwitschert das in die Welt hinaus, obwohl ihn das alles nichts angeht. Und das noch vor dem Frühstück. Wäre interessant zu wissen, was der Judi-Geheimdienst Mossi (der am effektivsten arbeitende Nachrichtendienst auf dem Planeten) gegen ihn so alles in der Hand hat, da er so ungemein willig ihr Liedchen trällert. Es ist nicht auszuschließen, dass einer ihrer Spione eine Gelegenheit gefunden hat, einen Blick nicht nur in seine Steuerunterlagen zu werfen, die Dagobert partout nicht öffentlich machen möchte. Ein solches Wissen in den falschen Köpfen kann sehr wohl gefügig machen.

Vielleicht wird ja irgendwann einmal ein Diplomatie-Nobelli-Preis extra nur für ihn eingeführt. Nach dem Friedens-Nobelli-Preis für Jassi Arafatti, den Experten in Terrorfragen, wäre das ein weiteres Highlight in der Geschichte dieser Auszeichnung.

Wie schön und friedlich ging es da in den Tagen der 60er und 70er Jahre des letzten Jahrhunderts (meiner Sturm- und Drangzeit) zu, wenn man mal den Besuch Westlands Bomber in Vietnami außer Acht lässt. Unzählige verklärte Jugendliche begaben sich damals auf die Suche nach dem Pfad der Erleuchtung. Sie bemalten ihre angerosteten VW Bullis mit bunten Blumen (hauptsächlich

Sonnenblumen) und schmückten sich selbst auch damit. In jenen Jahren schossen religionsähnliche Sekten wie Pilze aus dem Boden. Ihre gottgleichen Führer nannten sich Guru, was bedeutet, dass sie bereits erleuchtet waren. Deren Anhänger durften aus lauter Dankbarkeit, weil ihnen das Dabeisein gestattet war, ihr gesamtes Einkommen und auch ihre Ersparnisse bei ihnen abliefern. Dafür wurden sie mit freier Liebe belohnt, die sie dann auch 24 Stunden am Tag praktizierten, und zwar jede mit jedem und umgekehrt. Das war das Paradies für all jene, die sonst niemanden abbekommen haben.

Urlaub machten sie in Indien bei anderen Gurus, bei denen sie Kurse und Weiterbildungsmaßnahmen buchen mussten, um auf dem Laufenden zu bleiben. Da konnten sie dann auch andere Kolleg(inn)en kennenlernen und sich an den bebilderten Vorschlägen des Kamasutri erfreuen. Was aber mit der Zeit auch langweilig wurde.

Irgendwann, als die Jünger(innen) selbst erleuchtet waren und vor Langeweile nur noch gähnten, wollten sie plötzlich den feudalen Lebensstil ihrer Gurus nicht mehr länger mittragen, weil der nur dem Oberheini zustand und sie selbst tagtäglich mit dem Ofenrohr ins Gebirge schauten. Außerdem wollten sie auch einmal einen der sieben Rollsi Rollsi (für jeden Tag in der Woche eine andere Farbe), die ihr Chef sein Eigen nannte, selbst fahren und nicht immer nur waschen und polieren.

Diese Phase ging dann verhältnismäßig schnell vorüber und heute lachen die damals Erleuchteten nur noch darüber, dass sie in ihrem Leben auch eine zeitlang Gaga waren. Man kann daran sehen, dass es Gagas nicht erst seit Dagobert Dumpf und Erdogaggi gibt. Und Kimi Jongi Uni natürlich, von dem gerade gemeldet wird, dass er einen Sondergesandten des Nordkori Außenminitums hat hinrichten lassen. Der war für die Ausrichtung des

Sondergipfels 2,0 zuständig gewesen und hatte anscheinend in irgend einer Weise versagt. In welcher, weiß man nicht. Da braucht es nicht viel. Andere Mitarbeiter, die gleichfalls an dem Scheitern schuld waren, wurden auf die Arbeitslager verteilt. Einer Dolmetscherin wird angelastet, dass sie einen Satz nicht korrekt übersetzt oder ihn ganz weggelassen hat. Wenigstens darf sie weiterleben.

An Kimi Jongi Uni hätten sich damals vermutlich die Gurus sämtliche Zähne ausgebissen.

Bei Dagobert Dumpf beschäftigt zu sein, wenn auch nur kurzzeitig, ist weniger ungesund. Da wird man nur nach dem Frühstück wegen Unfähigkeit gefeuert. Manchmal auh schon davor. Hinterher kann man sich als Manager bei einem anderen chaotischen Unternehmen, wie zum Beispiel dem neuen Flughafen nahe der Haupstadt des uns gut bekannten Dazwischenstaates, bewerben, das unbedingt einen Versager in dieser Position braucht, den es kurz darauf als Sündenbock abstempeln und mit einer Wahnsinnsabfindung in die Wüste schicken kann. Die Wahnsinnsabfindung wurde vorher ausgehandelt, denn sonst hätte sich keiner zur Verfügung gestellt. Schempi und Medonni sind Kandidaten von solchem Kaliber gewesen. Der eine hat eine teure und riesige Autowerkstatt und der andere die Eisenbahn des Landes zugrunde gerichtet.

Zu den strenggläubigen Saudii Arrabbis, die durch ihre reichen Erdölvorkommen praktisch weltweite Immunität genießen, gibt es auch noch etwas zu berichten, das sich erst kürzlich zugetragen hat – und nicht im Mittelalter, wie man vermuten möchte.

Ihr Kronprinz, der inzwischen der Häuptling der Bande ist, hat einen ungeliebten Journalisten in die Botschaft eines befreundeten Landes, dessen Präsident sein guter Spezl Erdogaggi ist, kommen lassen. Dort sollte er sich die notwendigen Papiere für seine bevorstehende Hochzeit abholen. Keine fünf Minuten nach seinem Eintreffen tauchten zufällig des Kronprinzen engste Mitarbeiter auf und murksten den unbeliebten Schreiberling einfach ab. Der hatte sich des öfteren abfällig über die Politik seines Herrschers geäussert. Das wurde ihm verständlicherweise übel genommen. Überliefert wird, dass er bei lebendigem Leib zerstückelt wurde und sein Todeskampf ca. sieben Minuten gedauert hat. Der große Aufschrei ob dieser Grausamkeit und der damit verbundene Ruf nach Gerechtigkeit, der durch sämtliche Medien der Erdi schallte, verhallte schnell wieder, weil das *Echo* in diesen Tagen kaputt und deshalb in der Werkstatt beim Reparieren war.

Einer der liebsten Freunde des Kronprinzen ist bekanntlich kein anderer als Dagobert Dumpf, der das alles gar nicht so tragisch findet, denn Westland ist einer der größten Waffenlieferanten Saudii Arrabbis. Bald danach kommt die Waffenindustrie eines geheimen Dazwischenstaates, die nicht benachteiligt werden soll. Mit diesen Waffen werden von den Saudii Arrabbis hauptsächlich Terroristen ausgerüstet, die sich dann wiederum gegen Westland und die Dazwischenländer (praktisch die Waffenlieferanten) richten und dort ihre Anschläge verüben. Feuerwerke, bei denen immer gleich mindestens ein Dutzend Ungläubige in die Luft gesprengt oder auf offener Straße erschossen werden.

Der ewige Kreislauf des Lebens und Sterbens. Hauptsache der Kreislauf des Geldes funktioniert reibungslos. Und durch die innig gepflegte Freundschaft zwischen dem Kronprinzen der Saudiis und dem Präsidenten Westlands kommt gar nicht erst der Gedanke auf, dass die

Saudii Arrabbis etwas mit Terroristen am Hut haben könnten. Da liefe man am Ende noch Gefahr, dass dieser Kreislauf unterbrochen würde.

Vor geraumer Zeit ist seitens eines westländischen Präsidenten immer dann von *Schurkenstaaten* die Rede gewesen, wenn die Region um den Golf von Persi oder einige Staaten in Mittel-Westland und Süd-Westland, die er einfachheitshalber dazugezählt hat, ins Gespräch kamen. Ich glaube, er hieß Gorgi Buschi. Dagi hat diese Klassifizierung ohne dabei Skrupel zu haben, übernommen. Dabei ist ihm und seinem westländischen Volk entgangen, dass Westland nicht erst seit den Massakern an den Ureinwohnern mit deutlichem Abstand die von ihnen aufgestellt Liste der *Schurkenstaaten* anführen müsste.

Das ist wieder ein Thema, das mich nicht nur depressiv, sondern auch durstig gemacht hat. Auf eine Mass mache ich mich auf den Weg in den Biergarten. Vielleicht ist einer da, der meine Laune etwas aufheitern kann? Nix war`s: Der Sepp sitzt tief in Gedanken versunken vor einem halbleeren Krug. Ich will ihn nicht stören und setze mich mit einem leise gemurmelten Gruß ihm gegenüber. Nach einer Weile schaut er auf, erkennt mich und sagt: „Stell dir vor, ich hab a Rolln bei unser`m Theaterbrettl kriagt. Ich spui an Ehemann, der 47 Jahr verheiratet is!"
„Gratuliere", sage ich zu ihm, „wenn Du Glück hast, kriegst Du das nächste Mal eine Sprechrolle!"

Die Afgannis gibt es auch noch

Weiter im Osten gibt es noch ein kriegerisches Volk, das sich Afgannis nennt. Seit Tausenden von Jahren ist bei ihnen derjenige am angesehensten, der seinen Nachbarn am geschicktesten übers Ohr haut, am besten so, dass der andere es gar nicht merkt. Ihn zu bestehlen ist auch ein beliebter Zeitvertreib, der aufs Gleiche hinausläuft. Die Kanzlerin in dem uns wohl bekannten Dazwischenstaat hat es sich zur Aufgabe gemacht, dem Volk der Afgannis westliche Standarts und Verhaltensweisen zu vermitteln und ihnen das sauer verdiente Geld ihres eigenen Volkes zum Veruntreuen anzubieten. Und ihre liebe Freundin, die Verteidigungsmini, hilft ihr dabei, indem sie jede Menge junger Soldaten aus unserer Heimat dorthin entsendet. Sie selbst bleibt lieber in ihrer Hauptstadt, da ist es sicherer. Nach Afganni kommt sie nur gelegentlich zu Besuch, um nach dem Rechten zu sehen. Ihre jungen Soldaten werden zwischendurch von den oppositionellen Tallibanni in die Luft gesprengt. Dort geht man nämlich mit der anderen Meinung anders um als bei uns.

Die Tallibanni sind eine Gruppierung der Afgannis, die schon lange daran arbeitet, das Land und die Leute unter ihre Kontrolle zu bringen. Sie haben unendlich Geduld.

Und sie können ruhig und gelassen darauf warten, dass den ausländischen Einmischern der Saft (das Geld) ausgeht. Die Tallibannis achten unter anderem streng darauf, dass junge Mädchen nicht in die Schule gehen. So kann vermieden werden, dass sie später, wenn sie ins heiratsfähige Alter (so um die 12 Jahre) kommen, zu Widerworten ihren Ehemännern gegenüber neigen. Das ist der Kanzlerin ein Dorn im Auge, denn sie muss dort partout die Segnungen der Demokratie einführen. Ihre Hoffnung ist wahrscheinlich, dass dann, durch erschöpfend endlose und unfruchtbare Debatten wie in ihrem Land, der Drang zu kriegerischer Auseinandersetzung innerhalb des Afgannilandes einschläft. Dafür kann man schon ein paar hundert junge Männer aus dem Heimatland opfern.

Hinzu kommt, dass Afganniland in unzählige Stämme aufgeteilt ist, die nicht von einem Minipräsi wie bei uns, sondern von einem Kriegsherren (Warlord) angeführt werden. Diese Warlords sind sich – wie ehedem die Indiani-Häuptlinge – nie einig. Sie sind sogar mehrheitlich untereinander verfeindet. Das macht es naturgemäß unmöglich, dieses Land zu befrieden. Ein Umstand, vor dem die Busslerin und die Verteidigungsmini des uns allen wohl bekannten Dazwischenstaates die Augen und die Ohren und was weiß ich noch alles verschließen. Weiber halt.

Ich stelle mir gerade vor, wie wir in Bavariari reagieren würden, wenn plötzlich die Afgannis vor unseren Toren stünden und uns mit der Kalaschnikow in der Hand ihren Lebensstil und ihre Traditionen näherbringen wollten. Ich glaube fast, dass wir gemeinschaftlich unseren Biergartenbesuch für einen Augenblick unterbrechen und ihnen zeigen würden, was ein Watschenbaum ist, und was passiert, wenn der umfällt.

Der Watschenbaum ist ein Mythos, und somit eine Begebenheit, die einen legendären Charakter hat.

Die hier vorwiegend in Hirschlederhosen gekleideten Burschen wissen sehr gut die volle Wucht dieser auf der Welt einzigartigen mythischen Bäume einzusetzen. Sie gleichen den in unseren Biergärten traditionell gepflanzten Kastani nicht, denn sie sind wie gesagt ein Mythos. Also bitte nicht verwechseln. Ein Außenstehender kann sich kaum vorstellen, wie das ist, wenn ein Watschenbaum umfällt und man in die ungeliebten Auswirkungen einbezogen wird. Bei uns weiß das jeder Mann seit seiner Knabenzeit, in der das öfter vorkam, und zumeist von Autoritätspersonen (Lehrer, Pfarrer usw.) praktiziert wurde. Diese Watschenbäume waren verhältnismäßig klein und harmlos, vergleichbar mit Christbäumen, die man in einem kleinen Zimmer auf einen Tisch stellt. Die richten nicht viel Schaden an, wenn sie umfallen. Ganz anders die von der Burschenschaft gehegten und gepflegten Exemplare, die auch gerne bei Wirtshausschlägereien und in Bierzelten oder bei anderen Händeln zum Einsatz kommen. Da rauscht`s ordentlich im Karton. Da wird eine solche Naturgewalt freigesetzt, dass um die Ecke schießende Gewehre, nicht einsatzfähige Panzer und Mannschaftstransportwägen, bei der Inspektion befindliche Flugzeuge und lecke Kriegsschiffe ein Dreck dagegen sind.

Die Ostländer waren lange vor uns in Afganniland und haben versucht, dort ein bisschen Ordnung zu schaffen, das, was wir jetzt wiederholen, mit dem gleichen Erfolg – praktisch keinem. Klappt einfach nicht. Die Kanzlerin baut jedoch auf unsere ausgefeiltere Diplomatie und darauf, dass wir sowieso alles besser wissen und können.

Sie sagt: „Wir schaffen das." Und ihre Freundin, die Verteidigungsmini, schlägt in die gleiche Kerbe.

In Afganniland gibt es übrigens keine Kindergärten in Kasernen. Das will sie, glaube ich, auch ändern.

Nicht zu leugnen ist jedenfalls, dass Afganniland die zweitgrößte Geldvernichtungsmaschine für Westland und alle Dazwischenstaaten ist, gleich nach Griechi. Aber wo sonst kann man andererseits neu entwickelte Kriegsgeräte unter Realbedingungen so schön testen wie dort? Man muss Afganniland praktisch als einen gigantisch großen Truppenübungsplatz begreifen. Dann lohnt sich das Ganze wieder. Das muss man auch bedenken, man kann nicht immer nur das Negative sehen und allem herummäkeln.

Ostland ist im Übrigen hauptsächlich daran gescheitert, dass sich seine dort stationierten Soldaten lieber den Bauern als Erntehelfer in den Hanf- und Mohnfeldern angeboten haben. Da hatten sie nicht so viel Zeit zum kämpfen. Entlohnt wurden sie mit Naturalien.

Zurück zur Religion. Eigentlich gibt es nur eine wirklich friedliche Religion, nämlich den Buddismi. Seine Anhänger zertreten nicht einmal eine Schmeissfliege. Ihr Glaube verbietet es ihnen, denn sie glauben an die Wiedergeburt und genauso fest daran, dass sie an ihren Taten im Leben gemessen werden und nach ihrem Tod dementsprechende Bedingungen bei ihrem Neustart vorfinden. Mit nur einem Leben ist es nämlich nicht getan. Wenn man ein richtiges Arschloch in dem jetzigen Dasein ist, kann es einem schlimmstenfalls passieren, dass man im nächsten Leben auf der untersten Stufe der Nahrungskette neu beginnen muss. Möglicherweise als Insekt oder als Krill, das den anderen Geschöpfen als Nahrung dient. Das kann sich dann hinziehen, bis man sich wieder hochgegearbeitet hat. Dagobert Dumpf, Vladl, Kimi Jongi Uni, Nethanjaji und vor allem Erdogaggi sollte mal jemand diesen Gedanken vorstellen und sie für diese Religion begeistern. Vielleicht ist ja das die einzig richtige.

Wir könnten dann in den Dazwischenländern anstatt Kriegsgerät Räucherstäbchen produzieren, was so manche marode Wirtschaft boomen ließe. Dann werden halt mal keine Panzer und Gewehre in den Nahen Osten verscherbelt. Räucherstäbchen brennen rasch herunter, und so ist ein immerwährender Nachschub vonnöten. Genauso wie bei Brezen und Weißwürsten, von denen in der von mir bewohnten Gegend auch täglich dinglichst neue gebraucht werden.

Saudi Arrabbis können sich übrigens alles leisten, auch jede Menge Munition. Deshalb macht es ihnen nichts aus, wenn die ihnen gelieferten Gewehre bei erhöhten Temperaturen um die Ecke schießen. Hauptsache, es knallt ordentlich. Mit Räucherstäbchen ist dieser Effekt nicht zu erzielen. Das haben sie schon ausprobiert.

Da kommt ihnen ein neuerlicher Waffendeal mit Dagobert Dumpf mehr als gelegen, der diesen Handel geschickt am Kongress vorbeimanövrieren konnte mit der Begründung, dass sich sein Freund, der Kronprinz, gegen die Atomibetrohung seiner Nachbarn im Norden rüsten und wenn notwendig, auch erwehren können muss. Jetzt weiß man endlich, warum Dagobert bereits vor Monaten damit begonnen hat, verbal gegen Irani zu feuern. Wo es doch überhaupt keinen Anlass dazu gegeben hat. Was für ein Fuchs! Die Provisionen, die er sich von der dahindarbenden Rüstungsindustrie Westlands erhofft, müssen es in sich haben.

Sein Außenminister Pompi griff mit Blick auf die Krise mit Irani zu einer Ausnahmeklausel, damit diese Exporte mit einem Volumen von etwa acht Milliarden Dollis augenblicklich ermöglicht worden sind. Pompi schielt offenbar auch nach einem Stück des Bratens, der für sie beide abfallen könnte.

Die Religion Buddismi wird hauptsächlich im Fernen Osten praktiziert. Ein paar Splittergruppen von ihr verteilen sich allerdings über den ganzen Planeten. Außer am Nordpolli und in der Antarkti findet man sie überall, hauptsächlich in den Ländern, wo man auch im Winter mit Sandalen oder barfuß laufen kann. Es sind glückliche Menschen, denen zumeist das Gier-Gen fehlt, das den Rest der Welt in atemlose Hektik verfallen lässt. Sie sind mit "nichts" zufrieden, weil sie "nichts" haben. Außerdem sind sie körperlich gar nicht in der Lage, so schwere Tresore, wie sie Vladl verwaltet, zu schleppen.

Vladls geheime Aktion mit den U-Booten in der Karibi hat übrigens noch nicht stattfinden können, weil seine Tauchboote alle bei der Inspektion sind. Die anderen, bereits ausgemusterten Atomi-U-Boote hat er längst im Nordmeer versenkt. Dort dürfen sie vor sich hinrosten und irgendwann, wenn der Rost erfolgreich war, mit ihrer radioaktiven Strahlung die Meerestiere mutieren lassen. Den Hummern werden dann womöglich Flügel wachsen und den Makrelen Geweihe und Hufe. Und dem männlichen Menschen, der Meerestiere gerne isst, weil sie reich an den so gesunden Omega-3-Fettsäuren sind, wird dann anstatt eines Penis` ein Schwanz hinten hinaus wachsen, damit mit der Fortpflanzung endlich Schluss ist. Mit dem Schwanz kann er dann nach Belieben hin- und herwedeln – sonst nichts weiter.

Dagobert Dumpf zwitschert mal wieder

Gerade wird bekannt, dass Dagobert Dumpf in zehn Minuten vor seinen Anhängern im Bundesstaat Mischigi zu seinem sensationellen Triumph in der Ostlandaffäre Stellung beziehen wird. Hört denn das nie auf?

Vladl freut sich dennoch schon darauf und schenkt sich einen achtfachen Wotkatz ein, dann legt er sich ein Päckchen Salzstangen zurecht. So eine kleine Pause vom Regieren kommt ihm gerade recht. Es war ein ziemlich ereignisreicher Tag heute. Er hatte die liebsame Pflicht, 15 Aufrührler bestimmten Wellnessoasen in dem saukalten Landstrich zur Nachschulung zuzuweisen. Diesmal traf er die Zuteilung per Losentscheid. Jedoch anders als Dagobert Dumpf bei der Wahl seines Golf-Resorts für das verlängerte Wochenende.

Diese kleine Abwechslung mit Dagi kommt ihm deshalb gelegen, denn er ist gespannt, wie es seinem Freund in Westland so geht. Er hat schon ein paar Tage nichts von ihm gehört oder gelesen.

Obwohl ihn jetzt doch ein ungutes Bauchgefühl ob der zu erwartenden Ansprache beschleicht, freut er sich trotzdem darauf. Kann ja auch gutgehen.

Wie uns bereits bekannt ist, konnte nach einer zwei Jahre dauernden Recherche und dem daraus resultierenden vierseitigen Bericht keine Einflussnahme Ostlands bei Dagobert Dumpfs Wahl bewiesen werden. Die vier mit wertlosen Informationen vollgestopften Seiten wurden in *Times New Roman Schriftgröße 18* übergeben, damit sie von den Kongressmitgliedern auch ohne Brille gelesen werden konnten. Dagi hat nun auch offiziell wieder eine weiße Weste.

Mit breiter Brust tritt er ans Rednerpult. Die eine Hand in der Hosentasche, die andere angewinkelt mit erhobenem Zeigefinger: „Es ist eine Schande, dass dem Präsidenten in unserem Land so übel mitgespielt wird. Die Demokratis sind nur neidisch auf mich, weil ich ein schöneres Haus habe und eine schönere Wohnung. Weil ich gescheiter bin als sie alle und zu den besseren Schulen gegangen bin. Sorry, aber sie müssen verantwortlich gemacht werden", sagte Dagobert Dumpf über jene, die er für das Aufbringen der Fake-Vorwürfe für zuständig hält. Dann wiederholt er sich, denn inzwischen sind Wiederholungen zu seinem Markenzeichen geworden: „Ich habe eine bessere Bildung als sie, ich bin klüger als sie, ich ging zu den besten Schulen, sie nicht ... viel schöneres Haus, viel schönere Wohnung, alles viel schöner. Und ich bin Präsident und sie nicht."

Wie nach einem dämlichen Witz, dessen Pointe niemand versteht, macht diese Ansprache deutlich, um wieviel besser es gewesen wäre, er wäre nicht nur zu den besseren Schulen gegangen, sondern er wäre auch in sie hineingegangen. Das wurde auch Vladl nun zum x-ten Mal schmerzlich klar und er schaltete den Fernseher wieder ab. Er war gar nicht neugierig, was Dagobert sonst noch im Köcher hat. Gott sei Dank ist es bis zu den Neuwahlen in Westland nicht mehr allzu lange hin. Seine Freundschaft mit Dagobert Dumpf sollte er noch einmal überdenken. Es macht wenig Sinn, sich ebenfalls der Lächerlichkeit preiszugeben.

Das Glas Wodkatz trank er in einem Zug leer. Die Salzstangen ließ er unberührt, denn der Appetit war ihm vergangen. *Wie kann ein einzelner Mensch nur so viel blödes Zeug labern*, waren seine Gedanken. Sie drehten sich in einer Endlosschleife in seinem Hirn, als er in einer aufkommenden Depression seine Schlafanzughose anzog und sich aufs Bett zum Schlafen legte. Sein Oberkörper blieb frei. Die Gnade des sofortigen Einschlafens hätte er zu schätzen gewusst, wäre sie ihm im Moment des Wegdämmerns bewusst gewesen.

Am nächsten Morgen wachte er erfrischt und voller Tatendrang auf. Einen zusätzlichen Schub erhielt seine wieder gut gewordene Laune durch die Tatsache, dass sein Ober-Troll schon vor dem Frühstück mit einer Meldung aufwartete, auf die er schon seit Tagen voller Spannung gewartet hatte. Die Republik Ukrani, direkt im Süden an Ostland angrenzend, steht vor neuen Präsidentschaftswahlen. Und seine IT-Spezialisten haben es wieder einmal geschafft. Diesmal haben sie sich selbst übertroffen. Es ist ihnen gelungen, die öffentliche Meinung in Ukrani derart zu lenken, um einen Berufskomiker, nicht nur einen Amateurkomiker, wie das in den meisten anderen Ländern der Fall ist, zur Wahl aufstellen zu lassen. Im Hauptberuf ist er Schauspieler. Seine große Beliebtheit verdankt er der Tatsache, dass er in einer Comedy-Serie seit Jahren einen Präsidenten mimt. Und das anscheinend so überzeugend, dass ihm das verträumte Volk der Ukranis, das sich schwer tut, Wunschdenken, unrealistische Träume und die Wirklichkeit auseinanderzuhalten, mit Freuden seine Stimme geben wird. Die Chancen für seinen Sieg stehen hervorragend. Bei seinem Präsidentenspiel im TV hat er allerdings ein fertiges Drehbuch zur Hand, das ihm von irgendwoher gereicht wird. Nun muss er es selber schreiben. Ob die Leute im Land auch daran gedacht haben? Aber da kann Vladl sicher aushelfen, mit ein paar Drehbuchautoren – die er nicht kennt.

Ukrani war früher ein Teil Ostlands, hatte aber irgendwann die Faxen dick und sich nach einigem Hickhack selbstständig gemacht. Seitdem trietzt Vladl sie, wo es nur geht. Immer wieder nimmt er ihnen ein Stück ihres Landes weg. Zuerst eine Halbinsel, die sich Krimi nennt und durch ihren beispiellos scheusslichen Sekt bekannt ist. Und weil das so leicht und reibunglslos geklappt hat, als Zugabe gleich noch den östlichen Teil Ukranis, der um ein Vielfaches größer ist. Die anderen Amateurclowns von den Dazwischenstaaten und Westland schauten jedesmal zu, weil sie von seiner Dreistigkeit wieder einmal überrascht worden sind.

Um herauszufinden, wie man auf solche Provokationen reagieren soll, müssen sich alle erst beraten. Dazu müssen Termine gefunden werden, die allen in den Kram passen, und das Catering von Käfi muss auch rechtzeitig bestellt werden. Und die Oma darf nicht gerade ihren runden Geburtstag feiern, bei dem alle Familienmitglieder dabei sein müssen. Das kann dauern. Ein Ergebnis wird deshalb in zwei bis acht Jahren erwartet. Das kennen wir schon von irgendwoher, ist also kein neuerliches Phänomen.

Bei all diesen Blitzaktionen steckte Vladl seine Soldaten in Fantasieuniformen, die er von Versacci in Itali schneidern ließ und die sich deshalb von denen seiner regulären Armee deutlich unterscheiden. Er betont bei jeder Gelegenheit, mit ihnen nicht das Geringste zu schaffen zu haben (das ist wie mit den Internet-Trollen, die er nicht kennt). Wo die Soldaten plötzlich herkommen, ist ihm selbst ein Rätsel. Sie mögen ihn und seine Politik halt so gerne, dass sie lieber zu Ostland gehören möchten als zu Ukrani. Und da kann er wirklich nichts dagegen machen. Er ist quasi machtlos. Das ist ihr freier Wille und auf keinen Fall der seine. Darauf besteht er, da sind ihm die Hände gebunden.

Da es aber offensichtlich geworden ist, dass sie von ihm dirigiert werden, leidet seit einiger Zeit seine Glaubwürdigkeit. Im Grunde bereits seit einer Woche nach seinem ersten Amtsantritt. Damals hat er schon erkennen lassen, was für ein Früchtchen er ist, und auf was man sich während seiner Präsidentschaft gefasst machen darf. Trotzdem sind alle anderen immer wieder überrascht.

Erdogaggi, so erfahren wir gerade, haben sie bei den Lokalwahlen in Türkiii ordentlich den Arsch versohlt. Seine Partei hat nur Niederlagen einstecken müssen. Alle Bürgermeisterposten werden künftig von der Konkurrenz besetzt. Die Leute in diesem Land wachen am Ende noch auf. Zu wünschen wäre es ihnen. So ein schönes Land. Und so nette Menschen.

Aber Erdogaggi kündigt sofort an, dass er das Ergebnis anfechten wird, weil die Oppositionellen bei der Wahl beschissen haben. Das kann gar nicht anders sein, denn er und seine Anhänger haben ja auch immer bei solchen Gelegenheiten so lange und geschickt die Stimmen ausgezählt, bis das Ergebnis gepasst hat. Also muss davon ausgegangen werden, dass die anderen dazugelernt haben und nun genauso verfahren.

Apropos Edogaggi, Türkiii, Ukrani usw.. Tatsächlich

sind die Typen, die sich in diesen und beinahe allen anderen Ländern für die höchsten Ämter aufstellen lassen, offiziell damit befasst, mit der seit Anbeginn der Menschheit gepflegten Sitte der Korruption aufzuräumen. Jedenfalls posaunen sie das stets in alle Richtungen ihrer Länder hinaus. Am liebsten vor Wahlen. Das ist ebenso absurd, als wenn der Papst behaupten würde, dass er im Herzen eigentlich ein Moslem ist.

Das ist ein solch unglaubliches Vorhaben, dass es schon wieder weh tut, wenn man bedenkt, dass die Bevölkerung darauf hofft und sogar glaubt, dass ein Ende der Korruption möglich ist. Sie müssten sich vor Augen führen, dass, um dieses Ziel zu erreichen, praktisch alle Beamten, Staatsangestellten und Polizisten (sie selbst auch), genauso wie alle Firmenchefs, in die Wüste hinausgejagd werden müssten. Dann würden sie womöglich die Ohren spitzen. Den Nächsten, der ihnen sowas verspricht, könnten sie dann rechtzeitig den anderen in die trockenen Landstriche hinterherschicken.

Niemand lässt sich sein Zusatzeinkommen wegnehmen, eher rotten sich alle zusammen und schicken den Heilsbringer dort hinaus. Sie sind gut miteinander vernetzt und einig und mächtig. Jeder Beamte oder Angestellte einer Behörde weiß, was der Kollege so nimmt, und richtet sich mit der Kalkulation seiner eigenen Tarife danach, damit kein Unfrieden entsteht. Das ist echte Kollegialität. Und sowas wollen sie abschaffen? Es würde nur für Unruhe sorgen. Unfriede entstünde Allerorten, und das Volk müsste das letztendlich ausbaden. Alle haben sich inzwischen so daran gewöhnt, dass am Ende das ganze Gefüge, bei dem ein Zahnrädchen ins andere greift, zum Stillstand käme. Das kann man doch nicht ernsthaft wollen! Wo sollten denn dann zum Beispiel die Angehörigen unserer Politiker und alle

Angehörigen von Politikern auf der ganzen Welt ihre lukrativen Aufträge herbekommen? Die Folgen wären, dass nicht nur die Arbeitslosenzahlen ansteigen würden.

Ohne das Zusatzeinkommen könnte so mancher Vater seine Tochter nicht mehr zum Reit- oder Klavierunterricht schicken. Da sieht man erst, was alles dranhängt. Arbeitlose Reit- und Klavierlehrer sind dabei ein mahnendes Beispiel.

Korruption ist gleichbedeutend mit Menschsein.

Man könnte allerdings versuchen, das Ganze ein wenig einzudämmen, indem man an alle Korrupten appelliert, dass sie nicht immer beide Hände zu diesem Zweck aufhalten, sondern nur noch eine Hand aus der Hosentasche nehmen. Könnte ein Anfang sein. Wird aber allein schon wegen der galoppierenden Inflation nicht gelingen. Die verschlingt immer mehr Geld in immer rascher werdendem Tempo. Vergessen wir es also gleich wieder!

Für Korruption gibt es viele Synonyme: zum Beispiel Brauchtum, Überlieferung, Gepflogenheit oder Gewohnheit. Es würde auch keiner hingehen und sagen: „Wenn ihr mich zum Präsidenten wählt, werde ich mit Gepflogenheit aufräumen." Ich hoffe, das haben jetzt alle verstanden.

Man möchte es nicht glauben. Gerade ist das Thema von mir abgehandelt, schon schreckt eine Meldung das ganze Dazwischenland auf, zu dem auch mein geliebtes Bavariari gehört. Die Nachricht rast durch die Medien, dass der im Lande mehrheitlich unbeliebte Präsident des nationalen Fußballverbandes Reini Grindi von seinem Amt zurücktritt. Ein Politiker in einem Amt, in dem er noch weniger zu suchen hatte als in der Politik. Er hat sich eine wertvolle Armbanduhr von einem befreundeten Funktionär – ausgerechnet vom Ukrani Fußballverband –

schenken lassen. Es war ihm absolut nicht bewusst, wie wertvoll diese kleine Aufmerksamkeit ist. Es soll sich um die 6000 Euri handeln, also praktisch eine Bagatelle. Dabei dreht es sich offensichtlich um keine Eieruhr, wie man sie bei uns in so mancher Küche vorfindet.

Zuvor war er schon unangenehm aufgefallen, weil er Nebeneinkünfte in fünf- oder sechsstelliger Höhe (was macht da eine Stelle mehr oder weniger vor dem Komma schon aus) nicht aufgeführt hatte. Hat er halt vergessen, mein Gott nochmal. Das kann doch jedem passieren. Dagobert Dumpf passiert das andauernd, und der ist Präsident einer Weltmacht und kein Mitglied eines lächerlichen Fußballverbandes. Von Vladls Nebenein-künften (eigentlich Haupteinkünften) ganz zu schweigen. Da reichen sechs Stellen schon lange nicht mehr.

In Ukrani wird diese Praktik, sich Freunde zu schaffen, seit jeher gepflegt. Die ukranische Stabhochsprung-Legende Sergi Bubki, der seit 2008 Mitglied des Interna-tionalen Olympi Komitee und momentan noch Vizepräsi-dent des Leichtathletik-Weltverbandes ist, hat durch seinen Stimmenverkauf Rio de Schaneri in Brasili zu den Olympi-Spielen verholfen. Die hätten sie sonst nie und nimmer bekommen. Der ehemalige ostländische Spitzen-schwimmer Alexi Poppi hat ihn offenbar dabei unter-stützt. Beide wurden von diesen haltlosen Anschuldi-gungen überrascht und weisen sie empört zurück. Das haben sie von Vladl gelernt und von allen Staatschefs von Ukrani in den letzten (eigentlich allen) Jahren zuvor. Wir wissen inzwischen, wie gut das funktioniert.

Grindi muss jetzt wegen seines Rücktritts nicht gleich verhungern, denn den Rücken stärken ihm seine Funk-tionärsämter beim Welt-Fußballverband WFV, der seinen Hauptsitz in Schwizzi hat – wo sonst. Und beim Gesamt-Dazwischenländer-Fußballverband GDFV, ein Häuschen weiter. Diese Posten darf er selbstverständlich behalten. Da sind sie nicht so pingelig. Schwizzi ist bekannt für seine geschmeidig anpassungsfähigen Geldtransferprogramme und für seine hochwertigen Armband- und Eieruhren. Die eignen sich vortrefflich, um seiner Dankbarkeit für einen kleinen Gefallen gebührend Ausdruck zu verleihen.

Der Tango Korrupti wird dort seit vielen Jahren getanzt, man weiß gar nicht mehr, seit wie vielen. Auch von Leuten mit Arthrose in den Knie- und Hüftgelenken – hauptsächlich sogar.

Manchmal überlege ich, ob es nicht besser wäre, gleich von einer Brücke vor einen anbrausenden LKW oder Zug zu springen. Aber dann denke ich mir wieder: *Der arme LKW-Fahrer oder Lokführer!* Dann lasse ich es wieder bleiben.

Außerdem wäre das Blödsinn, denn ich habe ja gerade über die Notwendigkeit dieser Gepflogenheit referiert, da kann man nicht gleich im nächsten Atemzug wieder dagegen sein. Ich bin auch schon ganz durcheinander. Belassen wir es einfach dabei. Wir werden es ja doch nicht ändern. Daran sollen sich weiterhin die Träumer und Idealisten und die Blender versuchen. Da haben sie wenigstens was zu tun. Das eigene Volk für dumm verkaufen ist eine immens aufwendige Angelegenheit. Sie erfordert vollstes Engagement und eine ausgefeilte Logistik.

Algeri hat auch einen Präsidenten
(aber nicht mehr lange)

An der Südküste des Mittleren Meeres reicht das Land Algeri bis ans salzige Wasser dieser mächtigen Pfütze heran. Der dortigen Bevölkerung ist seit einiger Zeit aufgefallen, dass ihr Präsident Abdi Boutefli bereits weit über achtzig Jahre alt ist. Das macht es nun verständlich, warum er andauernd in seinem Rollstuhl vor sich hindöst und dann wieder abrupt einschläft. Eigentlich ist er zu gar nichts mehr zu gebrauchen. Seine Freunde erledigen derweil die politischen Geschicke in seinem Namen – obwohl er schläft. Oder gerade deswegen. Sie wissen halt, was er so entschieden hätte, wenn er gefragt worden und wach gewesen wäre.

Jetzt brodelt es natürlich, weil er seinen sofortigen Rücktritt in Erwägung zieht. Siebzehn Prozent des in den Dazwischenländern gebrauchten Gases wird aus Algeri importiert. Das ist eine ganze Menge. Da lassen sich bestimmt ein paar Kubikmeter davon abzweigen, oder wenigsten ihr Gegenwert in Euri. Eine Währung, die auch in Algeri Beliebtheit erlangte. Die Euris lassen sich in Schwizzi leichter einzahlen.

Bei Temperaturen zwischen 30 und 50 Grad kochen auch in Algeri die Gemüter hoch, so dass man gespannt sein darf, wie das Problem der Wahl eines neuen Präsidenten gelöst wird. Und wieviele Tote das wieder nach sich zieht. In diesem heissblütigen Land, genauso wie in Palestinensi, in Syri, Iraki, Irani, Afganni, Ägypti usw. geht das Ableben von Andersdenkenden oftmals sehr schnell und reibungslos vonstatten. Man bezeichnet das auch als Kollateralschaden. Ein solcher Schaden wird laut Duden als *„Bei einer militärischen Aktion entstehender (schwererer) Schaden, der nicht beabsichtigt ist und nicht in unmittelbarem Zusammenhang mit dem Ziel der Aktion steht, aber dennoch in Kauf genommen wird"* bezeichnet.

Jetzt fragen Sie sich, was das Militär mit einer Wahl zu tun hat. Das ist nun mal in hochtemperierten Ländern so Sitte. Das Militär hilft dem Volk, die richtige Entscheidung zu treffen, wie es schon damals vor mehreren Generationen bei Abdi Boutefli der Fall gewesen war. Hat hervorragend funktioniert. Und an Gepflogenheiten rüttelt man nicht herum. Das haben wir schon abgeklärt. Wir können also auf die Entwicklung in diesem staubigen Land gespannt sein.

Außer dem Gas kommen auch unzählige Tankschiffe mit rotem Wein (auch vom Nachbarn Tunesi stechen sie in See), der dann in Itali in Fässer gepumpt und drei Jahre später als Brunelli die Montallcci für horrende Summen verkauft wird. Mir ist bei einem Besuch in Montallcci aufgefallen, dass es gar nicht so viele Rebstöcke in und um das Örtchen gibt, wie Ertrag in alle Welt geliefert wird. Auf meine Frage, wie sowas nur möglich ist, wurde mir von einem Einheimischen diese streng geheime Möglichkeit der wundersamen Vermeh-

142

rung verraten. Das ist ähnlich wie am Kalti See in Südtrioli. Auch dort wird wesentlich mehr Wein *Kalti See* verkauft, als produziert werden kann. Die haben seit Jahren Vorbildfunktion für Rest-Itali. Es hat nicht zuletzt mit der Frömmigkeit der Italis zu tun, denn ihr großes angebetetes Vorbild ist der uns bereits bekannte Sohn ihres Gottes, der, als er noch lebte, bei einer Bergpredigt für das kostenlose Catering sorgte. Bei einer anderen Gelegenheit, einer Hochzeitsfeier, hat er sogar Wasser in Wein verwandelt. Das Patent haben sich die Italis gesichert und an verdiente Winzer verlost.

Ja, ja, die Italis. Mir ist auch von einem dort ansässigen Freund erzählt worden, dass den Italis vollkommen wurscht ist, welche Regierung das Zepter schwingt. Sie machen einfach ihr Ding. Ob das den Segen ihrer Politiker hat oder nicht, ist ihnen piepegal. Außerdem gibt es schon seit einer halben Ewigkeit eine Organisation im Lande, die alles regelt. Sie nennt sich Maffi (ähnlich der in Westland ansässigen). Beinahe alle Bereiche, in denen viel Geld verdient werden kann, werden von ihr kontrolliert. Da braucht es keine Politiker, denn die anderen können das besser. So gut sogar, dass sie seit einiger Zeit in die Nachbarländer expandieren. Die sollen auch an den Segnungen des von der Maffi kontrollierten Landes teilhaben. Kann man durchaus verstehen. Maffis kommen schneller zu ihren Entscheidungen, als die Politiker in den Dazwischenländern dazu in der Lage sind, weil sie nicht lange diskutieren.

Die unliebsamen Nebenwirkungen ihrer Aktionen sind allerdings in Küstennähe im Meer versenkte, mit Fässern voller Giftmüll beladene Boote und über 100 bei Nacht und Nebel verbuddelte Deponien mit hochgiftigen Abfällen im gesamten Süden des schönen Landes. Drei von fünf Toten in Kalabri hat der Krebs auf dem Gewissen. Und die Maffi, die sein Wachstum beschleunigt.

Itali ist ganz sicher eines der schönsten Länder der Erdi. Wie schade, dass man in Westland keine Ahnung hat, wo das liegt. Wahrscheinlich aber ist es ein Segen. Sonst würden die Westländer sich da auch noch aufdrängen und ihr berühmtes Durcheinander anrichten. Geographie ist, wie alles andere auch, nicht gerade ihre Stärke. Wenn die Kinder erwachsen geworden sind und die Schulen verlassen, wissen sie nur, wo Westland ist. Das ist um sie herum. Mehr müssen sie nicht wissen. Dass es noch andere Länder gibt und wo die zu finden sind, erfahren sie erst, sobald sie Soldaten geworden sind und in ein Flugzeug gesetzt werden.

Ihr Leader Dagobert Dumpf weiß noch nicht einmal, woher sein Vater stammt. Dieser Tage hat er, als er sich gerade wieder über die Kanzlerin in dem einen Dazwischenstaat aufgeregt hat, erklärt, dass er den Dazwischenstaat grundsätzlich lieb hat, da auch sein Vater von dort stammt. Tatsächlich ist aber sein Großvater von dort und sein Vater nicht. Hat er schon wieder verwechselt oder vergessen. Ist ja nicht so wichtig, wo ein Vater oder Großvater herkommt. Hauptsache, sie sind da. Es ist auch eher ein Thema für Ahnenforscher und nicht für Präsidenten. Seine geographischen Kenntnisse stellte er bereits eindrucksvoll unter Beweis, als er neulich gleich zwei irrsinnige Behauptungen in einem kurzen Satz von sich gab: „Belgien ist eine schöne Stadt, ich war schon mal dort!"

Momentan macht er sich ein bisschen rar. Bei jeder Gelegenheit schiebt er seinen Vice namens Penci vor. Der muss dann den Blödsinn verkünden, den er ihm aufgeschrieben hat. Dieser Vice Penci scheint vom gleichen Kaliber wie Dagobert zu sein, denn er vertritt den

Schwachsinn mit der gleichen Überzeugung, wie sein Boss das tut. Gar nicht so einfach, zwei gleichwertige Einfaltspinsel zu finden, die an erster und zweiter Stelle des Staates stehen. Eigentlich sollten sie ja sitzen, und zwar, nun, Sie wissen schon wo. Dort wo man auf Staatskosten gut aufgehoben ist, in *K&K*. Entweder im Knast oder in der Klapsmühle.

Über wen könnten wir jetzt noch sprechen? Wer ist denn wichtig genug, um in die Annalen der zeitgenössischen Geschichte einzugehen?

Ja, natürlich, die seit Jahren aufstrebendste Wirtschaftsmacht der Welt – Chini. Hätte ich beinahe vergessen. Chini ist nicht nur im Foltern Weltmarktführer, sondern inzwischen auch in anderen Technologien. Anfang nächsten Jahres werden sie übrigens von Viren eingebremst. Das hat ihnen allerdings niemand gewünscht. Das passiert auch erst und muss uns deshalb jetzt noch nicht kümmern.

Die Chinis haben eine halbe Ewigkeit in der Starre des Kommunismi verharrt. Dabei hätten sie Gelegenheit und Zeit genug gehabt, sich anzuschauen, was die Kapitalis alles verbockt haben. Die Resultate überzogener Wachstumsraten hätten sie eigentlich warnen müssen. Hätten sie sich mit unserer Geschichte eingehender beschäftigt, so wäre ihnen irgendwann aufgefallen, dass es in unserer Vita einen Kanzler mit dem Namen Luggi Erhadi gab, dessen Stuhlbeine aus diesem Grund abgesägt worden sind. Der hat nämlich, als er noch Wirtschaftsmini war, in weiser Voraussicht gebremst. Er wusste, dass eine gewisse Sättigung logischerweise nicht so schnell erreicht wird, wenn man das Ganze ein wenig moderater angeht. Man hat dann viel länger was davon. Das war aber der gierigen Masse ein Dorn im Auge, und so hat

145

man in der Folgezeit auf seine Ratschläge verzichtet.

Und was machen jetzt die Kleinwüchsigen mit den Stupsnasen und den schräg gestellten Augen? Die gleichen Fehler, und toppen das alles noch, indem sie Wachstumsraten von zehn Prozent und mehr im Jahr anvisieren und für eine Weile auch erreichten. Dazu war allerdings notwendig, sich der Technologien der westlichen Länder zu bedienten. Selber waren sie noch nicht so weit. Ihre Fertigkeiten im Kopieren von erfolgreichen Artikeln brachten sie in der Zwischenzeit jedoch zur Perfektion und an die Spitze der führenden Industrienationen. In letzter Zeit hat sich das Kopieren vereinfacht, denn die westlichen Firmen haben darum gebeten, in Chini eine oder zwei Niederlassungen bauen zu dürfen, um sie dann mit Arbeitern aus Chini zu bestücken. Die sind dort viel billiger als in den westlichen Ländern. Und das totalitäre und menschenverachtende Regime sorgt dafür, dass sie gerade so am Leben bleiben, aber nichts auf die hohe Kante legen können. Bekanntlich kriegt der Mensch ja den Kragen nicht voll. Und die Chinis haben eine Menge aufzuholen.

Die Luftverschmutzung in den Städten ist so arg, dass man seine Hand nicht vor den Augen sehen kann. Die Menschen müssen mit Atemgeräten zur Arbeit gehen, was manchmal ein wenig hinderlich ist. Mit Stöcken, wie bei uns die Blinden, tasten sie sich vorsichtig an den Gehsteigkannten und an Hauswänden entlang. Lebensqualität ist Fehlanzeige. Die haben nur die Parteibonzen, die ihren Lebensmittelpunkt an Orte verlegen können, wo die Luft noch sauber ist. Das Land ist ja groß genug, und wenn man sich vorher ein bisschen informiert, wie zum Beispiel die Hauptwindrichtung das Jahr über ist, kann es einem durchaus gelingen, ein nettes Plätzchen zum Wohnen zu finden. Das bleibt allerdings dem größten Teil der Bevölkerung verwehrt.

Viele Manager und andere Krösusse aus westlichen Ländern lassen sich manchmal für eine gewisse Zeit nach Chini versetzen, weil das eine Menge Geld einbringt. Da sie zu Hause bisher saubere Luft geatmet haben, können sie ruhig einmal ein Jahr lang mit Atemmaske rumlaufen. Man kann ja nie genug Zaster haben. Zurück kommen sie dann oftmals mit einer Frau aus Chini, die auch schon ein Kind hat. Die freut sich dann riesig, wenn sie zum Beispiel nach Bavariari kommt und in den Biergärten, die man hier an jeder Ecke findet, klare saubere Luft einschnaufen kann. Verständlicherweise wollen sie dann nie mehr weg. Ihren Freunden und Verwandten in Chini erzählen sie gerne von diesen paradiesischen Zuständen, und so macht sich auch der Rest irgendwann auf den Weg zu uns, um herauszufinden, ob das alles auch wahr ist. Obwohl wir mit schlechter Luft in den Städten schön langsam aufholen. Mancherorts darf man gar nicht mehr mit seinem alten und manchmal auch neuen Bavariari Motori, der mit Diesi läuft, hineinfahren. Das ist aber nicht so schlimm, denn dann wandern wir halt in die Innenstadt zum Shoppen oder zum Biergarten. Ist ohnehin gesünder. Hauptsache, dort ist die Luft sauber. Wir nutzen das jetzt noch ausgiebig, denn bald bekommt man in unseren Biergärten keinen freien Platz mehr, weil alle Stühle von Chinis, Japanis, Irakis, Syris, Libanesis, Afgannis, Afrikanis und Ostländlern usw. besetzt sind.

Vor ein paar Jahren haben sich nämlich schon ganze Völkermassen auf den Weg zu uns gemacht. Zuvor haben sie ihre Städte und ihr Land kurz und klein geschlagen, damit keiner auf die Idee kommt, sich dort niederzulassen, solange sie weg sind. Schließlich wollen sie eines Tages zurückkommen, spätestens dann, wenn ihnen bewusst geworden ist, dass es bei uns nur Bier zum

Trinken gibt. Das ist auch nicht jedermanns Sache. Wir sind von Kindesbeinen an daran gewöhnt. Uns macht das nichts aus. Ganz im Gegenteil.

Gekommen sind sie alle, weil unsere Herzilein-oder-Raute-vor-der-Muschi-Kanzlerin gesagt hat: „Herzlich Willkommen. Wir schaffen das!" Die wird Augen machen, wenn sich eines Tages alle Chinis zu uns auf den Weg machen. Das gibt eine Hetz. Aber bis dahin hat sie längst nichts mehr zu schnabeln. Dann ist ihr auch wurscht, was sie da angeleiert hat. Dann darf unser ehemaliger Bavariari Minipräsi Seegofi, der momentan noch Innenmini fürs ganze Dazwischenland ist, die Scherben wieder aufsammeln. Hoffentlich hat er dann noch die Kraft dazu.

Über das Kopieren westlicher Technologien durch die Chinis haben wir bereits gesprochen. Da sie sich mittlerweile sämtliche Patente der in ihrem Land tätigen ausländischen Unternehmen gekrallt haben und die Ausländer nach vielen Jahren der Ohnmacht auch schon dahinter gekommen sind, hat Dagobert Dumpf eine Idee. Der Chini-Konzern Huawi macht sich nämlich seit geraumer Zeit auf den Weg in die Welt hinaus, weil es da noch eine Menge zu kopieren gibt. Am besten geht das, wenn man Marktführer mit den neuesten Internettechnologien wird. Diesen Weg haben sie mit dem superschnellen G5- Netz eingeschlagen, dabei aber nicht mit Dagobert Dumpf gerechnet. Der hat nun den westländischen Internet-Giganten Gogli angehalten, Huawi das Updaten des Betriebssystems für seine tragbaren Wischkästchen zu verweigern. Das Ausspionieren westlicher Technologien und anderer Geheimnisse soll damit der Vergangenheit angehören. Bin gespannt, ob sich die Chinis das gefallen lassen und ob sie nicht mit einem selbst entwickelten

Betriebssystem kontern werden. Dann würde Dagis Schuss wieder einmal nach hinten losgehen. Wäre nicht das erste Mal.

Schauen wir noch mal rüber in die Ukrani. Dort hat der neu gewählte Staatschef (der Komiker) das alte Parlament aufgelöst und die Gelegenheit genutzt, Vladl den Vorschlag zu machen, sich mit seinen bewaffneten Versacci-Models von der Halbinsel Krimi zu verdrücken. Die würde immer noch zu Ukrani gehören. Aber Vladl sieht das anders und muss ihm deshalb diesen Wunsch abschlagen.

„Na gut", meinte der Komiker: „Ich wollte das ja nur gesagt haben."

„славно", sagt Vladl. Was in unserer Sprache soviel wie „brav" bedeutet. Damit ist auch dieses leidige Thema vorerst vom Tisch. Mal schauen, wie hartnäckig sich der Neue in Zukunft zeigen wird. Wenn er nicht „славно" bleiben sollte, muss man ihm halt ein weiteres Stück seines Landes amputieren. Der wird auch noch kapieren, wer hier das Sagen hat.

Der Tagesplan von Dagi Dumpf wird bekannt

Aus vertraulicher, jedoch nicht offizieller Stelle ist an die Öffentlichkeit gedrungen, wie Dagobert Dumpf seinen Arbeitstag einzuteilen pflegt.

Allem voran steht die *Executive Time,* wie sie in der ovalen Schreibstube im *Bleichen Häusl* bezeichnet wird. Wörtlich übersetzt heisst das *Ausführungszeit.* Das würde bedeuten, dass in dieser Zeit, die bei ihm mindestens sechzig Prozent des täglichen Aktionsradius ausmacht, eigentlich etwas getan werden, also praktisch etwas ausgeführt werden soll – egal was.

Um sechs Uhr morgens steht Dagi auf, und von acht bis elf Uhr sollte er in seiner ovalen Schreibstube zum Ausführen sein. Angetroffen hat ihn dort noch niemand. Schon gar nicht zu dieser Zeit. Stattdessen führt er aber in dieser Zeit Zeitunglesen und Fernehschauen aus – also stimmt es wieder. Das allerdings findet in seiner Residenz statt. Da sitzt er bequemer und kann die Füße hochlegen, während er der neuesten Folge der aktuellen Seifenoper seine Aufmerksamkeit schenkt. Die darf er nicht verpassen, weil er sonst den Anschluss verliert. Das war bei uns auch nicht anders, als *Dallas* oder *Denver Clan* lief (ältere Mitbürger erinnern sich noch daran). Dagobert Dumpf allerdings schaut sich regelmäßig „Dahoam is Dahoam" an, das extra für ihn synchronisiert wurde.

Manchmal ruft er auch Berater, Verwaltungsbeamte, meistens aber Freunde auf ein kleines Schwätzchen an. Vielleicht führt er zwischendurch wenigstens einen Hund aus. Ums *bleiche Häusl* herum. Man weiß es nicht. Könnte auch ein Doppelgänger gewesen sein, der da kürzlich gesehen wurde.

Weil der Präsident Dagobert Dumpf es gar nicht schätzt, in einem regulären, starren Zeitplan eingezwängt zu sein, hat er die *Executive Time*, die ein ehemaliger, von ihm gefeuerter Stabschef eingeführt hat, übernommen. Zu irgendwas war der also auch gut gewesen.

Wenn überhaupt, dann beginnt seine erste Besprechung nicht vor 11 Uhr oder besser 11:30 Uhr. Im letzten halben Jahr wurden 500 Anwesenheitsstunden ausgewertet. Davon entfielen auf *Executive Time* 297 Stunden. Der Rest war zumeist verlängertes Wochenende, das er umdeklarierte.

Als Antwort auf diese Indiskretion ließ die Pressesprecherin Sari Sandi verlauten: „Präsident Dumpf hat einen anderen Führungsstil als seine Vorgänger, und die Ergebnisse sprechen für sich."

„Toll. Das stimmt!" kam es wie aus einem Mund und wie aus der Pistole geschossen von Vladl, Erdogaggi, der Premimini von Kleingroßbritti, Kimi Jongi Uni und nicht zu vergessen der Kanzlerin von dem bestimmten Dazwischenstaat. Sogar vom Franzosi. Natürlich jeder in seiner Sprache. In diesem Moment waren sich ausnahmsweise mal alle einig.

Der Nicht-Gaga-Anteil der westländischen Bevölkerung

fragt sich nach dieser Auskunft, wann der Präsident denn die ganzen Erfolge, die er dauernd hinausposaunt, auf den Weg bringt. Jeder, der in der Schule ein wenig Multiplizieren gelernt hat, weiß, dass das bei der vielen nicht genutzten Ausführungszeit und den vielen verlängerten Wochenenden in seinem Lieblings-Golf-Resort unmöglich zu schaffen ist. Da müsste er auch noch Magier sein. Pssst, das dürfen seine Fans nicht hören! Macht nichts, die sind wie Dagi auch nur zur Schule und nicht hineingegangen.

Hoppla, was ist denn jetzt los? Reini Grindi, lese ich gerade, ist nun auch von seinen Ämtern beim Welt-Fußballverband und beim Gesamt-Dazwischenländer-Fußballverband zurückgetreten. Nicht nur beim nationalen Fußballverband. Da hat er zwei Wochen innere Einkehr, wahrscheinlich im Kloster, gebraucht, um dahinterzukommen, dass das gar kein gutes Bild auf ihn werfen könnte, wenn er bei dem finanzelastischen Haufen in Schwizzi weiterwurschteln würde. Bin gespannt, was der Infiti dazu sagen wird, wenn da plötzlich einer Skrupel hat und abtrünnig wird. Bestimmt wird er sich die Haare raufen.

Andererseits kann ihm das – wegen der öffentlichen Meinung über seinen Verein – nur Recht sein, denn Grindi hat ihm damit einen Riesengefallen getan. Es sieht nämlich nun so aus, als wäre Grindi der einzige Funktionär gewesen, der etwas angenommen hat. Jetzt ist sein Verband wieder sauber! Hurra!

Blöd nur, dass Grindi von selbst gegangen und nicht von der Ethikkommission des Welt-Fußballverbandes dazu gezwungen worden ist. Also ist es wieder nichts mit Absolution. Pech gehabt, Infiti! Vielleicht wird man ihm das Strippenziehen eines Tages abgewöhnen können.

Danach kann er sich immer noch bei der Augsburger Puppenkiste bewerben.

In Judiland dagegen bleibt alles beim Alten. Sein wegen Korruption angklagter Präsident Nethanjaji ist trotz laufender Untersuchungen mit deutlichem Abstand wiedergewählt worden. Die Judis haben das Prinzip *Gepflogenheit* verstanden. Geld regiert die Welt, egal wo es herkommt. Die Reit- und Klavierlehrer in Judiland und in Palestinensi, wo die Judis das Sagen haben, können aufatmen.

Eine weitere Nachricht gibt jetzt offiziell bekannt, dass, wie nicht anders von uns erwartet, der Komiker in der Ukrani mit überwältigendem Vorsprung zum Präsidenten gewählt worden ist. Vladl köpft daraufhin eine Flasche Krimisekt und verzieht nach dem erste Schluck sein Gesicht zu einer scheußlichen Grimasse. Wäre besser gewesen, seine Jungs wären in Chianti einmarschiert.

Da läuft ein signalrotes Farbband durch den Bildschirm mit der Ankündigung einer Eilmeldung. Dagobert Dumpf hat was bekanntzugeben. Und dann die Bekanntgabe: „Der Dazwischenländer-Staatenverbund ist gegenüber Westland ein brutaler Handelspartner", sagt er, und dann das heutige … ich bezeichne es mal als ... Rätsel: „Oftmals muss man die Leute zu Atem kommen lassen, bevor alles wiederkommt und ... einen heimsucht", sagt er auch noch, während sein angewinkelter rechter Arm mit dem erhobenen Zeigefinger in die Richtung droht, in der er die geographische Lage der Dazwischenstaaten vermutet. Aber da kommt erst das große Meer Pazifi und dann Japani. Zu den Dazwischenstaaten wäre es in die entgegengesetzte Richtung näher gewesen. Dann veschwindet das rote Band mit der Eilmeldung wieder.

„Hat es das jetzt gebraucht?" fragt sich gerade der Rest der Welt, der noch wach ist.

Ich glaube, für heute reicht`s. Ich gehe auch ins Bett. Will nicht mal mehr ein Augusti als Schlummertrunk. Der kann einem wirklich alles vermiesen, der *Herr Doofdumpfdödlblödsack!*

In den frühen Morgenstunden bin ich immer noch wach. An Schlaf ist nicht zu denken. Ich mache mir solche Sorgen um die Menschheit, die gerade mit Überleben befasst ist. Mit zittrigen Händen schalte ich den Fernseher ein, um Nachrichten zu schauen. Da schlagen mir Flammen aus der Franziland Kathedrale in Parisi entgegen, gegen die die heldenhaft kämpfenden Feuerwehrleute des Landes angehen – und Dagobert Dumpf, der einen Tipp für sie parat hat: „Vielleicht könnte man fliegende Wassertanks nutzen, um es zu löschen". Der Franziland-Zivilschutz bedankte sich daraufhin artig beim westländischen Zündler mit dem Hinweis, dass sie die Kathedrale Notri-Dami doch lieber erhalten wollen. Sie sehen abgeworfene Wasserbomben aus der Luft eher als kontraproduktiv an. Der Einsturz dieses sakralen Kunstwerks, dessen Bau von 1163 bis 1345 (also 182 Jahre) gedauert hat, soll unter allen Umständen vermieden werden. Absolut verständlich, wenn Sie mich fragen. Muss man nicht unbedingt in fünf Minuten plattmachen.

Die Vermutung liegt nahe, dass Dagobert Dumpf so etwas schon einmal in einem Actionfilm aus Hollyodi gesehen hat. Sowas funktioniert aber im richtigen Leben nicht. Vielleicht kann ihm das mal einer sagen.

Die unzähligen Schaulustigen, die Dagis Gezwitscher vernahmen, empfahlen dem fernen Präsidenten noch, mit und auch ohne vorgehaltener Hand, er solle sich lieber um die unzähligen Brandherde in Westland kümmern, da gäbe es genug für ihn zu löschen.

Mich erinnert die Geschichte an einen Brand in meiner Kindheit, zu später Stunde in unserem Dorf. Da sah ich einen Feuerwehrmann mit einem Wasserschlauch in der Hand über die Straße rennen, grad eilig hat er es gehabt. Ein Passant rief ihm nach: „Wohin so eilig, Mann des Feuers und des Wassers?"

„Zum Herd des Brandes, Loch des Arsches!"

Soeben wird bekannt gegeben, dass das Feuer in Notri-Dami unter Kontrolle ist und, wie es scheint, die Substanz der Kathetrale gerettet werden konnte. Der Hubschrauber mit Dagis Wasserreservoir wäre wahrscheinlich noch unterwegs oder der Wind der Rotorblätter hätte das Feuer erst richtig auflodern lassen. Alternativ eingesetzte Löschflugzeuge sind bei Waldbränden sehr zu begrüßen, nicht jedoch bei punktgenauen Zielen in Innenstädten. Allerdings hätte man damit die vielen Schaulustigen und Selfiegeilen von den Gehsteigen spülen können, falls das Ziel, wie zu erwarten, verfehlt worden wäre. Nun ja, für Dagi war nicht genug Zeit, sich die Folgen seiner Strategie zu überlegen. Es musste seiner Meinung nach sofort gehandelt werden, und da ist ihm halt nichts besseres eingefallen. Schon blöd, wenn man sich um alles auf der Welt selbst kümmern muss.

Franzosiland und die restlichen Dazwischenstaaten atmen jedoch auf und gehen schlafen. Und ich probiere es auch nochmal.

Mit der Bitte: „Danke, *Großer Geist*, dass niemand in der zivilisierten Welt mehr auf die Ratschläge von jenseits des Atlanti hört. Könnte das bitte immer so bleiben? …", beginnt mein Nachtgebet.

Am nächsten Tag ist in den Gazetten zu lesen, dass Vladl völlig selbstlos die Hilfe seiner Spezialisten für Denkmalschutz zum Wiederaufbau der Kathetrale angeboten hat. Diese spezialisierten Spezialisten wären die besten der Welt. Kein Wunder, wo bei ihm so viel zusammenkracht. Da hatten sie viel Zeit und Gelegenheit zum Üben. Das neu aufgebaute Bernsteinzimmer ist ihnen allerdings vortrefflich gelungen. Hut ab! Vielleicht wäre das doch eine Option. Nur keine weitere Hilfe aus Westland … nochmal Bitte!

In Franzosiland sollten sie sich allerdings vorher informieren, ob nicht in die Arbeitsanzüge von Vladls Leuten Sticker von Versacci genäht wurden. Sicher ist sicher!

Während dieses Dramas ist Erdogaggi immer noch mit dem Nachzählen der Wahlzettel überlastet. Obwohl trotz aller Anstrengungen kein Wahlsieg zu konstruieren ist, hängen die Siegesplakate, die er bereits am Wahltag anbringen ließ, immer noch. Er hat verloren, warum nur will er das nicht einsehen? Ist es wirklich so lukrativ, vorne zu liegen? Nun ja, in seiner Familie sind viele Mäuler zu stopfen. Da darf der Nachschub nicht versiegen. Sie zählen alle auf ihn.

Momentan ist ganz schön was los. Eine sensationelle Nachricht nach der anderen fegt in Sekundenschnelle über den Erdiball. Da freut man sich, wenn einmal keine Katastrophe, sondern ein lange erhofftes Ereignis verkündet wird. Die Welt scheint mit einem Mal gerettet. Der Durchbruch ist geschafft. Wir alle können endlich aufatmen und wieder ruhig schlafen. Seit Jahrzehnten suchten Forscher nach dem ersten Molekül nach dem Urknall. Nun ist erstmals der Nachweis von Heliumhydrid-Ionen gelungen. Sie waren die ersten Moleküle, die sich nach dem Urknall vor 13,8 Milliarden Jahren im Universum gebildet haben. Damit kann unter Umständen die frühe Entwicklung des Universums besser verstanden werden. Das bringt uns doch weiter – oder was sagen Sie?

Die Forscher sind sich allerdings nicht einig, ob die Zeitrechnung mit diesen 13.8 Milliarden Jahren wirklich korrekt bestimmt worden ist, oder ob es sich nicht doch um 13,67 Milliarden Jahre handelt, wie derjenige unter ihnen behauptet, der immer alles besser weiß.

Gerade wird erwähnt, dass sie sich deshalb zum Nachzählen zurückgezogen haben. Ein Ergebnis wird so schnell nicht erwartet. Was sind da schon die mindestens zehn Jahre, die sie nach dem Molekül geforscht haben. Hauptsache, sie werden eher mit dem Nachzählen fertig als Erdogaggi mit seinen Stimmzetteln.

Weil wir gerade beim Nachzählen sind, sollte ich vielleicht eine Nachricht erwähnen, die gerade von der renommierten Zeitung Woschingti Posti in Westland abgedruckt wurde. Wir haben uns ja bereits über die Vielzahl von Lügen des Dagobert Dumpf unterhalten – Sie erinnern sich? Nun erfahren wir, es waren 5000 nach 601 Tagen im Amt, also aufgerundet 8,32 Lügen pro Tag. Ganze 226 Tage später waren es bereits 10000. Das bedeutet eine tägliche Steigerung von ca. 8 auf ca. 22. Eine solche Performance würde ich mir bei meinen Aktien wünschen.

Vergangene Woche war er zu Gast bei dem TV Moderator Seani Hanni, der ihm Stichworte lieferte, zu denen er seine Auffassung preisgeben sollte. Dabei sind von ihm 45 falsche Behauptungen aufgestellt worden. Kurz darauf bei einem Wahlkampfauftritt in der Provinz sogar

61 Lügen.

Es sind noch eineinhalb Jahre bis zur nächsten Wahl zu überstehen. Man muss also damit rechnen, dass in Kürze überhaupt kein wahres Wort Dagobert Dumpfs Schädel oder sein Zwitscherdings verlässt.

Aus taktischen Erwägungen lässt man ihn jedoch gewähren, denn ein längst fälliges Amtsenthebungsverfahren birgt Risiken, die einzugehen die Demokratis im Moment noch nicht bereit sind. Vielleicht später. Nach Weihnachten. Sie hoffen die nächste Wahl zu gewinnen, indem sie Dagobert Dumpf mit Karacho gegen die Wand fahren lassen. Das bedeutet noch eineinhalb Jahre Irrwitz. Ob dann noch was von der Welt übrig ist? Und ob es dann noch Wahlen in Westland geben wird? Vielleicht gesellt sich Westland bis dahin zu dem sagenhaften Atlantis, wo auch immer das sein mag.

Da freut man sich über eine Schlagzeile, die ich gestern im Web gelesen habe: *„Heidii Klummi rutscht der Rock hoch - was ist bloß mit ihrem Hintern passiert?"* Bei Heidii handelt es sich um ein in die Jahre gekommenes Model, das gerne noch ein wenig Beachtung finden möchte. Ein von mir eingerichteter Ad-Blocker verhindert aber das Abspielen solcher Videos. Gottseidank! Meine Freude hat schließlich auch ihre Grenzen.

Die nächste Nachricht überrascht dagegen niemanden mehr. Einen Monat nach der verlorenen Wahl hat es Demokratie-Bestatter Erdogaggi nun endlich geschafft, die verlorene Wahl annulieren zu lassen. Er hat nämlich festgestellt, dass ein paar Vorsitzende der Wahlräte und deren Mitglieder keine Beamten waren. Diese Tatsache verstößt gegen die Vorschriften, die er vor einem Jahr im Hinblick auf diese Wahl dahingehend hat ändern lassen. Die Bürgermeisterwahl in Istabulli muss wiederholt werden. Das verschafft ihm genug Zeit, die Posten mit treuen Anhängern aus der Beamtenbranche zu besetzen. Die wissen dann gleich, wie richtig ausgezählt werden muss, damit man seinen Beamtenstatus behalten darf. Auf diese Weise kann er die inzwischen verwitterten Siegesplakate hängen lassen. Das spart Volksvermögen und eigenes.

Noch am gleichen Tag schicken die Zoll-Zwitschereien Dagobert Dumpfs die Börsencharts weltweit auf Talfahrt. Chini muss wieder mal bestraft werden. Den stärksten Verlust musste dabei die Börse in Schanghi hinnehmen. Sie schloss mit 5,58 Prozent im Minus. Das bedeutet den ärgsten Tagesverlust seit drei Jahren. Der Grund für das Gezwitscher ist das Hinauszögern der Verhandlungen mit Chini durch Chini. „Denen muss man ein bisschen Feuer unter dem Hintern machen."

Zündeln kann er, das muss man ihm lassen.

Die Chinis aber haben Zeit. Sie warten, genau wie Kimi Jongi Uni auf einem seiner Hochsitze in Nordkori, auf den nächsten Präsidenten von Westland. Es sind ja nur noch eineinhalb Jahre hin. Was ist das schon.

Weltweit rennen dennoch die Geldvernichter, die keine Geduld haben (denn dieses Wort kommt in ihrem Sprachschatz nicht vor), wie ein aufgescheuchter Hühnerhaufen durcheinander, während Dagobert Dumpf auf seiner Lieblingscouch sitzt und voller Vergnügen in einer seiner Ausführungszeiten mit den Füßen auf dem Fußboden herumstrampelt. Zwischendurch schlägt er sich mit beiden Händen auf die Oberschenkel, dass es nur so kracht. Es hört sich ungefähr so an, wie wenn bei uns daheim anläßlich einer Feierstunde die Schuhplattler auftreten.

Das Grinsen vergeht ihm aber wenige Minuten später schon wieder, als ihm mitgeteilt wird, dass die Demokratis nun doch noch einen Trumpf in die Hände gespielt bekamen. Durch sie ist bekannt geworden, dass er in den 80er und 90er Jahren des vorigen Jahrhunderts in acht von zehn Jahren keine Einkommenssteuer bezahlt hat, weil seine Unternehmen Verluste von 1,17 Milliarden Dollis eingefahren haben. Da werden seine Fans stutzen, denn ihnen hat er vor seiner Wahl ganz etwas anderes erzählt. Oh je, ich habe doch tatsächlich vergessen, dass seine Anhänger im Rechnen auch auf einer 6 minus standen. Die wissen ja gar nicht, wieviel eine Milliarde Dollis sind.

Auf Anfrage der Zeitung hatte Dagoberts Anwalt Hardi schnell reagiert und darauf bestanden, dass die genannten Angaben „nachweislich falsch" sind. Dabei ließ er offen, ob die Angaben nach oben oder nach unten korrigiert werden müssten. Es machte das Ganze nicht besser, als er anfügte: „Sie sind höchst ungenau". Eine weitere Aussage, mit der nicht einmal Vladl etwas hätte anfangen können, wenn er nicht schon längst über die desaströsen Kenntnisse Dagis von der variablen Kunst der Buchhaltung Bescheid gewusst hätte.

Eine Woche später hat sich Dagobert Dumpf bei seiner Demokrati-Rivalin Nancii Pelossii ausweinen wollen, wofür die aber gar kein Verständnis aufbringen konnte. Erzürnt ist er daraufhin aufgesprungen und aus dem Zimmer gestürmt. Danach sprach er von der verrückten Nancii, die schlicht nicht im Stande sei, das Handelsabkommen mit den Nachbarstaaten Mexi im Süden und Kanadi im Norden zu kapieren. Sich selbst stellte er folgendermaßen dar: „Ich bin eine sehr fähige Person", sagte er. „Ich bin ein extrem stabiles Genie."

„Na dann … Prost Mahlzeit", kann ich da nur sagen. Gesagt wird das bei uns in Bavariari gerne dann, wenn sich der Blick in eine unheilschwangere Zukunft richtet und einem nichts mehr dazu einfällt.

Von Ramon Dumpf ist überliefert, dass er schon bald nach der Ernennung seines Sohnes Dagobert zum Präsidenten von Westland, aus Scham das Haus nicht mehr verlassen hat. Das *Mit-dem-Finger-auf-ihn-zeigen* und das damit einhergehende hämische Gelächter hat ihn extrem gestört und in seiner Ehre gekränkt.

Mich erinnert Dagobert Dumpfs berufliche Unfähigkeit an eine Geschichte, die sich in Westland im vorigen Jahrhundert zugetragen hat. Da fuhr ein Zug in einen Provinzbahnhof ein. Einer der Fahrgäste sah aus dem offenen Fenster, wie ein Bahnbediensteter mit einem großen Hammer in der Hand den Zug entlang ging und die Räder abklopfte. „Was machen Sie denn da?" fragte er interessiert. „Nun ja", sagte der Mann in Uniform, „so genau weiß ich das auch nicht, aber das ist halt mein Beruf!"

Dagobert Dumpf besucht zum zweiten Mal Kleingroßbritti

Kleingroßbritti hat den Austritt aus der Dazwischen-länder-Union zum x-ten Mal verschoben, diesmal auf den Herbst, also ein halbes Jahr nach dem dritten geplanten Termin. Das ist gar nicht in Vladls Sinn. Deshalb redet er mit Engelszungen auf Dagobert Dumpf ein, das ganze Unternehmen zu forcieren. Da der doch ständig die groß-artigen Beziehungen zwischen den beiden Ländern preist, scheint er der einzige zu sein, dem das gelingen könnte. Sein bevorstehender Besuch auf der Insel wäre eine gute Gelegenheit, Vladls Destabilisierungspro-gramm für alle westlich von Ostland gelegenen Länder ein wenig Schwung zu verleihen. Obwohl, viel Anlass zur Hoffnung gibt es eigentlich nicht. Wahrscheinlich versaubeutelt der Dumpfkopf (neues Synonym Dumm-kopf) das ganz Unternehmen schon vor seiner Landung.

Gestern kam es nun zum Besuch auf der Insel mit ihrer schrumpfenden Königin, deren Kleinerwerden tagtäglich beobachtet werden kann. Neben Dagobert ist sie nur ein Zwerglein. Beim Empfang klopfte er ihr mit einer Hand kumpelhaft auf die Schulter, während er mit der anderen ihr zartes Pfötchen schüttelte. Entsetztes Schweigen aller Anwesenden quittierte seine Neugestaltung der seit Jahrhunderten am Königshof gepflegten Etikette.

Kurz vor seiner Hubschrauberlandung (hinter dem Bucklhami-Palast, um den unzähligen Demonstranten, die gegen seinen Besuch auf die Straßen gingen, verborgen zu bleiben) hatte er, wie nicht anders zu erwarten, bereits ein paar Beleidigungen gegen seine Gastgeber gezwitschert und so schon vor dem Verlassen des Fluggeräts allen Hoffnungen Vladls ein Ende gesetzt. Dem Bürgermeister der Hauptstadt Kleingroßbrittis, dessen Namen er auch noch falsch schrieb, sprach er jegliche Kompetenz ab, genauso wie der langhaxigen Premimini, die bei den Verhandlungen mit der Dazwischenländer-Union seiner Meinung nach gänzlich versagt hat. Auf das übliche diplomatische Prozedere verzichtete er. Er stellte lieber klar, dass seine Diplomatie eine andere ist als die all seiner Vorgänger. So kann später Zeit gespart werden.

Ungefragt mischte er sich gleich wieder in innenpolitische Angelegenheiten Kleingroßbrittis ein. Er versprach bei einem schnellen Austritt aus der Union ein lukratives bis phänomenales Handelsabkommen beider Länder. Dann lobte er die Premimini plötzlich über den Schellen-König (ein Ausdruck, der beim Schafkopfen, einem beliebten Kartenspiel in meiner bavariarischen Heimat Bavariari, eine Rolle spielt). Ebenso ihren ärgsten Widersacher, den in den Augen der Weltöffentlichkeit völlig untauglichen Bori Johnsi, der das ganze Dilemma mit dem Ausstieg angezettelt hatte. Ihn preist er plötzlich als formidablen Nachfolger. Die gefälschten Zitate, mit denen der seine Journalistenkarriere begonnen hat und ebenso schnell wieder beenden musste, kamen dabei nicht zur Sprache.

Draussen löste ein Protest den anderen und eine Anti-

Dumpf-Demo die nächste ab. Die Leute haben sich echt Mühe gegeben. Sie trugen Riesentransparente, auf denen sie ihn hinwiesen, wo sie ihrer Meinung nach gerne seinen geographischen Aufenthaltsort sehen würden. Was natürlich nichts nutzen konnte, denn von Geographie hat er so viel Ahnung wie eine Kuh vom Fliegen. Sie ließen sogar Ballons steigen, die unverwechselbar den Präsidenten von Westland darstellten. Als Baby mit vollgeschissenen Windeln wackelte er dort im Wind.

Nach jedem zweiten Satz drängte Dagobert auf einen schnellen Austritt, weil ihm immer wieder Vladl einfiel und er vor seinem inneren Auge dessen Drohgebärden sah und fürchtete. Schließlich ist er ihm nach seiner Wahl immer noch einen Gefallen schuldig. Hätte er fast vergessen.

Vladl wurde es vor dem Fernseher ganz anders. *Hör bitte endlich auf damit. Das ist doch viel zu auffällig,* waren seine Gedanken und Ängste.

Und Dagobert Dumpf fügte gerade an: „Ich denke, es wäre sehr gut für das Land. Es ist ein großartiges, großartiges Land, und es will seine eigene Identität und es will seine eigenen Grenzen. Der gemeinsame Handel könnte auf das Zwei- oder Dreifache des momentanen Umfangs gesteigert werden. Es wäre das bedeutendste Bündnis, das die Welt je gesehen hat." Da er noch keine Ahnung hatte, wie das gehen sollte, vertiefte er sich nicht weiter in den Gedanken. Das ist wie mit den Verträgen, die Westland gerne abschließt, sich aber nicht daran hält. Das Kleingedruckte ist immer so klein, dass man es nur unter dem Mikroskop lesen kann. Deshalb vertröstete er alle im nächsten Satz: „Offizielle Verhandlungen zum Handelsabkommen können natürlich erst stattfinden, wenn Kleingroßbritti die Union verlassen hat." *Schon*

164

wieder, dachte Vladl voller Verzweiflung und schaltete den Fernseher aus. Vor dem Einschlafen quälte ihn noch stundenlang die Frage, wie ein Mensch beschaffen sein muss, der den lieben langen Tag nur Müll verzapft. Aber diesen Gedanken hat er schon so oft ergebnislos verfolgt. Deshalb schlief er lieber ein.

Apropos Müll. In meinem Heimatland, dem uns wohl bekannten Dazwischenland (weil es unseres ist), wird seit Jahren der Müll getrennt. Der richtige Müll jetzt, nicht der, den unsere Politiker verzapfen. In meiner Heimatstadt kommt sogar jeden Samstag ein Müllmobil und stellt an einem bekannten Sammelplatz unzählige Behälter auf, in die die Leute ihren gewissenhaft getrennten Verpackungsmüll ablegen. Der wird dann zum Teil in Container verladen und nach Malaysi geschafft, wo er an der Grenze zu Thailandi in illegalen Verbrennungsanlagen nachts verbrannt wird. In der Nacht deshalb, damit man die schwarzen Rauchschwaden nicht sieht. Und der Gestank nicht so stört, weil die Leute ja schlafen. Bis zum Morgen hat sich der wieder verzogen. Dioxine, die bei diesen nächtlichen Aktivitäten ungefiltert emporsteigen und die Wolken mit krebserregenden Stoffen anreichern, sorgen bei günstigen Winden dafür, dass sie dort wieder abregnen und das Trinkwasser verseuchen, wo sie hingehören – nämlich zu uns und nach Westland und in alle Staaten, die sich auf diesen Kontinenten befinden. Das gehört auch zum Welthandel, ist jedoch nicht so bekannt. Nachdem Chini seine Grenzen für verunreinigte Kunststoffreste im vergangenen Jahr geschlossen hat, hat man Länder wie Malaysi als neue Partner gewonnen. Um die 130.000 Tonnen Plastikabfall wurden im letzten Jahr, zum Teil unsortiert (nachdem wir ihn zuvor getrennt hatten), von unserem Land dorthin verschifft.

Ein Jahr zuvor waren es nur 75.000 Tonnen gewesen. Die Performance kann sich sehen lassen. Außerdem gingen nach Vietnami 57.000 Tonnen, nach Indi 68.000, nach Indonesi 64.000, und nach Hongkongi 73.000. Aus Griechi und Spani von der Dazwischenländer-Union kommt nichts, denn die schmeissen ihren Müll über die Klippen in die Schluchten ihrer Gebirge oder gleich ins Meer. So vermeiden sie das Freisetzen von hochgiftigen Stoffen in die Luft und werden zu geachteten Umweltschützern. Den Müll in den Schluchten sieht man nicht, nicht einmal vom Flugzeug aus, weswegen die Linienflieger extrem hoch fliegen. So wird er praktisch unsichtbar.

Uns geht das alles sonstwo vorbei. Malaysi und Indonesi sind so weit weg, dass uns das nicht kratzt. Das ist genauso wie in den 50er und 60er Jahren, als Westland und Franzosiland auf Inseln im Südpazifi ihre Atomi-Versuche durchführten. Das haben sie deshalb dort gemacht, weil es auch weit weg von ihren Heimatländern war. Die Gesundheit der Leute da unten war wursch. Dagobert Dumpf und die Bürger seines Landes wissen nicht einmal, dass es einen Südpazifi gibt, geschweige denn, wo der sein könnte Und dass es dort Inseln mit vormals glücklichen Menschen geben soll, ist ihnen folglich auch nicht bekannt.

Nicht nur wir sind Lieferanten, sondern alle großen Industrienationen. In Malaysi und auf den Philipinis wacht man langsam auf. Die haben damit begonnen, den Müll zurück in die Herkunftsländer zu schicken. Herzlich willkommen!

Zu Kleingroßbritti fällt mir noch etwas ein. Nicht zu

Königin Liesl. Gegen die ist eigentlich nichts einzuwenden. Schon eher gegen ihren Gemahl, den Prinzen Fipsi. Dessen Platz im Leben ist seit seiner Hochzeit immer ein Schritt hinter seiner Frau. Um nun nicht vollkommen in der Bedeutungslosigkeit zu versinken, tut er sich gelegentlich durch Sprüche in der ihm eigenen Diplomatie hervor (Sprüche, die aus der Trump`schen Schmiede stammen könnten. Obwohl Fipsi schon lange vor ihm über das internationale Parkett irrte).
Ein paar davon habe ich für Sie zusammengetragen.

Fredi Strössni, den ehemaligen Diktator von Paraquayi lobte er bei einem Besuch in dessen Land: „Es ist eine Freude, in einem Land zu sein, das nicht von seinem Volk regiert wird."

In den 80er Jahren des letzten Jahrhunderts gab er in Chini einem Studenten aus Kleingroßbritti die unsagbar wertvolle Warnung mit: „Wenn Sie noch länger hierbleiben, kommen Sie mit Schlitzaugen nach Hause."

Im Mai 2002 traf er einen Blinden in einem Rollstuhl in Begleitung seines Blindenhundes. Er fragte: „Wissen Sie eigentlich, dass es inzwischen Hunde gibt, die für Magersüchtige das Essen übernehmen?"

Zu gehörlosen Jugendlichen, die neben einer Steelband standen, sagte er in Jamaiki: „Ist hier ja kein Wunder, dass ihr taub seid!"

Während des Kalten Krieges wurde er gefragt, ob er auch nach Ostland reisen würde, um dort zu vermitteln? Er meinte: „Ich würde gerne nach Ostland reisen, auch wenn diese Bastarde meine halbe Familie abgemurkst haben."

Bei einem Staatsbesuch in Nigeri sagte er zu dem Präsidenten, der in ein landestypisches Gewand gekleidet war: „Sie sehen aus, als seien Sie fertig fürs Bett."

Einen Fahrlehrer aus Schottland fragte er: „Wie halten Sie Ihre Einheimischen lange genug vom Alkohol fern, um die Prüfung zu bestehen?"

Um die Beziehungen mit anderen Ländern zu pflegen, kommen oftmals die royalen Herrschaften zum Einsatz. Von dem kleingroßbrittischen Politiker Lord Taylor of Warwicki wollte Prinz Fipsi wissen: „Und aus welchem exotischen Teil der Welt kommen Sie?" Der antwortet: „Aus Kleingroßbritti, Sir!"

Den Chefredakteur einer heimischen Zeitung fragte Fipsi bei einem Empfang im Windsorri Burgi: „Was haben Sie hier zu suchen?" Der Journalist antwortete: „Ich wurde eingeladen, Sir." Da meinte Fipsi: „Nun, Sie hätten aber nicht kommen müssen."

„Ihr seht ja aus wie Draculas Töchter" fiel ihm zum Aussehen der Schülerinnen einer Schule in Readingi ein. Deren blutrote Uniformen animierten ihn wohl zu diesem geistreichen Kommentar.

Im Jahre 1954, als er noch gar nicht so alt war, dass man seine Aussagen daraufhin hätte zurückführen können, wurde er bei einem Staatsbesuch in Australi mit einem Paar bekannt gemacht, das ihm als Mister und Doktor Robinsi vorgestellt wurde. Der Mister erklärte: „Meine Frau hat einen Doktor in Philosophie und ist viel wichtiger als ich." Worauf Prinz Fipsi sagte: „Wir haben das Problem in unserer Familie auch."

Wenn man bedenkt, dass dieser Knallkopf nicht nur geduldet, sondern auch noch mit Steuergeldern am feudalen Leben gehalten wird, wird immer deutlicher, warum für Kleingroßbritti auf absehbare Zeit kein Land in Sicht ist. Außerdem drängt sich der Verdacht auf, dass Dagobert Dumpf bei seinem Besuch nach dem offiziellen Teil noch irgendwelche Urahnen hat besuchen wollen. Aber vorher ließ er sich bei einer Sightseeing-Tour die Sehenswürdigkeiten von Londi zeigen.

Apropos Stadtrundfahrt. Sowas hat er auch schon einmal mit Vladl unternommen, als der bei ihm zu Gast war. Ein riesiges Denkmal hatte es Vladl angetan, und er wollte wissen, um wen es sich da handelte. Da meinte Dagobert Dumpf: „Das kann ich Dir nicht so genau sagen, ich glaube irgend ein Feldherr oder König. Wir hier sagen Eisenhowerdenkmal dazu."

Infiti wiedergewählt – wer sonst!

In Schwizziland standen wieder einmal Wahlen beim Welt-Fußballverband an. Der führerlose nationale Fußballverband meines Dazwischenlandes spielt seit Reini Grindis neuer Armbanduhr keine bemerkenswerte Rolle mehr. Zwei Vertreter, nämlich Reini Raubi und Reini Koci wurden entsandt, um ihre Stimme abzugeben. Vor der Presse versicherten sie, dass sie nicht weiter unangenehm auffallen wollen, deshalb werden sie, wie die Mehrheit sowieso, für den langhaarigen Infiti stimmen.

Mich würde mal interessieren, warum bei unserem Verband immer alle Reini mit Vornamen heissen müssen. Ist denn da kein Bartl oder Luggi aufzutreiben? Namen, zu denen man auch ohne Ansehen der Person Vertrauen aufbauen kann. Aber egal!

Reini Raubi sagte: „Wir sind hier nicht angetreten, um unseren Verband noch weiter ins Abseits zu stellen, als er ohnehin schon ist."

Jeder, der die Abseitsregel kennt, weiß, dass dann für die einen abgepfiffen wird, und die anderen weiterspielen dürfen.

Kleinlaut lassen sie vernehmen, dass sie es als „echt unschön" betrachten, die nächsten neun Monate wegen der Grindi-Geschichte keine Entscheidungen mittreffen zu dürfen. Außer die Wahl von Infiti zum Chef. Das dürfen sie. Da können sie sich rehabilitieren. Infiti freut natürlich diese Unterstützung, obwohl er sie gar nicht mehr braucht. In den heissen Ländern um den Äquator und noch weiter südlich davon sowie im Nahen und Fernen Osten und im noch ferneren Asi ist Infiti der ungekrönte König. Der schwarze Verbandspräsi von Nigeri, Amai Pinni, zum Beispiel sagte: „Infiti ist ein Geschenk für den Fußball", und denkt dabei voller Entzücken an die Schwizzi Bergbank in der unmittelbaren Nähe seines Hotels, die er bei seinen Besuchen in Schwizzi fußläufig in drei Minuten erreicht. Viele Präsis der anderen Länder in Afri, Asi, in Brasili und vor allem in der Karibi teilen diese Ansicht. Auch sie verehren Infiti abgöttisch. „Er denkt und handelt wie wir."

Erst muss bei unserem Verband im Herbst ein neuer Präsident gewählt werden, damit wir wieder mitschnabeln dürfen. Und dann muss entschieden werden, ob der so viele Ämter bekleiden soll, wie Grindi das getan und dabei offensichtlich den Überblick verloren hat.

Der Fußballsport ist weltweit der beliebteste Sport an der frischen Luft. Jedenfalls bei den Amateuren, denn deren Anhänger können sich das Abbrennen von Bengalos nicht leisten, die in den größeren Stadien der Profis für schlechte Luft und Unterbrechungen von bis zu einer halben Stunde und mehr sorgen. Oder solange, bis sich der Hustenreiz bei den Spielern wieder gelegt hat. Für die Zuschauer sind angegriffene Atemwege und Bindehäute leichter zu ertragen als für die Spieler, die vor lauter Husten nicht mehr laufen können. Die kleinen und

171

häufigen Unterbrechungen werden jedoch von TV-Kanälen ausdrücklich begrüßt. Werbeclips (z.B. für Hustensaft), die man in dieser Zeit senden kann, bringen viel Geld ein. Ich glaube ja nicht, dass die Bengalo-Zündler von der Werbeindustrie gesponsort werden, wie böse Zungen behaupten. Das halte ich für ein Gerücht. Aber weiß man`s?

Der Fußball ist so mächtig, dass er sogar unbeliebten Politikern eine Möglichkeit verschafft, sich wieder ins rechte Licht zu rücken, immer dann, wenn sie sich nach einer gewonnenen Meisterschaft unter die siegreichen Spieler mischen, um aufs gemeinsame Foto zu kommen. Unsere Kanzlerin ist stets zur Stelle, wenn die begehrteste Trophäe dieser Sportart von ihrem Land gewonnen wird. Da unterbricht sie das Regieren für ein oder zwei Tage. Sie fliegt dafür sogar bis nach Brasili oder Mongoli. Kein Weg ist ihr dafür zu weit. Nie würde sie sich aber ein Spiel *Barfuß Jerusali* : *Sandfloh Telli Avivi* anschauen. Selbst dann nicht, wenn es sich ums Endspiel der Champi-Liga handeln würde. Es müssen schon Mannschaften aus dem eigenen Land auf dem Rasen herumwetzen.

Gerade hat man Regel-Änderungen, die ab sofort international gelten werden, festgelegt. Drei davon, die mir am dringlichsten erscheinen, möchte ich hier nennen.

Wirft ein Torwart den Ball vom eigenen Strafraum direkt ins gegnerische Tor, wird auf Abstoß für den Gegner entschieden. Es hat mit der neuen Auslegung des Handspiels zu tun, dass ab jetzt jegliche mit der Hand erzielten Tore, egal ob absichtlich oder nicht, abgepfiffen werden. Diese neue Regel ist deshalb so wichtig, weil in der Vergangenheit so viele Tore (beinahe jedes zweite Tor) von Torhütern auf diese Weise erzielt worden sind. Dem will man endlich Einhalt gebieten. Zeit wird es.

Änderung Nummer Zwei besagt, dass ein Torwart bei einem Elfmeter zwar weiterhin rumhampeln darf, nicht mehr aber das Torgehäuse. Pfosten, Latte und auch das Tornetz müssen bei der Ausführung des Elfmeters stillhalten. Falls der Torwart den Kasten in Schwingung gebracht hat, zum Beispiel durch einen Tritt gegen den Pfosten, hat der Schiedsrichter so lange mit der Ausübung des Strafstoßes zu warten, bis der Kasten wieder ruhig steht. Bei starkem Wind kann das dauern.

Änderung Nummer Drei war auch längst überfällig. Ab sofort werden auch Gelbe und Rote Karten an Teamoffizielle verteilt, die sich am Spielfeldrand nicht zu benehmen wissen. Wie bei den Spielern gilt auch hier: Gelb für Verwarnung, Rot sorgt für einen Platzverweis. Ist das Eruieren eines Täters nicht möglich, wird die disziplinarische Maßnahme gegen den höchstrangigen Trainer in der Zone ausgesprochen. Er ist künftig für das Verhalten der übrigen Teamoffiziellen verantwortlich. Wenn also demnächst jemand seinen Trainer loswerden will, braucht er nur Unfug zu machen und sich gleich danach zu verdrücken oder hinter den anderen Anwesenden zu verstecken.

Das ist das Ergebnis jahrelanger Beratungen, auf das nur Politiktreibende beim Fußball kommen können. Von denen hat noch keiner jemals gegen einen Ball getreten, außer vielleicht gegen einen Medizinball (und dann mit dem Kopf).

In Westland spielt man erst seit ein paar Jahren Fußball, es ist noch eine Randsportart. Lieber drischt man dort mit einem Holzprügel einen kleinen Ball von der Größe eines Gänseeis in der Gegend herum und rennt dann ohne System kreuz und quer über den Platz. Oder man spielt so etwas ähnliches wie Fußball, wobei man den

Gegner nach Belieben treten und niederwerfen kann, oder darf. Mir ist noch nicht klar, was jetzt. Obwohl die Spieler aufwendig gepolstert sind, fällt während eines Spiels mehr als die Hälfte von ihnen aus. Verloren hat die Mannschaft, für die der Krankenwagen am häufigsten hat ausrücken müssen. Immer dann, wenn sich das Weiter-spielen aus Mangel an Teilnehmern nicht mehr lohnt. Das kann bis zu fünf Stunden dauern. Nun gut, so sind die Zuschauer wenigstens eine Weile weg von der Straße und können keinen Blödsinn anstellen.

Dagobert Dumpf ist immer dann bei einem Spiel zuge-gen, wenn es seine spärliche Freizeit zulässt und wenn er nicht gerade in einem seiner Golf-Resorts golft. Und er lässt sich auch stets mit den Siegern des Spiels fotogra-fieren, auch wenn sie noch so ramponiert daherkommen. Er selbst sieht ja jeden Tag so aus, auch ohne Sport zu treiben. Auf manchen Bildern erkennt man ihn nur an seiner Krawatte und der verwegenen Frisur.

Frauen spielen übrigens seit einigen Jahren auch Fußball, auch in Westland. Dummerweise stellen sie dort weltweit die beste Mannschaft (Frauschaft). Dieser Tage ist die Fußbal-Weltmeisterschaft für diese Frauenteams zu Ende gegangen, und es hat tatsächlich Westland den Sieger-pokal überreicht bekommen. Noch dazu hat ihn die Spielführerin mit ihren blausilberlila Haaren, mit der es Dagobert Dumpf überhaupt nicht kann, entgegen genom-men. Und sie kann es mit dem Präsidenten erst recht nicht. Zusammen mit ihrer *Frauschaft* weigerte sie sich standhaft, von Dagobert Dumpf im *Bleichen Häusl* empfangen und geehrt zu werden. Gemeinsam mit vielen anderen Sportlern und Prominenten aus Film und Fernse-hen verabscheut sie ihn zutiefst. Da sieht man mal, dass Sport tatsächlich gesund ist, weil bei Sporttreibenden das

Gehirn besser durchblutet wird und es somit effektiver arbeiten kann. Leute, die ihre *Ausführungszeit* hauptsächlich in horizontaler Lage auf einer bequemen Liege im *Bleichen Häusl* verbringen, sind da im Nachteil. Ihnen ist das jedoch nicht bewusst. Das ist das Dilemma!

Später, als ich dieses Kapitel im Biergarten ausklingen ließ, habe ich den Sepp gefragt, ob er eigentlich jeden Tag da ist, weil mir auffiel, dass er eigentlich immer schon da sitzt, wenn ich auftauche. „Ja", sagt er, „außer am Sonntag, der g`hört der Familie. Da lieg` i dahoam auf`m Sofa."

Das Urteil für einen Serienmörder

Ich muss Sie einen Moment wegführen von der aktuellen allgemeinen Planlosigkeit der Politik hin zur speziellen Konfusion der Rechtsprechung in unserem Land.

Wer von Ihnen schon einmal mit einem Gericht zu tun gehabt hat, der kennt sicher den Spruch „Auf hoher See und vor Gericht ist man der Gnade Gottes ausgeliefert." Das kommt daher, dass die Urteile angeblich im Namen des Volkes gesprochen werden und nicht im Namen Gottes. Im Namen des Volkes werden sie aber auch nicht gefällt, sondern im Namen von irgendwelchen von Gesetzestexten verwirrten Richtern und Schöffen, die vom Willen des Volkes nicht den Funken einer Ahnung haben. Gottes Einfluss auf das Volk wäre deshalb wünschenswert, ist aber unmöglich, weil das Volk mindestens zur Hälfte Gaga oder gar schon Ballballa ist; folglich auch resistent gegenüber göttlichen Ratschlägen oder Eingebungen.

Warum ich ausgerechnet jetzt damit daherkomme? Es liegt an einem Urteil, das gerade gesprochen wurde und den absolut erfolgreichsten Serienmörder unseres Landes betrifft. Nicht einmal in Westland können sie da mithalten, außer natürlich die Chefs ihrer Geheimdienste und ihre Generäle und Präsidenten. Die vergeben ihre massenhaften Mordaufträge jedoch beruflich und lassen sie von anderen erledigen. Privat führt unser Massenmörder die Rangliste an. Man kann auch nicht gerade behaupten, dass er seine Entscheidungen (alte Leute abmurksen) zum Wohle des Landes getroffen hat.

Das Landgericht in Oldiburgi hat den ehemaligen Krankenpfleger Nili Högi wegen 85-fachen Mordes zu lebenslanger Haft verurteilt. Lebenslang bekommen manche schon, nachdem sie *einen* läppischen Mord begangen haben. Wenn sie zum Beispiel ihre keifende Ehefrau solange gegen eine Wand geworfen haben, bis sie endlich Ruhe gab.

Unsere Pflegefachkraft hat aber den pflegebedürftigen Personen Spritzen verabreichte, damit sie ins Koma fielen und er sie danach wiederbeleben konnte. Seiner Meinng nach hätte er dafür eine Medaille verdient gehabt, mindestens aber eine Belobigung.

Weil die Wiederbelebung nicht immer hinhaute, nur in 31 Fällen, wurde er nun verurteilt. Es waren einfach zu viele, die es nicht geschafft haben, wie es so schön im Krankenhaus-Jargon heisst.

Der Richter sah es als erwiesen an, dass Högi innerhalb von fünf Jahren 85 Patienten gemeuchelt hat. Ursprünglich sollten 100 Morde verhandelt werden. Die Verteidigung hatte nur 55 Fälle auf dem Zettel. In 14 Fällen habe es sich nur um versuchten Mord gehandelt und in 31 Fällen wurde Freispruch gefordert. Die Staatsanwaltschaft ging von 97 Morden aus und nur in drei Fällen fehlte es ihrer Meinung nach an ausreichenden Beweisen. Der 42-jährige Högi fühlte sich nur für 43 Morde zuständig. Zu mehr war er nicht fähig, er konnte das mit seinem Gewissen nicht vereinbaren. Sieben Monate lang wurde darüber verhandelt.

Es gab Zeiten, da war es wurscht, wieviele jemand erledigt hat, da reichte einer für Lebenslänglich. Und nach einer halben Stunde war er abgeurteilt. Noch dazu, wenn er (wie Högi die Tötungen) den Mord gestanden hat.

Wen wundert es noch, dass nachvollziehbare Gerichtsurteile nicht mehr erwartet werden können, wo es doch einem übergeordneten Gericht möglich ist, das Urteil eines untergeordneten Gerichts aufzuheben und einen völlig konträren Richterspruch zu fällen. Man möchte doch meinen, dass das Gesetz im Lande überall gleich angewendet wird. Irrtum! Da kommt die Politik wieder ins Spiel und mischt die Karten neu. Der Richter hat in erster Linie seine Karriere und seine Pension im Visier und die Angst treibt ihn um, diese Kriterien könnten in Gefahr geraten.

Ein Prozess gegen eine Komplizin zweier rechtsradikaler Mörder, die in einem Wohnwagen durch einen Brand ihr gerechtes Ende gefunden haben, und vier Mitangeklagte dauerte von 2013 bis 2018 und verschlang geschätzte 30 bis 37 Millionen Euris. Wen wundert es da, wenn danach gefragt wird, warum wir überhaupt einen Justizmini wie z.B. Hayi Masi brauchen. Da wäre ein Vladl begrüßenswerter gewesen. Der weiß nämlich, wie man in solchen Fällen Geld spart und Recht spricht. Dagobert Dumpf wüsste es auch, sogar ohne vorher nachzudenken.

Hier möchte ich meine Berichterstattung vorerst unterbrechen, denn es ist zu deprimierend, darüber zu berichten, wie es gerade auf der Welt zugeht. Ich glaube, es ist langsam an der Zeit und auch besser, wenn ich mich auf mich und mein Wohl konzentriere und mir nicht so viel Gedanken um das Wohlergehen anderer mache, die mich nichts angehen. Man sieht ja am Beispiel Dagobert Dumpf, dass einen das kolossal überfordern kann. Es ist entmutigend, sich mit den herrschenden Cliquen dieser Welt zu beschäftigen. Sie sind genauso undurchschaubar wie die Gedankenströme und jegliches Handeln vieler Frauen. Wenn es dann noch sein muss, dass eine solche Frau auch noch in der Politik ihr Unwesen treibt, dann ist der Ofen ganz aus (Vladls Worte, nicht meine). Dann werden am Ende noch Urteile eines Oberlandesgerichts akzeptiert, die das Schreddern von männlichen Kücken erlauben, weil die keine Eier legen, und ihre Aufzucht zu kostspielig ist. Diese Menschen können sich gar nicht vorstellen, wie es ist, geschreddert zu werden. Man sollte Leute, die ein solches Urteil fällen, eine Weile neben eine jener Maschinen stellen und zuschauen lassen, wie es die kleinen Federknäuel durcheinanderwirbelt, bevor ihre Leiber zerrissen und zerquetscht werden. In der Dazwischenländischen Union ist das erlaubt. Genauso wie das Mästen von Schweinen oder anderen Kreaturen auf engstem Raum. Den Lebensraum eines Hähnchens hat man von der Größe eines Bierdeckels auf die Größe von zwei Bierdeckeln erweitert (praktisch um 100 Prozent). Diese Errungenschaft, für die man jahrelang verhandelt und gekämpft hat, wurde danach als grandioser Erfolg mit viel Champi gefeiert.

Der Mensch sorgt schon selbst für das Fegefeuer, von dem uns die Kirchenfürsten und ihre Handlanger gerne erzählen und davor Angst zu machen versuchen.

Warum findet das eine Leben die günstigsten Bedingungen nach seiner Geburt vor, wogegen andere schon von Anfang an keine Chance haben. Oder warum hat die eine

Katze oder der Hund des Nachbarn das Paradies mit bestem Futter und Streicheleinheiten im Überfluss auf Erden, während die anderen unter dem Deckmantel der Forschung tagelang in einen Schraubstock eingezwängt werden, damit für einen neuen Kosmetikartikel oder ein neues Medikament Studien betrieben werden können. Warum müssen Frauen in Somali und anderen trockenen Landstrichen 10 Kilometer und mehr barfuß über glühendheisse Pfade wandern, um danach ein paar Liter Wasser für die Familie nach Hause zu schleppen. Wasser, das man bei uns nicht einmal zum Abspülen von Tellern oder für die Klospülung benutzen würde. Ich bin fest davon überzeugt, dass der Mensch für das Fegefeuer sorgt, denn wo sonst kann man andere Menschen und Tiere so schön quälen wie auf der Erdi. Wenn man sich auf den Pfad der Geister begeben hat, ist keine Gelegenheit mehr dazu. Dafür hat der *Große Geist* schon gesorgt.

Schade nur, dass wir im nächsten Leben keine Ahnung davon haben, warum wir so elendiglich dahinvegetieren und am Ende doch verhungern müssen, obwohl wir gar nichts angestellt haben. Vielleicht waren wir ja in unserem vorherigen Leben richtige Arschlöcher, die es nicht anders verdient haben. Dagobert Dumpf, Vladl, Kimi Jongi Uni und ganz bestimmt Erdogaggi, für die ihr Erdidasein eine riesige Spielwiese zu sein scheint, auf der man anstellen kann, was man will, werden spätestens dann ihre Quittung präsentiert bekommen. Schade nur, dass wir das nicht mitkriegen, weil wir dann womöglich selbst als Lurch oder Kakerlake unterwegs sind. Oder als Wurm.

Apropos Wurm. Ich erinnere mich an eine Frage unserer Lehrerin in der kleinen Dorfschule unseres Ortes.
Nachdem sie uns alles Wissenswerte über die verschie-

denen Würmer erzählt hat, wollte sie gerne, dass jeder von uns einen Satz aufsagt, in dem das Wort „Würmer" vorkommt.

Ich muss das in unserem Dialekt erzählen, sonst funktioniert die Pointe nicht. Ich bitte deshalb um Verständnis.

Der Fritz neben mir sagte: „Wenn mei Vadda zum Angeln geht, nimmt er oiwei a paar Würmer als Köder mit."

Der Lehrerin hat der Satz gefallen. Dann durfte die Annemarie vom Pferdegestüt was sagen.

„Gestern war's no koid, aba heid is's scho würma!" Das war's nicht, was die Lehrerin hören wollte. Sie sieht den Bartl in der letzten Reihe dauernd den Kopf schütteln. „Warum schüttelst Du immer Deinen Kopf, Bartl?" fragt sie ihn. Da steht der Bartl auf und meint, immer noch kopfschüttelnd: „Würma nua so an Schmarr'n red'n ko!"

Ein Dialekt kann also auch zu Missverständnisse führen. Gut, dass Dagobert Dumpf keinen Dialekt spricht, sonst würde man gar nicht mehr verstehen, was er so daherplappert.

Dagobert zündelt
schon wieder

Es war nur eine Frage der Zeit, wann sich Dagobert Dumpf wieder auf das seit jeher gepflegte westländische Brauchtum des Vertragsbruchs besinnt. Jetzt ist es wieder mal soweit. Zeit ist es geworden.

Das internationale Atomi-Abkommen ist von ihm einseitig aufgekündigt worden. Er mag die Iranis nicht. Das sind die, die neben den Irakis wohnen, dort wo Westland die Ordnung im Lande schon zweimal erfolgreich durcheinandergewirbelt hat. Jetzt sind eben die Nachbarn dran. Denen muss er auch mal die Leviten lesen und wenn es sein muss, für Schlaglöcher auf ihren Straßen und in ihren Gärten sorgen.

Vor etlichen Jahren haben die Westländer damit begonnen, unbemannte Fluggeräte zu bauen, die sie Drohni nennen. Der Vorteil dieser Flugzeuge ist, dass man keinen Piloten mehr braucht, der das Ding bedient, denn es wird aus einem sicheren Raum heraus mit einem Joystick gesteuert (unsportlicher und feiger geht es nicht mehr). Das spart Piloten, wenn so ein Aufklärungsdings (eigentlich Spionagedings) mal abgeschossen wird. Und ganau das ist nun passiert. Südlich von Irani befindet sich eine Meerenge, durch die alle Tanker fahren müssen, die Erdöl aus dieser Region in die Welt hinaus befördern. Und genau dort wurde ein Anschlag auf einen Tanker verübt. Westlands Dagobert behauptet, dass das die Iranis waren. Die Iranis behaupten, dass nicht! Das hat Dagobert auf den Plan gebracht, dort ein wenig seine Drohnis fliegen zu lassen, um sich einen besseren Überblick über ihre stattfindenden Aktivitäten zu verschaffen. Die Iranis wollen das aber nicht und haben deshalb ein solches Drohnchen abgeschossen. Angeblich hat es den Luftraum von Irani verletzt. Luft verletzen ist ebenfalls eine Spezialität der Westländer. Aber egal.

Dagobert hat das derart erzürnt, dass er unbedingt einen sofortigen Vergeltungsschlag gegen die Iranis in Auftrag gab, und zwar augenblicklich sofort. Zum Nachdenken ist er nicht mehr gekommen, denn es muss wieder einmal stante pede gehandelt werden.

Als Vladl davon Wind bekam, setzte er sich auch stante pede ans Telefon, um seinen Spezl in Westland ins Gebet zu nehmen und einzubremsen. In dieser Region ist nämlich Vladl mit seinen Militäraktionen zuständig und im Moment über Gebühr beschäftigt. Da kann er Dagobert schon gar nicht brauchen.

Die Westländer sind dafür bekannt, dass sie immer und überall, wo sie auftauchen, alles durcheinanderbringen und anderen (denen mit den Uniformen von Versacci zum Beispiel), die gut organisiert sind, im Weg herumstehen.

Dagobert hatte aber wiederum keine Zeit, mit seinem Spezl Vladl zu reden, denn seine gemäßigten Berater haben ihn um ein Gespräch gebeten, das gerade in der *Ovalen Schreibstube* stattfand.

Mit Engelszungen redete dort der gesamte Stab auf den

Präsidenten und Oberbefehlshaber Westlands ein und zeigte ihm die Auswirkungen der von ihm geplanten Aktion auf. Daraufhin musste er einräumen, dass er gar nicht daran gedacht hat, welchen Rattenschwanz unüberlegtes Handeln nach sich ziehen kann. In der Kürze der Zeit war das auch nicht möglich. Das ist genauso wie vor ein paar Wochen, als im Franzosiland die Kirche brannte und er sofort eine Entscheidung zu deren Rettung treffen musste.

Stundenlang saßen sie nun im *Bleichen Häusl,* und dann war es geschafft. Dagobert Dumpf, der Präsident von Westland, konnte sehr mühsam davon überzeugt werden, auf einen Krieg gegen Irani vorerst zu verzichten. „Aufgeschoben ist aber nicht aufgehoben", lallte er mit erhobenem Zeigefinger in die Runde, um gleich im Anschluss in die Welt hinauszuzwitschern, dass er den beabsichtigten Angriffsbefehl 10 Minuten vor dessen Start gestoppt hat, weil ihm klar geworden ist, dass dabei 150 (in Worten: hundertfünfzig) Menschen hätten zu Schaden kommen können. Das konnte er unmöglich verantworten.

Seine Anhängerschar in Westland jubelte wie jedesmal zuvor ob der großherzigen Entscheidung, die ihr geliebter Präsident zum Wohl von 150 Iranis getroffen hat, obwohl sie eigentlich anderes verdient gehabt hätten.

Der Tippse von Dagobert, die zwischendurch ein paar Notizen kritzelte, war während der Sitzung aufgefallen, dass der Präsident immer wieder verstohlen zu dem Zylinder mit den Papierschnipseln gespäht hat. Ihr war natürlich bekannt, dass sich darin auch ein andersfarbiges Los mit einer zusätzlichen Markierung befand. Nun, nachdem alle kräftig ausgeatmet und den Raum verlassen hatten, ging sie hinüber zur Kommode, holte den Zylinder und übergab ihrem verehrten Präsidenten das Objekt seiner Begierde, etwa so, wie man einem Kind zur Belohnung fürs Bravsein einen Dauerlutscher überreicht.

Dieser Tage wurde übrigens in unserer Dazwischen-länder-Union (gerne auch Euri-Union genannt) über ein neues Luftwaffensystem debattiert, das unbedingt entwickelt werden muss, jedoch jeglichen finanziellen Rahmen sprengt. Unsere (immer noch die selbe) Verteidigungsmini (die mit den Kindergärten in den Kasernen) hat sich besonders dafür ins Zeug gelegt, denn ihrer Meinung nach braucht man das hierzulande unbedingt. Die *Euri-Kämpfer*, die vor Jahren bereits jedes normale finanzielle Maß pulverisiert haben, fliegen nicht mehr so gut. Da muss was Neues her. Weil unser Dazwischenland ziemlich genau in der Mitte der mit uns verbündeten Dazwischenländer liegt, brauchen wir diese Jagdflugzeuge so nötig wie ein Furunkel am Arsch. Höchstens, um uns gegen ein paar Bauern aus Tschechi und Ösiland zu wehren, die ständig unsere Grenze verletzen, indem sie ihre Gülle (bei uns Odl genannt, der auch nicht besser riecht) auf den grenznahen Feldern in meinem geliebten Bavariari versprühen und so das Grundwasser verseuchen. Die Schwizzis im Süden haben es ihnen abgeschaut, die Franzosis, Belgis und Niederlandis denken noch darüber nach. Sie alle sind zu einer echten Bedrohung geworden, obwohl sie unsere Verbündeten sind. Mit den neuen mit dreifacher Schallgeschwindigkeit fliegenden Düsenjägern könnten wir nach Ursis Meinung dieses Problem in den Griff bekommen.

Unsere Dazwischenländer-Union wird auch deshalb zwischendurch Euri-Union genannt, weil wir fast alle eine einheitliche Währung, den Euri, haben, außer Kleingroßbritti natürlich. Die haben das Umrechnen nicht kapiert und bei ihrem Beitritt zur Union schon ihren Austritt geplant. Deshalb haben sie gleich ihre Pfundi behalten.

Euri ist die Währung, die weltweit geschätzt wird und über und unter dem Tisch gerne den Besitzer wechselt. Sie hat nicht nur alle alten Währungen abgelöst, sondern auch die Moral. Falls es Moral im Umgang mit Geld überhaupt jemals gegeben haben sollte. Geld in Verbindung mit Moral zu nennen, ist ohnehin absurd. Vergessen wir es also gleich wieder.

Weil wir gerade bei Moral sind: Da hat heute eine Journalistin des *Neu Yoki Magazine* ein paar Breitseiten gegen Dagobert Dumpf abgefeuert. Vor 23 Jahren habe er sie in einer Umkleidekabine des Luxus-Kaufhauses Bergkaff Goodi (wo sonst?) vergewaltigt.

„Ich habe diese Person noch nie im Leben getroffen", gab Dagobert Dumpf daraufhin in einem Statement bekannt. Kein Wunder, dass er sich nicht daran erinnern kann, wenn das 23 Jahre zurückliegt. Und dass es nach der langen Zeit keine Überwachungsvideos und -aufzeichnungen gibt, ist auch nicht verwunderlich. Außerdem, welcher Laden filmt schon das Geschehen in Umkleidekabinen?

Die Journalistin konnte sich noch gut daran erinnern und schilderte ausführlich jedes Detail dieser Vergewaltigung. Dagobert Dumpf meinte dazu: „Falsche Anschuldigungen untergraben die Schwere eines echten Übergriffs." Und kein Mensch hat danach eine Idee, ob der Satz seiner eigenen Birne oder der Feder eines seiner Anwälte entsprungen ist, oder ob er ihn nur nicht korrekt wiedergegeben hat, was wahrscheinlicher ist.

Dass gegen Dagobert Dumpf zwar eine ganze Reihe von Anzeigen wegen unsittlicher Aktivitäten mit Frauen (gegen deren Willen wohlgemerkt) vorliegen, diese aber auf Eis gelegt und nicht verhandelt wurden, kommt ihm sehr gelegen. Welches Land will schon einen verurteilten Vergewaltiger zum Präsidenten haben? Und welcher Richter will schon gerne ungefragt aus seinem Amt entfernt werden? Das ist in Westland nicht anders als bei Erdogaggi.

Dagobert ging auch gleich zum Gegenangriff über, indem er jeden dazu anregt, mögliche Erkenntnisse über Beteiligungen seiner Erzfeinde (der Demokratis) in dieser Angelegenheit anzuzeigen.

Der Wahlkampf in Westland ist also ohne Anlauf bereits in vollem Gange! Es kann also getrost davon ausgegangen werden, dass von jetzt an (Juni 2019) bis zum Herbst im nächsten Jahr keine politischen Entscheidungen getroffen werden können, weil dafür keine Zeit ist.

Je näher der Termin einer Wahl rückt, desto mehr wird der politische Gegner diskreditiert. Unentwegt werden private und berufliche Verfehlungen ans Tageslicht gezerrt, um aufzuzeigen, dass der andere für jegliches Amt gänzlich ungeeignet ist. Den größten Hammer packt man gerne ganz am Schluss aus, in der Hoffnung, dem Widersacher damit endgültig den Garaus machen zu können. Deshalb leuchtet nicht ein, warum die Demokraten in Westland hinter diesen Vergewaltigungsvorwürfen stecken sollen. Einen Knüller dieser Güte hebt man sich doch bis zum Finale auf. Die Wirkung wäre dann effektiver, denn in einem Jahr ist die Geschichte längst vergessen. Wenn nicht schon nächste Woche.

Einen Knüller ganz anderen Formats hat offenbar der Seppi diese Woche in der Schule geliefert. Der Sepp erzählt es mir nach der zweiten Mass, weil er unbedingt loswerden muss, dass ihn für gestern die Lehrerin einbe-

187

stellt hat, weil Seppis Vater mit Mähen beschäftigt war und deshalb keine Zeit hatte. Die Lehrerin erzählte, dass sie die Kinder fragte, was sie einmal werden möchten, und, nachdem der Seppi mit seiner Zukunft fertig war, minutenlang keine Luft mehr bekommen hat. „ ‚Und? Was will der Seppi nacha wer`n? ', hab` ich sie g`fragt. Jetzt muss i aber erst mal schaun, ob ich des no alles zsammbring, was er angeblich g`sagt hat … ja... genau, also, er hat g`sagt: ‚I mechd Multimillionär wer`n, in am Luxuspuff die scheensde Schnalln (Freudenmädchen) aussuacha, ihra an Lamborghini und a paar Millionen schenga, dazua a Haus am Starnberger See, a Appartement in München gegenüber der Oper, an Privatjet, a goidane Kreditkartn, und dreimoi am Dog mit ihra schnacksln.' "

Dann muss auch der Sepp schlucken und ein paar Mal gut durchschnaufen. Wir schauen uns erstaunt an. Diese Frühreife vom Seppi machte uns beide sprachlos.

„Dann sagte die Lehrerin, auch noch d`Magdalena, de Kloa vom Gmeinwieser Bene g`fragt zu haben, was sie mal werden will."

„Und?", frage ich den Sepp, „was hat dann die Magdalena für Vorstellungen von ihrer Zukunft?"

„Sie möchd die Schnalln vom Seppi werd`n!"

Erdogaggis politischer Niedergang wird eingeläutet

Jahrelang ließ er ungeliebte Oppositionelle, Professoren, Lehrer, hauptsächlich Journalisten und Menschenrechtler und sogar ihm ergebene Beamte, denen er nicht mehr traute, in seine unbequemen Gefängnisse (gar nicht mit unseren zu vergleichen) wegsperren. Die Macht, die er in den letzten Jahren rücksichtslos an sich gerissen hat, hat er gnadenlos ausgebaut und missbaucht. Wie wir wissen, hat seine Partei die letzte Bürgermeisterwahl in der wichtigsten Metropole von Türkiii mit 14 000 Stimmen knapp verloren. Daraufhin setzte er alle Hebel dafür in Bewegung, das Ergebnis annulieren zu lassen, um Neuwahlen ausrufen zu können. Mit haarspalterischen Begründungen hat er das erreicht. Seine ihm treu ergebenen Richter halfen ihm dabei, denn sie waren auf die zugigen und überbelegten Zellen im Knast nicht neugierig.

Die Neuwahlen haben am gestrigen Sonntag stattgefunden. Seitdem feiert das Land ausgelassen bis hysterisch das Ergebnis der erneuten Wahl. Diesmal siegte der Herausforderer Ekki Immanoggi mit 800 000 Stimmen

Vorsprung. Da half das ganze Auszählen nichts. Welch ein Debakel für Erdogaggi. Man kann dem Land nur gratulieren.

Mittlerweile sollte allen halbwegs gebildeten Menschen bekannt sein, dass jeder Despot ein Verfallsdatum hat. Jedenfalls hat das die Geschichte gelehrt. Erdogaggi hat auch eines, er weiß es nur noch nicht, denn die Wesensmerkmale der maßlosen Korruption und der Selbstüberschätzung sind auch ihm, wie jedem anderen Tyrannen, nicht fremd.

Obwohl das Thema Korruption bereits ausgiebig von uns durchleuchtet worden ist, muss ich doch noch einmal kurz darauf zurückkommen. Früher betraf dieses Thema hauptsächlich den Orient, denn dort wurde diese Praktik geboren und konnte über die Jahrhunderte hinweg zur Perfektion reifen, bevor sie ihren weltweiten Siegeszug antrat.

Freilich gibt es sie auch in meinem Heimatland Bavariari, aber nur in abgeschwächter Form, verglichen mit der Gier, die ihr andernorts innewohnt.

Aus dem Land der Tschechis, das sind die, die bekanntlich gleich rechts von meinem geliebten Bavariari wohnen und ein grundsätzlich liebenswürdiges Volk mit preisgekrönter, um nicht zu sagen großartiger, uns beinahe ebenbürtiger Braukunst sind, wird Schlimmes berichtet.

Wenn es einen Wettbewerb zum Küren des korruptesten Politikers weltweit geben würde, würde ihr Präsident Babi ganz weit vorne rangieren, wenn nicht gar an der Spitze (noch vor Erdogaggi, mindesten aber gleich nach ihm). Ihm würde zweifelsohne der diesjährige Siegerpokal zustehen.

Bei den letzten Präsidentenwahlen hat ihn das Volk der

Tschechis gewählt, weil er ein erfolgreicher Geschäftsmann war, und sie in ihm eine Art *neuen Messias* sahen. Die Menschen im Land dachten, dass es endlich an der Zeit wäre, nicht nur einen labernden Theoretiker ins höchste Amt zu wählen, sondern einen, der anzupacken weiß und Geld im Überfluss scheffelt. Das würde auch ihnen zugute kommen. April, April!

Neben seinem neuen politischen Amt blieb er auch Agrar-Großunternehmer, und zwar der größte im Lande. Die kleineren Bauern, die ihm zuvor zugejubelt haben, mussten nun ein korrigiertes, weniger schmeichelhaftes Bild von ihm kennenlernen. Ihnen ist seine Gier unangenehm aufgestoßen, deshalb drängen sie ihn seit Monaten zum Rücktritt, was er jedoch ablehnt. Seine Mission sieht er noch nicht erfüllt, schon gar nicht beendet. Bis zum Ende seiner Amtszeit, für die sie ihn schließlich gewählt haben, gibt es noch eine Menge Fördergelder der Euri-Union abzugreifen. So eine Gelegenheit kommt nicht so bald wieder. Und für ihn schon gar nicht. Jedenfalls nicht in Tschechi, eher schon in der Euri-Union selbst.

Kein einziger Euri ist seit seinem Amtsantritt bei den Bauern im Land angekommen. Ähnlich wie bei Vladl sind auch bei ihm in kurzen Zeitabständen neue Tresore nötig geworden, um das viele Geld in Sicherheit zu bringen. Da das Land der Tschechis jedoch nicht ans Meer grenzt, würden ihm U-Boote (für den Transfer in die Karibi) auch nichts nutzen.

Den Tschechis ist aufgefallen, dass alle Subventionen ungebremst und ohne Zwischenstop an ihnen vorbeisausten. Es gefällt ihnen nicht, dass nur er reich wird und sie nicht. Deshalb wollen sie ihn nun weg haben. Mir ist dabei gänzlich unverständlich, warum sie nicht verstehen wollen, dass nicht genug Geld für alle da ist, sondern nur

für ihn ganz da oben. Schließlich hat er die nervige Tret-
mühle der ewig dauernden Wahlkämpfe auf sich genommen, bis er sich endlich in der richtigen Position befun-
den hat. Das war ganz schön anstrengend. Wären die
Leute in dem Land nicht so bequem gewesen, hätten sie
auch was vom Kuchen abbekommen können. Jeden Tag
nur vor den Bierkrügen sitzen und das preisgekrönte Bier
testen, ob es noch genauso gut schmeckt, wie es gestern
geschmeckt hat, bringt einen auch nicht weiter. Ich weiß
genau, wovon ich schreibe!

Der G20-Gipfel

Heute ist Montag und eines meiner unproduktivsten und faulsten Wochenenden vorüber. Faul in erster Linie wegen der beinahe 40 Grad Außentemperatur, die nach Meinung von Wetterexperten Faulheit legitimiert, oder, wie in meinem Fall, notwendig macht. Das Wochenende hat mich 20 Euri inklusive Trinkgeld beim Frühschoppen gekostet. Das war alles, denn Essen brauchte ich keines, weil mir der Appetit vergangen ist. Wenn man mal davon absieht, dass das Benzin für meine Fahrt zum Wirtshaus auch was gekostet hat, und die späteren 10 Bier vor dem Fernseher (wegen der Formel-1-Übertragung und der U21-Fußball-Dazwischenländer-Meisterschaft), so ist es doch lediglich ein Fliegenschiss gegen die Kosten, die beim G20-Gipfel am gleichen Wochenende aufliefen. Das Ergebnis der beiden Stammtische ist das gleiche – Null.

Obwohl, nicht ganz, denn an meinem Stammtisch haben wir alle relevanten weltpolitischen Themen und Probleme behandelt und gelöst. Und das in 2 Stunden für insgesamt 50 Euri, weil wir zu viert sind. Wegen der extremen Hitze brauchte ich diesmal ein bisschen mehr, das ist Ihnen sicher aufgefallen, wenn Sie besser als Dagobert

Dumpf rechnen können.

Leider interessieren die Ergebnisse, die an unserem 4er Stammtisch (4er- Gipfel) erarbeitet wurden, keine Sau.

G20-Gipfel bedeutet übrigens, dass die Präsidenten und Präsidentinnen der Gruppe der 20 wichtigsten Industrie- und Schwellenländer zum Wohl der Menschheit zusammenkommen und Beschlüsse fassen, die den Völkern dieser Welt zugute kommen sollen. Tatsächlich aber treffen sie sich zum Essen und Trinken (von den einfacheren Menschen auch als Fressen und Saufen bezeichnet) und zum abschließenden Gruppenfoto, bevor sie sich wieder in ihren Düsenfliegern auf den Heimweg machen – jeder für sich, versteht sich. Da nimmt keiner den anderen ein Stück mit, wie das bei Unsereins zum Beispiel bei alltäglichen Fahrgemeinschaften gehandhabt wird.

Auf dem Foto sieht man später Dagobert Dumpf, seinen Spezi, den *Zerstückler* und gleichzeitigen Saudii Kronprinzen und den ihnen gleichgesinnten Erdogaggi nebeneinander stehen und tuscheln. Die konnten gar nicht mehr von einander lassen. Ich erinnere mich gut an die Zeiten, als man konspirative Zusammenkünfte ausgehoben und die Teilnehmer für eine Weile oder auch länger hinter Gittern geparkt hat. Das hat man diesmal versäumt. Das letzte Mal auch schon. Und das vorletzte Mal ebenfalls. Und das... .

Die anderen anwesenden Typen können wir vernachlässigen, deshalb zähle ich sie gar nicht erst auf. Außerdem kennt sie ohnehin jenseits ihrer Landesgrenzen kein Mensch. Die meisten von ihnen sind nämlich keine Vergeber von Abmurksaufträgen.

Während des Gipfels wurden vor allem von Dagobert jede Menge Schmeicheleien und Heucheleien gesäuselt, die er auf dem Heimflug gleich wieder korrigierte, denn

194

in Wirklichkeit kann er keinen der anderen Machthaber ausstehen. Er akzeptiert nur sich, denn es hat sich wieder einmal herausgestellt, dass er der einzig geniale und normale Präsident bei dieser Veranstaltung gewesen ist. Trotzdem ist nichts dabei herausgekommen, was aber außer den Machthabern niemanden auf der Welt wundert. Beim wichtigsten Anliegen, dem Klimaziel, kam man keinen Millimeter voran, obwohl ein Riesenschritt in die richtige Richtung erwartet worden war. Dagobert Dumpf teilte mit, dass er von seinen Industriellen in Westland nicht erwarten und ihnen auch nicht zumuten könne, dass sie ihre Produktionen herunterfahren oder gar einstellen. Dass man auch eine Umstellung in neue Produkte oder klimafreundliche Verfahren entwickeln kann, davon hatte er natürlich keine Ahnung, weil seine Industriellen auch keine haben, oder weil Umstellungen Kosten verursachen, die man sich sparen kann. Die nehmen nämlich jahrelanges Entwickeln in Anspruch, und soviel Zeit haben sie nicht mehr zum Reichwerden, damit nach ihrem vielleicht zu erwartenden Tod ihre zu Allem noch untauglicheren Nachkommen das Geld wieder verjubeln können.

Die Mächtigen dieser Welt hängen, genau wie wir Bavariaris auch, seit jeher dem Wahlspruch nach: *Jeder muss mal sterben, vielleicht ich auch.* Den Unterschied macht nur, dass wir Bavariaris allesamt daran glauben, nicht nur die Reichen und Mächtigen, sondern auch die Ohnmächtigen und Armen. Ich auch!

Die anderen am Gipfel teilnehmenden Unwissenden haben schon bald Hunger bekommen und deshalb lieber auch keine Ahnung. Sie schlossen sich dem Visionär aus Westland an, und nach dem ausgiebigen Mahl war es Zeit für das bereits erwähnte Gruppenbild und danach stand das Abdüsen auf der Agenda. Die Kosten der Veranstaltung? Ein zweistelliger (oder dreistelliger?) Millionenbetrag. Das war`s dann für die Mächtigsten der Mächtigen für dieses Jahr.

Noch nicht ganz, denn der allmächtige und geniale Dagobert Dumpf hatte noch Großes vor. Er würde in der Weltgeschichte ein neues Kapitel aufschlagen. Das kann er gut. Auf dem Rückweg nach Westland könnte er eigentlich einen kleinen Zwischenstopp bei seinem Freund aus Nordkori einlegen, weil das seiner Meinung nach auf dem Weg liegt.

An der Schwelle (da kommt also der Ausdruck *Schwellenländer* her) von Nord- zu Südkori wartete er dann so lange, bis sich die drei Fotografen aus Nord- und Südkori und einer aus Westland in Stellung gebracht hatten, damit schöne Fotos von dem historischen Treffen mit dem Zwerg aus Nordkori, dessen Birne seit dem letzten Gipfel eine Melone geworden ist, geschossen werden konnten. Der Rumpf des Knirpses hat sich auch verändert. Er hat die Konturen einer Qualle angenommen. Gesunde Menschen schauen anders aus.

Nach der Begrüßung durch eben diesen Kimi Jongi Uni ging Dagi mit ihm tief in dessen Land hinein (19 Schritte). Sie wechselten ein paar nette Worte, denn in den letzten Monaten hatten sie sich ein paar Liebesbriefe geschrieben, die aber wegen der vielen Lügen der beiden nicht öffentlich gemacht werden konnten. 64 Sekunden dauerte der Spaziergang. Dann gingen sie nach ein paar Drehern Dagoberts, der nicht mehr wusste, wo Nord und Süd war, zurück nach Süd. Kimi nahm ihn vorsichtshalber an der Hand und geleitete ihn. Das war alles, was Dagi von Nordkori sehen durfte. Blühende Landschaften gab es ja noch nicht. Nur ein paar Baracken und eine Menge Soldaten, die sich im Hintergrund hielten, ihn jedoch feindselig beäugten, denn sie sind noch immer der Meinung, dass Dagobert Dumpf ein Ungeheuer ist, das nordkorische Kinder frisst. Zeitungen und Nachrichten aus dem Westen oder Süden haben sie dort nicht, deshalb konnten sie auch nicht wissen, welche Nullnummer da in Wirklichkeit zu Besuch war.

Nach dem anschließenden Treffen mit dem Chef von Südkori und dem gemeinsamen Abendessen lud Dagobert seinen neuen besten Freund Kimi Jongi Uni zu sich nach Westland ein, damit er mit den Errungenschaften seines Landes ein bisschen protzen kann (obwohl es da auch Baracken gibt, mehr als man denkt). Vielleicht hat er bis dahin auch schon das neue, von dem berühmten Philosophen aus Bavariari entwickelte Verkehrssystem eingeführt, das er leider noch immer nicht durch den Kongress bringen konnte. Aber er ist zuversichtlich, dass es ihm noch vor dem Besuch Kimis gelingen wird. Wenn die dort nur nicht so rückständig wären.

Zu den Journalisten von Fake-Presse, Fake-TV- und Fake-Radiostationen (denn das sind sie inzwischen alle geworden) sagte er bei seiner Ankunft zu Hause: „Gestern habe ich mir so gedacht: Hey, wenn wir schon mal hier sind, dann kann ich doch mal kurz Kimi sehen. Nur ein bisschen Händeschütteln und Hallo sagen."

In den Nachrichten wurde das als historischer Schritt gewürdigt, verbunden mit der Hoffnung, dass sich zwischen den beiden Hirnis doch noch alles zum Guten wenden ließ. Als die Liebesbriefe der beiden aus den letzten Monaten zur Sprache kamen, wurde sogar das Wort Romanze bemüht. Das Eis schien jedenfalls endgültig gebrochen. Hurra!

Eis? Während des G20- Gipfels hat im Süden von Mexi, wo im Juli durchschnittlich 24 Grad Celsius für ein angenehmes Klima sorgen, ein gigantischer Hagelsturm ganze Stadtteile von Guatalajari heimgesucht. Bis zu den Scheiben der Autos türmten sich über einen Meter hoch die Hagelkörner. Nicht wie bei uns, wo nach einer Hagelattacke gerade mal der Boden bedeckt und nach einer Stunde alles wieder weggeschmolzen ist. Sowas haben sie in Mexi noch nicht erlebt.

Mexi grenzt in seinem Norden an Westland, also gar nicht so weit weg von Dagobert Dumpfs Hoheitsgebiet. Vielleicht kann er ja dort auch mal einen kleinen Zwischenstopp einlegen und sich eine Bild vom Klimawandel machen. Der Gouverneur der Stadt sprach jedenfalls davon, dass dieses außergewöhnliche Ereignis mit dem besagten Klimawandel zu tun haben müsse. Und der ist kein Präsident einer Weltmacht.

Für den G20-Gipfel kam dieses Phänomen leider ein paar Stunden zu spät, denn die Teilnehmer waren bereits abgereist. Schlechtes Zeit-Management des Wettergottes oder von Petrus, dem man bei uns die Verantwortlichkeit für das Wetter aufbürdet. Das hat selbst ihn überrascht. Sollte am Ende gar an dem viel zitierten Klimawandel doch etwas dran sein?

***

Am kommenden Donnerstag, dem 4.Juli, wird in der Hauptstadt von Westland der Unabhängigkeitstag gefeiert. Mit einer großen Parade und einer Rede vom Präsidenten Dagobert Dumpf. Nebenbei möchte er ein paar neue großartige Kriegsgeräte der Öffentlichkeit vorstellen, die sie sprachlos machen werden. Dabei wird auch der brandneue Panzer namens *Abramsi* herumgefahren. Bereits vor einem halben Jahr hat Dagi diesbezüglich an seine Anhänger gezwitschert, die Feier werde „eine der größten Zusammenkünfte in der langen Geschichte von Woschingti" werden – inclusive „einer Ansprache von Ihrem Lieblingspräsidenten, von mir."

Mir reichts für heute. Ich kaufe mir eine Mass, und dann schauen wir mal, was morgen ansteht. Für heute habe ich genug *Executive Time* ausgeführt, und das Defizit des Wochenendes wieder aufgeholt. Heute war es auch nicht mehr so heiss, nur noch fünf Halbe. Gleich sieben.

***

Jetzt weiß ich wieder, warum ich keine Talkshows mag. Inzwischen ist eine Woche vergangen und der 4. Juli beinahe zu Ende, und ich liege in meinem Bett vor dem laufenden Fernseher. Manchmal bin ich einfach zu faul, den Kasten auszuschalten und vor dem Einschlafen ein Buch in die Hand zu nehmen, um den Mief beinahe aller Fernsehprogramme zu vertreiben. Dann zappe ich durch die Kanäle in der irrigen Hoffnung, dass irgendein Programm meine Aufmerksamkeit doch noch erregen könnte. Und das war heute der Fall, für cirka 6 Minuten. Obwohl ich mir jeden Tag bereits beim Frühstück schon vornehme, keine Talkshows anzuschauen, bin ich bei einer hängen geblieben. Das Thema: Umweltbelastung durch den Tourismus, oder so ähnlich. Dabei ging es um Urlaubsflieger und Kreuzfahrtschiffe und den Dreck, den sie permanent in die Luft pusten. Zwei Männer und zwei Frauen (wieder Quotenregelung, die nicht unbedingt notwendig gewesen wäre), die ich zuvor noch nie gesehen habe und deren Namen mir noch nie untergekommen sind, redeten sich die Köpfe heiss, wobei keiner die Chance hatte, seinen angefangenen Satz auch zu Ende zu sprechen. Jedenfalls in den 6 Minuten meines Beiseins.

Das, was und wie sie es sagten, war so absurd, dass ich es gleich wieder vergessen habe. Ich kann es also nicht wiedergeben, geschweige denn kommentieren. Zwischendurch dachte ich nur, Dagobert Dumpf reden zu hören. Um sich selbst ein Bild zu machen, müssen Sie schon die Mediathek des Senders, den ich vergessen habe, bemühen.

Als ich vom Pinkeln zurückkam, war die Sendung endlich gelaufen. Danach wurden die Zuschauer in einer Dokumentation über das Reiseverhalten der Chinis aufgeklärt. Das, was mir von dieser Sendung in Erinnerung geblieben ist, waren mehrmals im Bild auftauchende Chinis, die in der Nase bohrten, und die nicht wussten, wo sie sich eigentlich befanden. Hauptsache, sie waren im Urlaub. Ich habe dann doch abgeschaltet und noch 12 Seiten gelesen, um die richtige Bettschwere zu bekommen. Beim Lesen schlafe ich am besten ein. Beim Fernsehen zwar auch, aber das kostet was (Strom) und das kann ich mir nicht leisten. Die Bücher sind umsonst. Damit versorgt mich mein Bruder. Der kann sich das leisten.

Am übernächsten Tag wurden wir im World Wide Web flächendeckend von Dagobert Dumpfs Auftritt hinter schusssicherem Glas beim Unabhängigkeitstag Westlands belästigt. Dabei fiel auf, dass von ihm ein Wort besonders oft strapaziert worden ist, und zwar das Wort „großartig." Für diejenigen unter Ihnen, die lieber an einen Badesee oder in einen schattigen Biergarten gefahren sind, möchte ich hier gerne ein paar seiner Aussagen aufbereiten.

„Westland ist die außergewöhnlichste Nation in der Weltgeschichte" (stimmt nicht). „Was für ein großartiges Land" (stimmt).

„Die Truppen Westlands sind die besten Soldaten auf der Erde" (absoluter Blödsinn).

Dann stachelte er die jungen Leute seines Landes dazu an, sich den Streitkräften anzuschließen. Vergessen hat er, zu erwähnen, wie es Kriegsveteranen in seinem groß-artigen Land ergeht, die vielleicht einen Arm oder beide Arme, oder ein Bein oder beide Beine bei ihrem militäri-schen Intermezzo verloren haben. Sie vegetieren am Rande der Gesellschaft menschenunwürdig dahin. Von denen war aber niemand da, und wenn, wäre ihnen das Wort nicht erteilt worden.

Und weiter gehts: „Wir sind ein Volk, das einen Traum und ein großartiges Schicksal verfolgt. Wir alle teilen die selben Helden, das selbe Zuhause" (da mag es ganz schön eng hergehen), „dasselbe Herz, und wir sind alle von dem selben allmächtigen, großartigen Gott geschaf-fen worden" (bei uns übernahmen das Vater und Mutter).

„Wir werden nie vergessen, dass wir Westländer sind und die Zukunft uns gehört. Wir sind heute stärker als jemals zuvor" (was für ein Stuss).

„Für Westland ist nichts unmöglich. Sehr bald schon werden wir die Flagge Westlands auf dem Marsi hissen." Wieder ließ er die Zuhörer im Unklaren, warum eigent-lich, und ob er selbst sich eventuell. der Marsi-Mission anschließen möchte (die Hoffnung vieler stirbt zuletzt).

Zum Schluss lobte er die Zuhörer als „eine großartige Menge von tollen Patrioten."

Das waren diejenigen auch, die inzwischen erkennen mussten, wie ihre großartige Nation mit ehemaligen Patrioten verfährt, die keinen Nutzen mehr haben. Am ärgsten ergeht es jenen, die nach einem nicht gewonne-nen Krieg (z.B. in Vietnami) nach Hause kamen. Verlierer haben es im großartigen Westland schwer. Das muss aber nicht unbedingt heute erwähnt werden. Heute wird gefeiert.

Patrioten und Idioten sind oftmals im gleichen Umfeld anzutreffen. Dann stimmt es nämlich wieder, dass zwischen diesen beiden Gruppierungen nicht immer unterschieden werden kann. In diesem Fall ganz gewiss nicht.

In seiner Rede gab Dagi auch noch seine Unkenntnis der Geschichte Westlands preis: „Unsere westländischen Unabhängigkeitskämpfer haben 1775 die Kontrolle über alle Flughäfen übernommen." Es gab zu jener Zeit aber noch keine Flugzeuge, folglich auch keine Flugplätze. Mit der Zuordnung der Schlacht um Ford Mc Henry, die er dem westländischen Unabhängigkeitskrieg andichtete, anstatt dem Kleingroßbritti-Westland-Krieg, der erst einige Jahre später stattgefunden hat, griff er ebenfalls daneben. Das machte aber nichts, denn seine Fans haben davon auch keine Ahnung, nur eine handvoll Intellektuelle, die wieder einmal Gelegenheit hatten, sich für ihr Land zu schämen. Und für ihren großartigsten patriotischen Idioten.

Dazwischenländer-Union
am Scheideweg

Vladl kann absolut nichts dafür! Er kann seine Hände guten Gewissens in Unschuld waschen, wie dereinst der Ponzi Pilati.

Bei der Dazwischenländer-Union (oder auch Euri-Union) schaufeln sie sich gerade selbst ihr Grab. Ganz ohne sein Zutun diesmal. Auch der selbstlose Einsatz seiner Trolle war nicht vonnöten.

In der Euri-Union suchen sie seit Tagen und Nächten nach einem geeigneten Kandidaten für das Amt des Kommissionspräsidenten – das wohl wichtigste Amt in diesem Verein. Noch ist keiner der Richtige.

Ursi von den Laien, die sich zuletzt durch den Zusammenbruch ihres Ressorts (der Bundiwehr) in unserem Dazwischenland hervorgetan hat, ist den letzten Meldungen zufolge wie ein Blitz aus heiterem Himmel die Favoritin für diese Wahl geworden. Gott stehe uns bei!

Vladl hat nach dieser überraschenden Meldung eine neue Flasche Krimisekt geöffnet und auf seinen inzwischen zum Selbstläufer gewordenen Vorsatz, die Destabilisierung dieser Union, angestoßen. Seine Trolle, die alle überarbeitet waren (man konnte das an den tiefen Ringen unter ihren Augen sehen), können endlich einen längeren Urlaub antreten, den sie mehr als nötig und sich auch redlich verdient haben.

In der Euri-Union ist Ursi von den Laien noch ein unbeschriebenes Blatt, deshalb wittert sie dort die letzte Chance, ihren Lebensstil einigermaßen aufrechterhalten zu können. In dem Dazwischenland, in dem sie sich als Bundesmini für die Stilllegungen vom militärischen Flug-, Schiffs-, Straßen- und Truppenübungsplatzverkehr profiliert hat, kennt sie inzwischen jeder. Nicht so in der Euri-Union. Diese Gelegenheit gilt es zu nutzen, bevor auch die dahinterkommen, was sie so alles anstellt, wenn man sie lässt. Ach ja, sie hat auch Stärken, die da sind: Ausreichende Kenntnisse in Wort und Schrift in den Sprachen, die in Kleingroßbritti und in Franzosiland gepflegt werden. Das müsste vorerst reichen. Sonst weiß bei uns eigentlich niemand, wozu man sie brauchen kann, mit Ausnahme von ein paar Taktikern, die sie möglicherweise noch einplanen wollen. Wozu, wissen sie auch noch nicht.

Warum Kleingroßbritti für die Wahl aktiviert wird, ist unklar, wo doch diese Insulaner die Union schon seit drei Jahren verlassen wollen – was sie auch nicht hinbekommen. Der einzige, der deren Sprache sonst noch benutzt, ist Dagobert Dumpf, und ihm zuliebe wäre das nun wirklich nicht nötig gewesen.

Vielleicht sollte ich ein paar Sätze über Ursis Werdegang auf der politischen Bühne einwerfen, um Ihre Erwartungshaltung, liebe Leser, falls die positiv sein sollte, in die richtigen Bahnen zu lenken.

Es hat schon gut angefangen. 2015 wirft man ihr vor, ihre 1991 abgegebene Dissertation mit Plagiaten verunreinigt zu haben. Die Medizinische Hochschule in Hannovi entdeckte das und stellte eklatante Mängel fest. Trotzdem wird beschlossen, ihr den Doktortitel nicht abzuerkennen. Es muss also nicht unbedingt von Nachteil sein, wenn der eigene Vater lange Zeit Minipräsi jenes Bundeslandes war. Man kennt sich dort. Es lebe die Gepflogenheit.

1990 tritt sie in die Partei ein, die eigentlich christlich und demokratisch handeln sollte. Im Volksmund nennt man diese Partei *Die Schwarzen*. Wahrscheinlich wegen der Art des Humors, mit dem dort an jegliche Aufgaben herangegangen wird.

2003 wird sie unter dem Minipräsi Christi Wuffi, der später als Bundespräsi mit Schimpf und Schande aus dem Amt buxiert wurde, Mini für Familie, Frauen, Soziales und Gesundheit.

2005 bereits wird sie Bundesmini für Familie usw..

2009 wechselt sie ins Bundesminitum für Arbeit und Soziales.

Ein Jahr darauf wählen *Die Schwarzen* sie zur stellvertretenden Parteivorsitzenden. Seitdem ist sie Mitglied des Vorstands.

2013 übernimmt sie das Verteidigungsminitum von Thommi die Misere. Man dachte damals, schlimmer als unter ihm kann es nicht kommen. Pfeiffendeckel (was in Bavariari als Synonym für Irrtum steht)!

Nicht zu leugnende Ausrüstungsmängel, wie das Gewehr G36, das nicht mehr geradeaus schießt, wenn es draussen wärmer wird, bereiten Sodbrennen.

2017 wird sie aus Mangel an geeigneten Bewerbern (die ehemals Geeigneten hatten wir schon alle ohne Erfolg ausprobiert) erneut als Verteidigungsmini vereidigt. Ihre Mission mit den Kitas ist noch nicht beendet.

2018 hallen Vorwürfe gegen die Mini durchs Land, nur

nicht bis nach Belgi (Firmensitz der Euri-Union). Demnach hat sie millionenschwere (über 155 Mill.) Verträge mit externen Beratern abgesegnet, die diese Verträge mit nicht enden wollenden Champi-Parties feierten. Zu mehr waren diese Berater nicht zu gebrauchen.

Bei einem Manöver im letzten Winter in Norgi wurde das Defizit an Winterkleidung offensichtlich. Soldaten mussten nach ihren Einsätzen die Unterhosen zurückgeben, damit die an ihre Kameraden weitergegeben werden konnten. Man sollte mal ausrechnen, wieviel Unterhosen man für 155 Millionen Euri kaufen könnte.

Von vier Panzern ist lediglich einer einsatzfähig.

Von fünf U-Booten kann nur noch eins tauchen. Das heisst: Tauchen können sie alle. Nur nicht mehr hochkommen.

Im zweiten Halbjahr 2018 stand der Marine kein einziger Tanker zur Verfügung.

Weniger als die Hälfte der Kampfflugzeuge sind flugtauglich.

Außer den neu eingerichteten Kitas sind die meisten Gebäude in den Kasernen in einem desolaten Zustand. In den Duschen spritzt das Wasser nach oben anstatt nach unten.

Vielleicht wäre doch ein ehemaliger Soldat, zum Beispiel ein General oder ein Oberst, auch ein Leutnant, vielleicht sogar ein Hauptgefreiter geeigneter für diese Aufgabe gewesen. Er hätte nicht gar so sehr mit der Materie gefremdelt. Früher ist das doch auch begrüßt worden, wenn jemand in dieser Position zuvor schon Erfahrung bei der Infanterie-Gefechts-Ausbildung hat sammeln können.

Das Millionengrab bei der Restaurierung des Segelschulschiffes Gorchi Focki haben wir schon erwähnt.

Dann machten falsch verstandener Korpsgeist und

Haltungsprobleme sowie nicht zu übersehende Rechte Gesinnung in der Truppe die Runde.

Die gesamte Bundiwehr könnte ohne Bedenken in Urlaub geschickt werden. In den Kasernen gehen sie sich nur im Weg um.

In der zweiten Julihälfte 2019 soll nun ihre Wahl zur Präsidentin der Euri-Union-Kommission stattfinden. Ich kenne im Moment keine Entsetzen erregendere Drohung. Der Herr stehe uns bei. Nochmal!

Nicht wenige befürchten, dass die Euri-Union in etwa so seeuntüchtig werden könnte wie die Gorchi Focki (die derzeit nur auf Archivmaterial zu besichtigen ist) und uns dann Ursis strategische Fähigkeiten ebenso um die Ohren fliegen, wie das in bisher jedem Minitum, dem sie vorstand, der Fall war.

Eigentlich wollte man sie ursprünglich als Nachfolgerin der Kanzlerin aufbauen, weshalb man sie so viele Minitums durchlaufen ließ! Sie sollte von allem eine Ahnung haben, was aber mit Karacho in die Hosen ging.

Inzwischen ist eine andere Größe, eigentlich Kleine, aufgetaucht, der man das eher zutraut. Noch größerer Irrtum! *KKA* wird sie in den Medien und in ihrer Partei gerufen, was die Abkürzung von *Klein, Krummbeinig und Ahnungslos* (was politische Weitsicht betrifft) ist. Sie hat es noch schneller geschafft, ihre Chancen auf das höchste Amt im Lande zu pulverisieren, als das der Ursi gelungen ist. Also wieder nichts.

Eigentlich müsste man doch meinen, dass die Euri-Union, zu der mehr als doppelt so viele Länder gehören, wie man Finger an beiden Händen hat, die besten Leute anführen sollten, die all diese Länder aufzubieten haben, und nicht deren talentfreieste.

Vor ein paar Monaten hat sich *KKA* bei der Bewerbung für den Parteivorsitz der *Schwarzen* und das spätere Amt der Kanzlerin gegen zwei Mitbewerber durchgesetzt. Sie hat immer wieder betont, dass sie bereits als Minipräsi ein Bundiland regiert hat. Das war ihrer Meinung nach der beste Beweis, ein Land führen zu können. Niemandem ist dabei aufgefallen – ihr selbst am allerwenigsten – dass dieses Bundiland das kleinste und kleiner als die meisten Landkreise in meinem Oberbavariari und auch in Niederbavariari ist. Demnach hätte jeder Landrat bei uns die besten Voraussetzungen, ihre Posten zu übernehmen und sogar Bundikanzler zu werden.

Vielleicht kommt man hierzulande noch dahinter und wirft sie zusätzlich zu Ursi in den Ring für das Amt der Kommissionspräsi von Euri-Land. Das wäre dann wie in Westland, wo Dagobert Dumpf und sein Vice Penci das so vorleben. Die haben auch im Duo von nichts eine Ahnung.

Bin gespannt, wann das Geschachere in Belgiland endlich vorbei ist. Irgendwann, wenn sich alle vor lauter Müdigkeit nicht mal mehr am Tisch festhalten können, bleibt ihnen nichts anderes übrig, als eine Münze zu werfen oder ein Los zu ziehen. Hoffentlich ist dann kein andersfarbiges mit einer zusätzlichen Markierung dabei, das jemand ganz anderer untergejubelt hat. Vladl oder Dagobert Dumpf würden wissen, wer das eventuell hätte gewesen sein können.

Ich weiß, mir stehen solche Wertungen nicht zu, aber wenn man von nichts eine Ahnung hat, sollte man halt nicht aufs Parkett trampeln und bei jeder passenden und unpassenden Gelegenheit seinen Senf dazugeben. Ich mache das doch auch nicht (außer mal jetzt gerade).

Der Dali Lami, das Oberhaupt der weltweit friedlichsten Religion, hat einmal gesagt, dass eine der wichtigsten Erkenntnissse seines Lebens die ist, dass Zuhören zumeist befriedigender sein kann als selbst zu sprechen.

Damit kann man sich zudem viele Peinlichkeiten ersparen, weil oftmals Argumente anderer durchdachter sind als die eigenen. Gell, Herr Dumpf!

Also, Maulhalten ist das Geheimnis. Und sich im Hintergrund halten und nicht immer nach vorne drängeln.

Man stelle sich mal vor, wie schön ruhig es auf der Welt zuginge, wenn alle ihren Mund halten würden. Es gäbe keinen Anlass mehr, jemandem böse zu sein oder ihm gar nach dem Leben zu trachten. Es würden keine Beleidigungen mehr öffentlich, die einen Grund liefern könnten, einen Krieg zu rechtfertigen.

Manchmal kommt es mir so vor, als ob sich die Verantwortlichen so sehr langweilen, dass sie verbissen nach Aktivitäten suchen, die ein bisschen Abwechslung in ihr ereignisloses Leben bringen. Keiner würde jemals Notiz von ihnen nehmen, wenn sie sich nicht politisch engagieren und aufdrängen würden. Handwerklich sind sie noch ungeschickter. Da droht einem jeden von ihnen die Selbstverstümmelung. Es gäbe doch Beschäftigungen, die auch sie ausfüllen könnten. Ich denke da zum Beispiel an Plastilin, mit dem wir als Kinder so schöne Tiere modelliert haben.

Sie wissen ja inzwischen, dass ich zumeist nach Abschluss eines Kapitels den Gang in den Biergarten antrete oder bei Sauwetter im Wirtshaus Zuflucht suche. So auch heute. Da ist der kleine Seppi zu uns in den Biergarten gerannt und hat fürchterlich geweint. „Ja Bub, wos is denn los, warum weinst` denn so?" hat ihn sein Opa, der Sepp, gefragt.

„Da Vadda hat sich mit`m Hammer auf den Finger naufdrosch`n!"

„Des is zwar nett von Dir, dass Du so einen Anteil am Missg`schick von Deim Vadda nimmst. Aber deswegen musst Du doch net so woana!" Immer noch schluchzend meint der Seppi: „Zuerst hab` i ja g`lacht!"

Die hohe Schule der Diplomatie

Die meisten der hier erwähnten Präsident(inn)en werden ihrer Vorbildfunktion nicht immer gerecht, wenn man sie auf das glitschige Parkett der Diplomatie schubst. Einem Staatsmann sollten wenigstens die Grundregeln der Diplomatie eingebläut werden. Also niemals das aussprechen, was man über den anderen denkt oder wofür man ihn hält (z.B. Trottel, Einfaltspinsel usw.). Dasselbe gilt für alle Angestellten im diplomatischen Dienst eines jeden Landes. Besser wäre es jedoch für alle Genannten, überhaupt nie eine abwertende Bemerkung zu machen, oder wenn, dann erst, wenn man sowieso bereits seinen Abschied aus dem diplomatischen Dienst genommen hat und einem nichts mehr passieren kann.

So geschehen in diesen Tagen. Vom Kleingroßbritti-Diplomat in Westland ist durchgesickert, was er von Dagobert Dumpf und dessen Anhang hält – nämlich gar nichts. Das ist in einer Depesche zu lesen gewesen, die jemandem in die Hände fiel, dem sie nicht in die Hände hätte fallen dürfen. Darin stand zu lesen, dass der Präsident Westlands „unsicher" und „inkompetent" ist, und zwar in allem, was er macht, sagt und denkt. Normalerweise weiß man ja nicht, was einer denkt, aber Dagobert Dumpf ist da eine Ausnahme. Er zwitschert alles ungefiltert hinaus, was durch sein Hirn schwirrt. Darum kann das auch jeder nachverfolgen. Bei ihm weiß man wenigstens, woran man ist. Nicht aber bei dem kleingroßbrittischen Botschafter Kimi Darocci. Obwohl, jetzt schon, denn seine Einschätzung ist durch Presse und TV-Nachrichten gegangen. Er hat sich getraut, es dem Präsidenten schriftlich zu geben, dass er ihn für absolut unbrauchbar auf jeglichem Gebiet hält. Das muss einer erst einmal hinbekommen, dass der Diplomat eines befreundeten Staates, der ebenfalls von lauter Knalltüten geführt wird, einen Präsidenten als noch *untauglicher* identifiziert, als er es von zuhause gewohnt ist.

Darocci hat dadurch seinen für Dezember geplanten Abschied ein paar Monate vorverlegen müssen. So kann er sich gleich um den Umzug kümmern und Weihnachten bereits daheim in Kleingroßbritti feiern. Vorher kann er sogar noch einen längeren Urlaub antreten. Der hat es gut!

In Kleingroßbritti ist ganz schön was los zur Zeit. Der designierte Nachfolger der langhaxigen Premimini Resi Maii ist ihr Herausforderer Bori Johnsi, der sehr darum bestrebt ist, das Chaos auf der Insel auszuweiten. Bei einem TV-Auftritt mit seinem Konkurrenten um den Parteivorsitz wurde er um seine Meinung gebeten, wie man den Euri-Austritt, den er ja angestoßen hat, am besten hinbekommt. Brauchbares ist ihm dazu nicht eingefallen, nur ein paar Zoten, die das Publikum im Studio mit fröhlichem Gelächter quittierte. Ich kann mir vorstellen, wie erleichtert der Diplomat Darocci vor dem Bildschirm seines heimischen Fernsehers sein muss, nicht mehr für sein Land tätig sein zu müssen. So kann er sich noch einen Rest von Selbstachtung bewahren und in sein Rentner-Dasein hinüberretten.

Der Außenmini von Kleingroßbritti weigerte sich derweil standhaft, sich der Einschätzung Daroccis anzuschließen. Er wollte lieber betonen, dass sich die Mehrheit Kleingroßbrittis geistig durchaus auf Dagobert Dumpfs Niveau eingependelt hat, was inzwischen jeder auf der Welt ohnehin weiß. Er hätte es nicht extra erwähnen müssen. Er bemerkte noch, dass es sich um die persönliche Meinung des Diplomaten handle und er selbst der Meinung sei, dass die Regierung Westlands unter Dagobert Dumpf höchst effektiv und der bestmögliche Freund Kleingroßbrittis auf der internationalen Bühne bleibe. Dann fügte er noch an: „Kleingroßbrittische Diplomaten in der ganzen Welt müssen darauf vertrauen können, dass sie uns weiterhin ihre ehrliche Meinung anvertrauen können." Die Folge ist allerdings der Abschied aus dem diplomatischen Dienst und jeglicher andersartigen Beschäftigung politischen Ursprungs. Praktisch arbeitslos. Das hat er vergessen zu erwähnen.

Was soll nur aus Kleingroßbritti werden? Mir wird Angst und Bange, wenn ich daran denke, wie sie offenen Auges auf die Klippen zurennen, wie das die Lemminge, ihre großen Vorbilder, gerne tun. Geschöpfe, die offenbar auch einem untalentierten Führer mit einem Navi, das seit einer Ewigkeit kein Update erhalten hat, vertrauen und ihm blindlings folgen.

Dagobert Dumpfs Kommentar zu dem Diplomaten aus Kleingroßbritti war: „Ich kenne ihn zwar nicht, aber der Diplomat ist in Westland nicht beliebt und genießt kein Ansehen. Wir werden uns nicht mehr mit ihm befassen," Scheinbar ist vorher niemandem aufgefallen, dass er nicht beliebt war.

Heute ist es so weit. Gegen 18 Uhr soll der neue Kommissionspräsident oder eine Präsidentin der Euri-Union gewählt werden. Unglücklicherweise hat Ursi von den Laien vorgestern bekannt gegeben, dass sie auf alle Fälle nach der Wahl, als Verteidigungsmini unseres Dazwischenlandes zurücktreten wird, egal, ob sie zur Kommissionspräsidentin gewählt worden ist oder nicht. Mit dieser Ankündigung hofft sie auf die Solidarität und Unterstützung aller Politiker-Kollegen und Kolleginnen, sie nicht der Arbeitslosigkeit preiszugeben. Man kann nur auf den Glücksfall hoffen, dass endlich zwei Ämter neu besetzt werden können. Doch *wo geeignete Leute hernehmen und nicht stehlen* (ist auch wieder so eine Floskel aus meiner Heimat)? Ein anderer Spruch besagt: *Was Besseres kommt nicht nach.* Wobei ich behaupten möchte, dass das in diesem Fall nicht zutrifft. Obwohl?

Weil das alles so deprimierend ist, überlege ich, ob ich nicht besser alles hinwerfe, mit der Geschichtsschreibung aufhöre und mich hauptsächlich auf den Sommer in unseren Biergärten konzentriere. Das würde mir die gute Laune nicht länger vermiesen. Anschließend mache ich Urlaub im Wald – ohne Menschen. Nur mit Rehen, Hirschen, Kaninchen, Vögeln, Lurchen und Fröschen und viel Bäumen, von denen jeder sein Maul hält, weil er keins hat. Obwohl, dort wo ich Urlaub mache, kann ich sogar Bäume die lieblichsten Melodien singen hören. Eine Gabe, die ich mir mühsam erarbeitet habe.

Dann steht auch schon bald der Nikolaus vor der Tür, und danach beginnt das Schicksalsjahr 2020, vor dem mir schon jetzt graut.

In meinen wohlverdienten Ferien bin ich übrigens nur

eineinhalb Kilometer von den Tschechis weg. Das hat den Vorteil, dass ich, ohne viel Zeit durch lange An- und Abfahrten zu vergeuden, Vergleiche mit unseren Bieren anstellen kann. Das ist auch der Grund, warum ich – genau wie die Tschechis – zu nichts komme!

Bis unsere neuen dreifach-Überschall-schnellen Flieger ihre Arbeit aufnehmen können, werde ich versuchen, das mit dem 20 Jahre alten Passat Variant einer Freundin in die Hand zu nehmen. Vielleicht gelingt es mir auch so, die Traktoren der Tschechis mit ihren Gülletanks im Schlepp zurückzudrängen, um danach mit deren Fahrern ein paar Bierchen zu zischen. So wie das zu allen Zeiten gehandhabt wird, wenn Auseinandersetzungen beendet sind oder ein Krieg zu Ende gegangen ist. Wenn die Verantwortlichen, die zuvor Millionen aufgehetzt und in den Tod getrieben haben, sich zusammenfinden, fressen und saufen und sich gegenseitig freundschaftlich auf die Schultern klopfen, sich küssen und was sonst noch so ansteht anstellen. Ab jetzt sind sie nämlich wieder die besten Freunde.

Leute, mir wird speiübel, wenn ich daran denke, dass sich zu allen Zeiten junge Menschen von der politischen Elite haben verführen und missbrauchen lassen, und dass das immer noch funktioniert. Oftmals hilft nicht einmal eine gute Schulbildung, um dem Herdentrieb zu widerstehen.

Ihnen ist bestimmt beim Lesen meiner bisherigen Zeilen aufgefallen, dass ich mit Diplomatie auch meine Probleme habe, oder meine Diplomatie eine andere ist, die sich so äußert, dass auch bei mir jeder weiß, was ich von ihm halte. Das ist ehrlich, hat aber zur Folge, dass meine Follower die Millionengrenze nicht so bald erreichen.

Mit dem Sepp habe ich mich heute auch über das Thema Diplomatie unterhalten. Der hat da seine ganz eigene Sichtweise, die sich sogar von der meinen noch beträchtlich unterscheidet.

Ich weiß nicht mehr, wie wir draufgekommen sind. Ich glaube, es ging dabei um seinen Rasenmäher, weniger um Politik. Ja, genau. Das war`s.

Der Sepp erzählte mir, dass sein Nachbar, der Benedikt, heute bei ihm war und ihn gefragt hat, ob er sich seinen Rasenmäher ausleihen kann.

„I hab mir dacht, leih i ihn ihm, krieg i ihn nimmer z`rück. Leih i ihn ihm net, is er mia bös. Also war i diplomatisch und hab g`sagt: Leck mi am Arsch!"

Der Super-Gau

Mein Land befindet sich seit dem frühen Abend des 16. Juli 2019 in einer Art Schockzustand. Jedenfalls die eine Hälfte, auf die es ankommt. Die Euri-Union nicht, denn die weiß noch nicht, was sie erwartet. Ursi von den Laien ist tatsächlich zur Kommissionspräsidentin gewählt worden, in das höchstmögliche Amt, das diese Union zu vergeben hat. 383 Unwissende haben für sie gestimmt. Nur 10 Stimmen weniger, und das Debakel hätte verhindert werden können. Ursi sagte nach der Bekanntgabe des knappen Abstimmungsergebnisses: „In einer Demokratie ist die Mehrheit die Mehrheit."

Vladl jubelte überschwänglich, und Dagobert Dumpf auch, obwohl der nicht wusste, warum.

Und weil das an diesem schicksalshaften Tag noch nicht reichte, kam gleich noch Hiob mit einer neuen Botschaft angerauscht, die dann feierlich in unserer Hauptstadt verkündet wurde. KKA übernimmt Ursis Amt als Verteidigungsmini. Scheinbar war auch diesmal kein ehemaliger Hauptgefreiter aufzutreiben

Westland ist in diesem Augenblick auf politischer Ebene wieder herangerückt, genauso wie Vladls Ostland. Sogar Türkiii und Griechi und Judi und alle anderen auch. Sie alle freuen sich, wie leichtfertig bei uns Ämter vergeben werden. Der Anspruch, eine Führungsnation zu sein, ist für uns damit dahin. Egal, sollen andere auch mal was tun. Ist sowieso viel zu anstrengend. Am Ende muss man noch an Sitzungen, für die man sich eingetragen und seinen Anspruch auf die damit verbundenen Aufwandsentschädigungen angemeldet hat, auch tatsächlich teilnehmen. Soweit kommt´s noch!

Schon wieder eine völlig blauäugige Nichtsahnende an erster Stelle im Verteidigungsminitum. Ein Minitum, das zuletzt ungeheure Mengen an Euris verschlang und nun noch ungeheurere Mengen verschlingen wird. KKA hat auch gleich bei einem ihrer ersten Auftritte die massive Aufstockung des Verteidigungsetats angemahnt. Das Szenario erinnert an die Neubesetzungen des Managerpostens beim Hauptstadt-Flughafen in kurzen Abständen. Ebenfalls ein Milliardengrab, das ständig auf- und zugeschaufelt wird. Ein Flughafen, der nie fertig wird, weil immer ein völlig untauglicher Manager gesucht und leider auch gefunden wurde, dem man die Schuld am Versagen zuschieben konnte. Sie alle nahmen das Verschulden gerne auf sich. Denn die unglaublichen Abfindungen haben ihnen Renten beschert, mit denen man nicht knausern muss, sowie die alten Mütterlein, die den Staat nach dem zweiten Weltkrieg wieder aufgebaut haben, mit ihrer kümmerlichen Rente. Macht nichts, denn die gibt es bald nicht mehr. Die letzten von ihnen sind schon recht alt.

Ursprünglich war ein guter Mann aus Niederbavariari mit den besten Aussichten auf das Amt des Kommissionspräsidenten gehandelt worden, aber der Präsident von Franzosiland hat ihn rundweg abgelehnt. Er hat ihn nie verstanden, selbst wenn er im feinen Dialekt seiner Heimat die besten Vorschläge gemacht hat. Der Franzosi versteht kein Bavariari und der Dolmetscher auch nicht. Und alle anderen noch weniger. Pech! Der gute Mann blieb auf der Strecke, weil die Kommunikation nicht klappte und es die Politik so wollte. Das haben sie jetzt davon!

Liebe Kinder, man sieht daran, dass es sich bezahlt macht, möglichst viele Sprachen zu lernen, um sie fließend sprechen zu können. Das höchste Amt in der Euri-Union erwartet Euch dann. Mehr müsst Ihr nicht können.

Heute stellte sich übrigens die Kanzlerin meines Heimatlandes den kritischen Fragen der internationalen Presse, auch zu den überraschenden Entscheidungen, was das Aus-dem-Hut-Zaubern der Ursi von den Laien für die Euri-Union und der KKA für das Verteidigungsminitum angeht. Sie hat sich dabei wacker geschlagen, ohne immer befriedigende Antworten gegeben zu haben. Man kann das aber so stehen lassen, denn das sind wir von Politikern so gewöhnt. Sinngemäß sagte sie: „Veränderte Situationen machen manchmal schnelles Handeln notwendig – was wir getan haben.” Das erinnert ein wenig an Dagobert Dumpf, bei dem es allerdings stets gelang, ihn nach seinen Schnellschüssen wieder einzubremsen. Bei uns wird das Risikobehaftete sofort und endgültig umgesetzt, was noch mehr Kühnheit beweist.

Ihre Antwort konnte die Kanzlerin auch gleich für die nächste Frage stehenlassen, die da lautete: „KKA hat vor nicht allzu langer Zeit verkündet, dass sie mit 100 Prozent Engagement ihre Aufgabe als Parteivorsitzende ausfüllen und kein Amt im Bundikabinett übernehmen wird. Nun, vierzehn Tage später, gibt sie kund, dass sie neben ihrem Vorsitz auch das Verteidgungsminitum mit 100 Prozent zu ihren anderen Aufgaben erledigen wird. Wie geht das?"

Der die Frage stellende Journalist hatte schon befürchtet, im Mathe-Unterricht nicht aufgepasst zu haben, denn er kam beim Zusammenzählen auf beinahe 200 Prozent Engagement. Darum die selbe Antwort ein wenig abgewandelt, vom Sinn her allerdings gleich. Das war wohl das einzige Mal, dass auch KKA Dumpfsche Mathematik-Formeln anwandte.

„Sicher aber ist, dass sie das schaffen wird" (kommt uns auch bekannt vor), sagte die Kanzlerin zum Abschluss. Eine letzte Frage wurde dann doch noch gestattet, denn es interessierte einen gewitzten Schreiberling, ob sie nach den unsäglichen Auftritten Dagobert Dumpfs bei seiner Wahlkampf-Tournee so etwas wie Solidarität mit den von ihm verunglimpften weiblichen Kongressmitgliedern der Demokratis empfinde, und ob sie seine Rhetorik ablehne. „Ja", sagte sie, und das galt wieder für beide Punkte der Frage. Mehr war ihr nicht zu entlocken, denn es war schon 2 Minuten nach 12 Uhr und allerhöchste Zeit für das Mittagessen von Käfi. Gegessen wird um Zwölf.

Mit großer Freude konnten alle Anwesenden, auch die daheim an den Fernsehgeräten, ihren gesundheitlichen Zustand zur Kenntnis nehmen, denn sie wirkte frisch und agil.

In letzter Zeit hatte sie, in unregelmäßigen Abständen, bei wichtigen und unwichtigen Auftritten ein paar Wackelattacken überstehen müssen, die sie etwas leichtfertig abgetan hat, um dem besorgten Volk das bedrückende Gefühl und die Angst um ihre Gesundheit zu nehmen. Nun atmen alle auf, dass es der *Mammi*, wie sie von einer Minderheit liebevoll genannt wird, wieder gut geht.

Jetzt warten drei Wochen Urlaub auf sie, da kann sie für die künftigen Aufgaben wieder Kraft tanken. Tragisch ist es allemal, dass sich zum x-ten Mal herausgestellt hat, dass ohne sie nichts läuft. Dass sie sogar im Krankheitsfall ihren Mann (Frau) stehen muss. Wie KKA gibt auch sie immer 100 Prozent (oder waren es 200?).

Darüber habe ich auch mit dem Sepp geredet, nachdem ich ihn unter einem schattigen Kastanienbaum endlich gefunden habe.

Das Rechnen war nämlich auch nicht gerade meine Stärke. Deutsch und Geschichte haben mich mehr interessiert. Da erzählt mir der Sepp, dass er wegen der Rechnerei mit dem Seppi bei dessen Mathelehrer vorstellig werden musste. Der Seppi hat sich nämlich beklagt, dass ihn der Lehrer ums Verrecken nicht leiden kann. Bei jeder Gelegenheit, die sich bietet, schickaniere er ihn. Deshalb waren sie gestern dort. Aber der Lehrer war ganz erstaunt, denn er war sich absolut keiner Schuld bewusst und verteidigt sich: „Also, das kann nicht sein. Im Gegenteil, ich versuche alles, um dem Seppi auch mündlich eine Chance zu geben", hat er g`sagt. „Oder Seppi, wieviel ist sechs mal acht?" Der Seppi kleinlaut: „Siehst Opa, jetzt fangt a scho wieder o!"

Dagobert Dumpf schickt politische Gegnerinnen nach Hause

Weil sie keine so riesigen Ärsche wie die meisten weissen Westländerinnen und eine gesündere Hautfarbe als diese aufweisen, außerdem ganz anderer Ansicht sind als Dagobert Dumpf, hat sich der Präsident vier junge Demokratinnen als neues Feindbild für seine unsäglichen Attacken ausgesucht. Die vier sind jeweils Teil einer Familie mit Migrantionshintergrund. Bis auf eine sind sie aber alle in Westland geboren und sogar dort in die Schule gegangen (anders als ihr Präsident). Eine ist in Neu Yoki, die nächste in Schicagi und eine in Ditroiti geboren, also in Westland, wie fast jeder weiß, der auch in die Schule gegangen ist.

Während seiner Wahlkampfreden vor Tausenden von Anhängern hat er die jungen Frauen immer wieder aufgefordert, in ihre Heimatländer zurückzukehren. Daraufhin skandierte die Menge: „Schickt sie zurück. Schickt sie zurück … usw." Das geht aber nicht, weil sie schon da sind.

Die Nicht-Gaga-Menschen im Land sind entsetzt ob

dieser fremdenfeindlichen und rassistischen Rhetorik. Und Vladl ist es auch. Er überlegt sich gerade, was Dagobert geritten haben könnte, einen solchen Mist loszutreten. Hat er inzwischen die Nase voll von dem höchsten Amt in Westland, oder was kann ihn sonst zu dieser Stimmungsmache veranlasst haben? Bei seinen unterbelichteten Anhängern sind ja auch viele Dunkelhäutige. Die könnte er mit dem Blödsinn, den er da verzapft, auch verschrecken. Aber da irrt sich Vladl, denn wenn einer mal Fan von Dagobert Dumpf geworden ist, hat man ihm im gleichen Moment ein Brett vor das Hirn genagelt. Es ist dann völlig nebensächlich, was Dagi von sich gibt. Es wird immer gejubelt und gestrampelt, sobald er einen Satz beendet hat. Seine Wahlkampf-Auftritte sind ein Event wie ein Konzert oder Fußballspiel. Man geht einfach hin, weil man ein Ultra ist (die gibt es nun auch in der Politik und nicht mehr nur im Sport). Man möchte auch dort gerne unterhalten werden. Zum Nachdenken bleibt da keine Zeit. Da geht es ihnen wie ihrem Idol, wenn dieses gerade wieder einmal selbst erarbeitete Vorschläge zur Bewältigung von Katastrophen in die Welt hinausträllert (-zwitschert wollte ich sagen). Die Begeisterungsfähigkeit von Ultras setzt den Verlust der Urteilsfähigkeit voraus. Das wesentliche Kriterium, das bei all seinen Fans Befolgung findet.

Wenn das eineinhalb Jahre vor der Wahl schon so losgeht, was wird uns da in nächster Zeit erwarten? Das fragen sich besorgte Menschen weltweit. Ehrlich gesagt, ich will es gar nicht wissen. Ich werde einfach nicht weiter berichten, denn alles ist derart aus den Fugen geraten, und es findet sich auf dem gesamten Planeten auch kein Mensch mit entsprechender Ausstrahlung und Intellekt, der dem Einhalt gebieten kann. Schon gar nicht in Westland.

Nicht einmal der neue Präsident von Ukrani (der Komiker) könnte so etwas schaffen. Er soll jetzt die Parlamentswahlen organisieren. In Ukrani stehen sie für mehr Demokratie. Wie soll das denn gehen, wenn sich 65 Parteien zur Wahl stellen und man 65 unterschiedliche Auffassungen unter einen Hut bringen soll. Ein solches Durcheinander kann doch kein Mensch bewältigen. Da müssen sie den Begriff Demokratie falsch verstanden haben. Nicht Quantität, sondern Qualität ist gefragt.

Und mit Gepflogenheit will er auch noch aufräumen, der Arme.

Nur eine Woche nach Dagoberts letztem Wahlkampfauftritt tragen seine Hasstiraden bereits erste Früchte. Ein 21-jähriger Verblendeter erschoss in einem Einkaufszentrum in El Pasi wahllos 20 Leute und verletzte 26 weitere Mitbürger teilweise lebensgefährlich. Unter den Todesopfern waren auch 6 Mexicanis. Er hat also nicht nur Migranten, sondern aus Versehen auch die eigenen Leute erschossen. Und er hat sie nicht dorthin zurückgeschickt, wo sie Dagobert Dumpfs Ansicht nach hingehören, sondern ohne Umweg direkt in die Ewigen Jagdgründe. Anscheinend kann man nicht mehr gut unterscheiden, wenn man sich in einem Blutrausch befindet.

Wenig später, noch am gleichen Tag, hat ein 24-jähriger in der Nähe einer Bar in Daytoni (Oheio) neun Menschen erschossen, darunter seine eigene Schwester, die das jüngste Opfer seiner Raserei war. Er konnte 30 Sekunden nach Beginn seiner Tat von Polizisten niedergestreckt und somit ein größeres Massaker verhindert werden. Es lebe die Waffenlobby in Westland, die keinen Zusammenhang ihres Wirkens mit diesen Ereignissen sieht.

Dagobert Dumpf konnte solche Reaktionen natürlich nicht voraussehen, als er seine Anhänger gegen die vier

Frauen aufhetzte. Sein Kommentar nach den Massakern war: „Das sind Menschen, die sehr, sehr ernsthaft psychisch krank sind." Damit sollte die Sache aber auch erledigt sein.

Das Verfallsdatum der Despoten rückt näher

In Ostlands Hauptstadt Moscowi ist seit zwei Wochen ebenfalls der Teufel los. Der ärgste Regimekritiker und Vladls Dorn im Auge ist Alexi Nawalli. Immer wieder ruft er zu friedlichen Protesten gegen die Regierung auf. Und die friedlichen Protestler gehen einmal wöchentlich auf die Straße und lassen sich dort von den inzwischen mit Hooligitruppen aufgerüsteten Polizeihorden verdreschen und danach einsperren. Am letzten Wochenende hat es 1400 Demonstranten erwischt. Sie wurden festgesetzt. Wahrscheinlich musste zu diesem Zweck ein Stadion angemietet werden, denn wo sonst kann man auf einmal so viele Leute unterbringen. An diesem Wochenende waren es 90. Es werden schon weniger.

Alexi haben sie dreißig Tage aufgebrummt. Die Proteste richten sich gegen die behördliche Willkür, keine Oppositionellen und keine unabhängigen Kandidaten zu den nächsten Regionalwahlen zuzulassen. Aber das hatten wir ja schon. Vladls Demokratieverständnis steht dem im Weg. Konkurrenz auf der politischen Bühne ist nicht sein Ding. Soweit kommt`s noch.

Alexi musste zwischendurch ins Krankenhaus, weil ihm eine allergische Reaktion das Gesicht hat anschwellen lassen. Das ist verwunderlich, weil Alexi sein ganzes bisheriges Leben von Allergien verschont geblieben war. Vladl bestellt daraufhin seine Chemiker ein, die er nicht kennt, und liest ihnen die Leviten, denn es kann nicht angehen, dass seine Widersacher immer nur vergiftet werden. Das fällt schon langsam auf. Auch wenn es sich diesmal nicht um eine Substanz radioaktiven Ursprungs gehandelt hat. Sie sollen sich gefälligst endlich mal was Neues einfallen lassen. Und so wird neben dem Dopi-Labor ein neues Forschungszentrum eingerichtet, das zunächst als Denkfabrik angedacht ist. Es müssen dringend neue Wege gefunden werden, solches Gesocks auf homöopathische Art und Weise stillzustellen. Sorgen macht ihm die Masse von Demonstranten, die man nicht mehr auf die Lager verteilen kann, weil die schon alle überfüllt sind. Und jedes Wochenende werden es mehr. Von anderen Ländern her weiß man, je länger Demonstrationen anhielten und je mehr Teilnehmer aus den Löchern krochen, um auch einmal an so einem Event teilzunehmen, desto unübersichtlicher wurde die Lage. Und irgendwann waren es mehr Demonstranten als Polizeikräfte, und dann ist die nächste Revolution im Lande auch nicht mehr weit. Da gibt es keine festen Termine. Die muss deshalb nicht gerade im Oktober sein wie die letzte. Sowas kann auch ganz unvorbeitet und spontan im August stattfinden (vielleicht bei einer Drei-Tage-Übung, die er diesmal nicht selbst angesetzt hat).

Lange genug ist sein Volk von ihm getrietzt worden. Irgendwann haben die Leute auch mal die Nase voll. Dann reicht schon ein kleiner Funke, um das Pulverfass Ostland in die Luft zu jagen. Da muss er sich vorsehen. Zum ersten Mal hat Vladl keine Idee, und ein beklemmendes Gefühl der Angst krallt nach ihm. Ein Gefühl, das er bisher nicht kannte. Er nimmt sich vor, Erdogaggi anzurufen und ihn zu fragen, wie er mit solchen Empfindungen umgeht.

Im Augenblick erfährt also Vladl, was der Spruch: „Die Geister, die ich rief" schlimmstenfalls bedeuten kann. Der Westen scheint zurückzuschießen, deshalb macht er auch gleich westliche Medien und soziale Netzwerke (woher er das so schnell weiß?) für die Demonstrationen in seiner Haupstadt verantwortlich. Es gefällt ihm ganz und gar nicht, dass die sich seine Ideen zunutze machen und mit gleichen Waffen antworten. Sie scheinen doch nicht so dämlich zu sein, wie zunächst von ihm angenommen.

Das erinnert mich an einen Spruch meiner Mutter, die nicht müde wurde, uns, ihren Söhnen, einzutrichtern, dass alles Gute und Schlechte, das man im Leben tut, auf einen zurückkommt. Sie meinte auch noch *hundertfach*, aber das finde ich übertrieben. Das wollen wir dem guten Vladl dann doch nicht wünschen. Oder?

Alexi ist direkt vom Krankenhaus wieder in Haft überstellt worden. Die Ärzte konnten leider nichts für ihn tun. Bei allergischen Reaktionen muss erst der Ursache auf den Grund gegangen werden. Das kann dauern. Manchmal kommt man dabei zu keinem Ergebnis, was bedauerlich ist. Vielleicht ist es bis Weihnachten soweit, dass sich das Problem von selbst löst.

Vladl ärgert an dieser ganzen vermaledeiten Situation, dass sich Dagobert mit solchen Auswüchsen nicht herumzuschlagen braucht. Dessen Volk geht es anscheinend immer noch zu gut. Und die Idioten dort drüben sind auch zahlreicher als in Ostland. Die jubeln immer, auch wenn es gar nichts zu Jubeln gibt. Hauptsache, ihr

Präsident lässt einmal am Tag etwas von sich hören, auch wenn es der größte Schwachsinn ist, den die Welt je gehört hat. Vladl spürt einen Hauch von Neid. Das beunruhigt ihn noch mehr, denn bis jetzt war *er* der mächtigste Mann der Welt, und nicht Dagobert.

Soeben kommt die Meldung rein, dass im Norden Ostlands bei einem Test eine Rakete mit atomarem Antrieb, anders als beabsichtigt, zur Unzeit in die Luft gegangen ist. Die Strahlung in der Umgebung weist seitdem bedenklich gesundheitsschädigende Werte auf. Aber der dortige Bürgermeister hat gut reagiert und die Sache gleich auf leicht erhöhte Normalwerte heruntergespielt, so dass jetzt keine Gefahr mehr für die Einwohner der nahen Gemeinde besteht. Sie müssen nicht einmal evakuiert werden. Da wird wieder einmal ein Orden für einen Helden Ostlands fällig, aber das hat auch bis nächste Woche Zeit.

Wo soll das alles nur noch hinführen? Vladl überlegt sich, ob es nicht besser wäre, gerade jetzt, wo so viel auf einmal zusammenkommt, einen Jagdurlaub einzuschieben, um den Kopf wieder frei zu bekommen. Es ist dringend ein wenig Abstand nötig. Und mit freiem Oberkörper geht das viel besser. Da zwängt einen nichts ein.

Liebe Leser, ich möchte diese Gelegenheit nutzen und Sie darum bitten, den Rest der Geschichte weiter zu verfolgen und sie selbst fortzuschreiben – ganz ohne mich diesmal. Ich will nicht mehr, denn meine Kräfte verlassen mich. Ich habe kein Jagdrevier, in das ich mich zurückziehen kann, wenn die Kacke am Dampfen ist.

Vielleicht denken Sie, schlimmer kann es nicht mehr kommen. Aber das vergessen Sie ganz schnell wieder, denn das hat mit der Realität nichts zu tun. Schlimmer geht immer!

Wer der nächste Präsident von Westland wird? Ich möchte fast wetten … !

Wie lange sich Ursi an der Spitze der Euri-Union halten kann? Schwer zu sagen, denn wer gibt schon zu, dass er sich mit seinem Veto geirrt hat? Das ist bei der Wahl der Gattin nicht anders, genauso beim Kauf eines Autos. Keiner gesteht sich gerne ein, dass er mit seiner Entscheidung meilenweit daneben lag. Folglich dürfen alle weiterwurschteln und länger ihr Unwesen treiben, als es die eine Hälfte jeder Bevölkerung ertragen kann (Sie dürfen einmal raten, welche Hälfte).

Vladl weiß jedenfalls schon jetzt, wie es bei denen weitergeht, nicht jedoch, wie bei ihm selbst. Wie alle Tyrannen vor ihm neigt auch er zum gleichen Wahn. Er glaubt nämlich, dass ihn kein gewaltsames Ende ereilen kann. Diesem Irrtum sind sie alle aufgesessen. Die Geschichte hat das hundertfach gelehrt. Genau wie seine Vorgänger überschätzt auch er sich maßlos. Das ist nun mal ihre und folglich auch seine DNA. Nur weil Stalini (sein großes politisches Vorbild) ausnahmsweise an den Folgen eines Schlaganfalls und nicht durch Mörderhand gestorben ist, muss das nicht auch ihm gelingen.

Dagobert Dumpf hingegen wird wohl überleben. Er wird allenfalls als „der grösste Depp in einem Präsidentenamt" Erwähnung in den Geschichtsbüchern finden. Oder sein Bruder im Geiste, Bori Johnsi. Der Wettstreit der beiden Einfältigen um den Thron mit der goldenen Narrenkappe ist noch nicht beendet. Er hat gerade erst richtig Fahrt aufgenommen.

Wenn es dann sein muss, dass sich Vladls Verfallsdatum dem Ende nähert, kann er nur hoffen, dass sich sein Volk ihm gegenüber humaner gebärdet, als es sich seinerzeit bei der Beseitigung der Zarenfamilie um Nikolausi II nach der Februar-Revolution aufgeführt hat. Revolution ist immer Mist, ob sie sich nun im Februar, im August oder im Oktober ereignet. Das ist dann auch schon wurscht. Heutzutage muss sowas nicht mehr sein. Aber weiß man's?

Ihre Quittung bekommen unsere Mächtigen spätestens in ihrem nächsten Leben, wenn sie sich als Lurch, Wurm, als Küchenschabe oder was auch immer behaupten müssen.

Ich hingegen darf mir meinen nächsten Wirkungskreis selbst aussuchen. Auf mich warten die *Ewigen Jagdgründe*, in denen ich auf einem gescheckten Mustang über die Prärien jagen und mir den CO_2-freien Wind um die Nase wehen lassen werde. Ich war nämlich kein Garstiger wie sie, und das ist keine Schutzbehauptung. Das ist die Wahrheit und nichts als die Wahrheit, so wahr mir *Wakantanka* helfe.

Erlöse uns von dem Übel, oh Herr!

Was sich unsere Machthaber in den letzten drei Monaten vor dem Jahreswechsel geleistet haben, darüber kann ich leider keine Auskunft mehr geben, denn da war ich zur Erholung im Nationalpark Oberpfälzer Wald. Da standen mir weder Tageszeitung noch ein Fernseher zur Verfügung. Ich habe bewusst darauf verzichtet, obwohl es das alles dort gibt. Für mich ist das der Nabel der Welt – nur Ruhe, wohin man sich auch wendet. Außer wenn gerade einmal mit einer Kettensäge ein Baum gefällt werden muss. Aber das lässt sich von Unsereinem nicht verhindern. Dazu sind die indigenen Oberpfälzer zu robust gebaut. Da kommt kein anderer Volksstamm meiner Heimat dagegen an. Warum auch.

Als endgültigen Abschluss muss ich jetzt noch eine Episode loswerden, die sich vor meinem Urlaub ereignet hat und die mir komischerweise in Erinnerung geblieben ist. Wahrscheinlich, weil ich gerade Donald Trump, den Präsident der Vereinigten Staaten von Amerika, mit seiner Wahnsinnsfrisur (die an Dagobert Dumpf erinnert) vor Augen habe.

In einem kleinen Städtchen, ganz im Norden unseres Landes direkt an der Ostsee gelegen, hat eine Frau auf ihrem Handy aus lauter Verzweiflung oder Wut (man weiß es nicht genau) die Notruftaste malträtiert, was völlig legitim ist, wenn man verzweifelt und in Not geraten ist. Mit immer schriller werdender Stimme schilderte sie, dass sie beim Friseur sitzt, und schon dreimal hintereinander die Färbung ihrer Haare nicht nach ihrem Wunsch durchgeführt wurde.

Sie verstehen sicher, dass mir diese Entwicklung Angst macht, denn sie beweist, dass in meinem Heimatland die Ballaballas auch schon auf dem Vormarsch sind. Gott sei Dank lebe ich ganz im Süden der Republik. Da ist ein solcher oder ähnlicher Vorfall noch nicht bekannt geworden.

Eine letzte Meldung zum Schluss, und dann bin ich wirklich am Ende, im wahrsten Sinne des Wortes.

Sie erinnern sich vielleicht an den völlig untauglichen Alexander Boris de Pfeffel Johnson (das Double von Bori Johnsi), der das ganze Dilemma mit dem Austritt Großbritanniens aus der Euro-Union angezettelt hat. Ihn pries Donald Trump bei seinem Besuch auf der Insel als formidablen Nachfolger der Premierministerin.

Nach deren Rücktritt haben gestern in Großbritannien die Parlamentswahlen stattgefunden, und es kam, wie es kommen musste: Johnson hat mit haushohem Vorsprung vor seinem Widersacher, dem Außenminister, gesiegt. Der nächste Faktenverdreher, Betrüger und Lügner betritt die Bühne und kann endlich den Wettstreit mit dem bisherigen Branchenführer Donald Trump, dem Präsidenten der USA, beginnen. Es will mir nicht in den Kopf, warum sie es Putin so leicht machen, und ich verstehe nun, warum dessen Internet-Trolle schon die dritte Gehaltserhöhung innerhalb kürzester Zeit einsäckeln dürfen.

Jenseits des Atlantiks ist durch den gnadenlosen Aufklärer Robert Mueller bei einer Befragung vor dem Kongress bekannt geworden, dass gegen den Präsidenten Donald Trump erst nach der nächsten Wahl (im November 2020), sollte er dann nicht wiedergewählt werden, Anklagen wegen Behinderung der Justiz in Sachen Russland-Affäre und diverser anderer Vergehen (Steuerhinterziehung, Geldwäsche, Vergewaltigungen et cetera pp.), erhoben werden können. Eine Verurteilung wäre ihm dann so sicher, wie andernorts auf das Amen nicht verzichtet werden kann. Vorher schützt ihn noch der verfassungsrechtlich garantierte Schutz vor Strafverfolgung (praktisch Immunität), die ein Präsident genießt.

Als einem nicht genannt werden wollenden Freund Donald Trumps die prekäre Lage seines Präsidentenkumpels bewusst wurde, blieb ihm nichts anderes übrig, als ihn und sich selbst durch einen entscheidenden Tipp zu retten. Der würde Donald noch vor der nächsten Wahl zwar seinen Kopf, nicht aber das Amt retten. Da er selbst, obwohl in Russland ansässig, mit der Geschichte der Vereinigten Staten von Amerika besser vertraut ist als sein Berufsgenosse weit im Westen, fühlt er sich für ihn und sein gelegentliches Handeln mitverantwortlich (die Gründe kennen wir).

Eine ähnliche Situation, in die sich einer der früheren Präsidenten der Vereinigten Staaten von Amerika, Richard Nixon, manövriert und anschließend auf elegante Weise daraus befreit hatte, bietet sich nun auch

Donald Trump als Fluchtweg an. Es ist praktisch die einzige Möglichkeit, die überhaupt noch in Frage kommt.

Nach der Watergate-Geschichte, aufgrund der Nixon damals eine Anklage und Verurteilung wegen politischer Verschwörung und was weiß ich noch alles drohte, hat dieser kurz vor der nächsten Präsidentschaftswahl seinen Rücktritt erklärt, und sein Vizepräsident Gerald Ford ist zum Präsidenten ernannt worden. Der hat ihn danach aus alter Verbundenheit begnadigt und ihm so ein ungewisses Schicksal erspart. Für Donald Trump tut sich nun das selbe (und einzige) Schlupfloch auf, das ihm seinen Hals retten kann. Wenn er noch einen Funken Verstand besitzt, wird er nicht lange überlegen, denn in seinem Lieblings-Golf-Resort ist es sicher angenehmer, den Rest seiner Tage zu verbringen, als in einem Staatsgefängnis, das so manchen Komfort vermissen lässt. Jedenfalls behaupten das ehemalige Insassen solcher Einrichtungen. Und für seinen derzeitigen Vizepräsident Mike Pence wäre es sicher ganz schön, wenn er – wenn auch nur für ein paar Wochen – Präsident von Amerika spielen dürfte, und damit Aufnahme in die Geschichtsbücher des Landes mit den unbegrenzten Möglichkeiten finden würde.

Man darf also gespannt sein, wer von den beiden Einfaltspinseln von dieser Möglichkeit Gebrauch macht. Ob es Dagobert Dumpf auf der Erdi oder Donald Trump auf der Erde sein wird, und wer von ihnen zu lange zögern und deshalb Bekanntschaft mit dem Knast machen darf, dem einzig wahren Bestimmungsort für diese beiden. Darüber herrscht unter den Intellektuellen im gesamten Universum seit langem Einigkeit.

Mal sehen, ob es sich im Herbst 2020 tatsächlich so zuträgt, dass Donald Trump spätestens einen Monat vor der Wahl Nixons Show wiederholt und – vielleicht aus gesundheitlichen Gründen – seinen Rücktritt erklärt.

Allerdings kommt es dann noch darauf an, wie er die ganzen Jahre mit seinem Vizepräsidenten Mike Pence umgesprungen ist. Ob und wie sehr sich der vielleicht das eine oder andere Mal über ihn geärgert hat. Wenn Pence wegen wiederholter Demütigungen ein wenig eingeschnappt sein sollte und möglicherweise nun die Stunde gekommen sieht, das Konto auszugleichen, dann kann sich Donald Trump seine Begnadigung sonstwo hinstecken. Dann gnade ihm sein großartiger Gott.

In den zweieinhalb Jahren seiner Präsidentschaft scheint er alles Menschenmögliche unternommen zu haben, um als der größte jemals amtierende Idiot in diesem Amt in die Geschichte einzugehen. Endlich mal ein Eintrag, der von niemandem angezweifelt werden wird. Außer von seinen Wählern vielleicht.

Den letzten Meldungen zufolge hat er tatsächlich den Dänen (ein liebenswürdiges Volk im Norden der Dazwischenländer) angeboten, ihnen für 100 Millionen Dollar Grönland abzukaufen.

Seinen bereits fest eingeplanten Besuch in Dänemark hat er beleidigt abgesagt, nachdem ihm dort seine Idee als das absurdeste Vorhaben in der Geschichte der Menschheit bescheinigt wurde.

Um seinen Status zu festigen, machte er ein paar Tage darauf den Vorschlag, künftig Hurricane, die alljährlich die Küsten seines Landes verwüsten, mit Atombomben aufzulösen. Vielleicht könnte er bei einer solchen Gelegenheit – wie einst Baron Münchhausen mit seinem Ritt auf der Kanonenkugel – auf einer Atombombe zu seinem letzten Einsatzort gelangen und so eine nochmalige Überschwemmung von New Orleans verhindern und seiner Präsidentschaft zu einem versöhnlichen Abschluss verhelfen. Das wäre wunderbar, denn dann gäbe es auch keinen Lügenbaron mehr auf dieser Welt. Obwohl, wir haben ja Erdogaggi und die anderen Pappnasen wie Kimi Jongi Uni und wie sie alle heissen mögen, auch noch. Also wieder nichts mit Weltfrieden. Wäre auch zu schön gewesen.

Epilog

Trotz der unermüdlichen Anstrengungen von Putins Internet-Trollen finden sich neuerdings immer mehr Leute, die nicht mehr glauben wollen, was sie in den sozialen Netzwerken oder bei *you tube* zu lesen oder zu sehen bekommen. Es ist nämlich bekannt geworden (nicht ganz die Hälfte von ihnen ist von selbst draufgekommen), dass beinahe alle dort verbreiteten Meinungen und Meldungen jemandem nutzen – nicht jedoch dem Leser. Ich habe mir nun den Gefallen getan, und glaube nichts mehr, was da geschrieben steht. Ich lese es erst gar nicht mehr, und wenn, dann nur zur Unterhaltung und nicht mehr zur Information. Gaga`s und Ballaballa`s haben wir wahrlich schon genug im Land. Es reicht vollkommen, wenn sie mehrheitlich in den Vereinigten Staaten von Amerika und in England umherirren. Und Putins Troll-Armee in die Arbeitslosigkeit zu schicken, wäre doch eine hübsche Idee, die ich gerne bereit bin zu unterstützen.

Jetzt bin ich doch noch absolut endgültig am Ende meiner Zeitgeschichte angekommen, und möchte gerne noch erklären, warum ich das alles aufgezeichnet habe, wo doch das meiste davon bekannt ist. In unserer schnelllebigen Zeit vergisst man aber schnell wieder und begeht möglicherweise bei der nächsten Wahl den gleichen fatalen Fehler. Das muß unbedingt verhindert werden. Wenn ich mit diesem Büchlein dazu beitragen könnte, wäre das pfundig.

Nicht nur, dass ich fürs Leben gerne schreibe, mich nerven auch unzählige Beispiele in den Geschichtsbüchern, die davon Zeugnis geben, wie darin gelogen, betrogen, beschönigt, korrigiert und verschleiert wird. Eines der besten Beispiel ist, wie man mit dem gewaltsamen Tod unseres geliebten Märchenkönigs Ludwig II. umgeht. An der Geschichte stimmt überhaupt nichts. Egal, ist heute auch nicht mehr wichtig.

Oder die abenteuerliche Historie von dem Sohn unseres Gottes, der angeblich von den Toten auferstanden ist. Tatsächlich hat sich seine Kreuzigung am Nachmittag während eines Pessach einen Tag vor dem Sabbat zugetragen. Der vermögende Josef von Arimathäa hat Pontius Pilatus um die Erlaubnis gebeten, den Leichnam vom Kreuz abnehmen zu dürfen. Da zu diesem Zeitpunkt alle der Meinung waren, dass Jesus bereits tot sei und Pontius Pilatus und seine Truppe auch langsam Feierabend machen wollten, wurde diesem Wunsch entsprochen. Das Pessach-Fest dauert ein paar Tage, es soll an den Auszug aus Ägypten erinnern, an die Befreiung der Juden aus der Sklaverei. Das ist schon mehrtägige Feierlichkeiten wert. Da wollte man von Anfang an dabei sein und das leidige Thema Jesus Christus endlich vom Tisch haben.

Josef bahrte ihn in der Gruft auf, die er für seine eigene Beerdigung vorgesehen und erworben hatte. Dabei stellte er fest, dass noch Leben in Jesus` Körper war. Dessen Jünger hatten sich inzwischen aus dem Staub gemacht, denn ihnen war die Nähe zum Erlöser zu brenzlig geworden. Und Jesus konnte nach seiner Genesung auch nicht mehr auf die Bühne zurück, weil das Pontius Pilatus garantiert auf dumme Gedanken gebracht hätte. Wer will schon ein zweites Mal ans Kreuz genagelt werden. Der einzige Verlierer der Geschichte war der gute Josef von Arimathäa, der danach zu 40 Jahren Kerker verurteilt worden ist, weil ihn der hinterfotzige Pontius Pilatus des Diebstahls der Leiche Jesus bezichtigt hatte. Der Erlöser aber war auf und davon.

Das alles konnte man später unmöglich in Evangelien schreiben, weil es einfach nicht spektakulär genug war. Für Wunder dagegen sind die Menschen empfänglicher. Und da die besten Geschichten- und Märchenerzähler schon immer aus dem Orient kamen, machte sich in ihren Erzählungen eine Auferstehung besser als das Erwachen aus einer Ohnmacht oder einem Koma. Vor allem im Hinblick auf den Start einer neuen Religion und die unbegrenzten Möglichkeiten, damit Arbeitsplätze zu schaffen (wie Pfarrer, Pfarrersköchinnen, Bischöfe, Kardinäle, Päpste und unzählige Mätressen genauso wie gewaltige Söldnerheere, Missionare, Mönche, Nonnen usw.). Und damit endlose, nie versiegende Geldströme in Bewegung zu setzen und gewaltige Reichtümer für die Kirche und sich selbst anzuhäufen. Gigantischer Landbesitz von Klöstern und Diözesen zum Beispiel und grandiose Kunstsammlungen in den Gewölben des Vatikans (der Firmenzentrale), deren Herkunft mehrheitlich zweifelhaft sind. Nach dem Einmarsch der deutschen Wehrmacht in Paris hat man bei den Plünderungen die Gemälde mit den Nazis geteilt. Der Zugang zu diesen Kunstschätzen im Vatikan wird nicht gestattet, schon gar nicht ehemaligen Mitarbeitern des Louvre, denn denen könnte das eine oder andere Bild bekannt vorkommen.

Die Kirche erinnert uns bei jeder Gelegenheit daran,

dass nur diejenigen selig sind oder werden, die einen festen Glauben haben. Wissen oder irgend eine Ahnung, dass da was nicht stimmen kann, sind nicht gefragt. Das könnte die Menschen zum Nachdenken anregen und somit den Geldfluss schwinden oder gar versiegen lassen. Und so manchem Priester den Zugang zu Kindern erschweren oder gänzlich verwehren.

Ausdrücklich möchte ich die Kirchendiener ausnehmen, die ihr Leben den sozial Benachteiligten gewidmet haben und dort aufopferungsvoll zum Wohl der Armen und Schwachen ihren Dienst verrichten. Vor ihnen habe ich allergrößte Achtung. So gesehen, haben auch die meisten Religionen und ihre Lügen einen Sinn. Und so manche Gottheit.

Dazu passt eine Meldung des vergangenen Sommers, die besagt, dass der charismatische Pfarrer Norbert W. der Gemeinde Fröndenberg sein Amt niederlegte, weil er mit der machtbesessenen, überheblichen Kirche nichts mehr anzufangen wusste. Die Kirche in seiner Pfarrei war bis zuletzt gut gefüllt, wenn er die Messe las. Ohnehin ein Phänomen, betrachtet man die leeren Bankreihen in den meisten Kirchen im Lande. Ein guter Mann geht, weil es in seinem Verein inzwischen mehr Poiltiker als Seelsorger gibt. Letztere sind immer lästiger geworden. Die würden überschüssige finanzielle Mittel womöglich für Bedürftige einsetzen. Soweit kommt's noch!

Zurück zu einem Land, das Chaos jeglicher Art erfunden zu haben scheint. Sein erfinderisches Volk, das sogar einem de Pfeffel das Vertrauen schenkt, überrascht mit der Ankündigung, eine Kathetrale zwischen den Gottesdiensten umzufunktionieren. In England hat eine Gemeinde diesen Weg gewählt, um überhaupt wieder Leute in die Kirche zu locken. Wenn keine Messe stattfindet, werden neuerdings die Bankreihen herausgenommen und ein mobiler Minigolf-Parcours aufgebaut. Ein kleiner Junge (praktisch Teil einer Zielgruppe dieser Aktion), den man nach einer Golfrunde gefragt hat, wie es ihm in der Kirche nun gefällt, sagte: „Das Gelaber ist nicht zu ertragen. Das tue ich mir nicht an, aber zum Golfspielen werde ich schon ab und zu vorbeischauen."

Da es den Menschen im freien Teil der Erde erlaubt ist, sich eigene Gedanken zu machen und sich ihre Religion selbst auszusuchen, sympathisiere ich mit dem Gott der Indianer, den sie *Großer Geist (Wakantanka), das große Mysterium* nennen.

Nordamerika war ein Paradies, bevor die Katholiken und Protestanten im Namen unseres Gottes darüber herfielen und die Ureinwohner massakrierten und beinahe ausrotteten, danach das ganze Land ausbeuteten und noch immer die letzten Krümel an Bodenschätzen herauspressen. Die Indianer hingegen wandelten auf Mutter Erde mit dem Vorsatz, sie nicht zu verletzen und nur zu nehmen, was sie zum Leben brauchten und nichts, um damit Reichtümer anzuhäufen. Den Begriff "Gier" gab und gibt es bis zum heutigen Tag in ihrem Wortschatz nicht.

Nachdem sie bei der Jagd ein Tier erlegt hatten, bedankten sie sich bei dem Geschöpf, dass es für sie sein Leben gelassen hat. Den gottesfürchtigen neuen Besitzern des Landes fehlte dafür die Zeit, denn sie hatten genug mit Nachladen zu tun.

Die Lebensgrundlage der indianischen Stämme waren die Büffel, von denen bis zu 50 Millionen den grünen Gürtel der Grand Plains durchstreiften. Nach dem systematischen Abschlachten blieben lediglich einhunderttausend übrig. Mancher weiße Jäger brachte es auf 1500 getötete Bisons im Monat, wofür er drei Dollar pro Fell kassierte. Das Fleisch verdarb zumeist unter brütender Sonne. Das erwirtschaftete Geld brachte man danach im Bordell oder am Spieltisch durch.

Eine weitere Lüge in den Geschichtsbüchern dieser Welt ist die angebliche Entdeckung Amerikas durch Christoph Kolumbus (hätte die nur nie stattgefunden!).

Inzwischen weiß man längst, dass vor Kolumbus bereits andere Männer Amerika entdeckt haben. Trotzdem taucht er immer wieder als der Finder der neuen Welt auf.

Der Wikinger Leif Eriksson erkundete auf seiner Rückreise von Norwegen (er war dort, um am Königshof Aufnahme zu finden, was ihm gelang) nach Grönland um das Jahr 1000 herum, also rund 500 Jahre vor Kolumbus, unbekanntes Land an der nordamerikanischen Küste. Vor ihm war bereits Bjarni Herjólfsson auf seiner Reise nach Grönland dort, betrat den Kontinent aber nicht. Leif Eriksson jedoch setzte seinen Fuß auf das Land und gilt daher als der Entdecker Amerikas. Bei späteren Fahrten überwinterte er dort und erforschte auch Markland und Helluland und Vinland, das heute als Neufundland in den Karten Aufnahme findet. Archäologische Funde aus dieser Zeit geben Zeugnis davon.

Obwohl ich im Geschichtsunterricht stets besonders aufmerksam zuhörte, habe ich von Abū Bakr, dem König des Mali-Reiches in Westafrika, nie etwas gehört. Meine Mitschüler auch nicht. Erst bei meinen Recherchen bin ich auf seinen Namen und seine Taten gestoßen. 200 Jahre vor Kolumbus hat er eine Expedition nach Westen über den Atlantik geleitet und erfolgreich abgeschlossen. Dort angekommen hat er die Afrikanische Kultur salonfähig gemacht. Weitaus erfolgreicher, als das unsere Kanzlerin und unsere ehemalige Verteidigungsministerin in Afghanistan versuchten. Und mit dem Islam hat Abū Bakr die Ureinwohner beglückt.

Die wurden später von den Spaniern und ihren mitgebrachten christlichen Missionaren abgeschlachtet, weil sie sich auf Teufel-komm-raus nicht missionieren lassen wollten. Sie hatten ja schon zwei Religionen, ihre eigene und den Islam, die ihnen vollkommen genügten.

Diese Version gefiel unseren christlichen Bekehrern ganz und gar nicht. Der Prophet Mohammed wurde schließlich erst 573 Jahre nach Jesus Christus geboren. Somit glaubten sie, die älteren Rechte an den Ureinwohnern zu haben, und außerdem war, ganz Süd- und Mittelamerika und später auch Nordamerika dem einzig wahren Glauben zuzuführen, eine gigantische Aufgabe und Herausforderung, die sie gerne annehmen wollten. Da hatte der Islam nichts zu suchen. Das dabei erbeutete Gold der Ureinwohner war nur Beiwerk, das man halt mitnahm, weil`s da war.

Das Kriegführen im Namen welchen Gottes auch immer und das Verfälschen der Geschichte ist kein Phänomen der Neuzeit, sondern wird seit Tausenden von Jahren gepflegt. Eigentlich, seit es Aufzeichnungen gibt. In Zeiten, als Geschichte aus Mangel an Computern von Mund zu Mund weitergegeben wurde, waren die Erzähler gezwungen, sich strikt an die Fakten zu halten. Heute weiß man zum Beispiel: Je öfter Frauen eine Geschichte weitererzählen, desto abenteuerlicher und spektakulärer wird ihr Ausgang. Deshalb waren auch Geschichteerzähler immer Männer.

Mir war es ein Anliegen, unseren Kindern und Kindeskindern ein Zeugnis zu geben, wie es in der Zeit vor Beginn des Jahres 2020 gelaufen ist. In einer Zeit, in der die Verhältnisse weltweit von Chaos und Willkür bestimmt wurden und Präsidenten nach Belieben schalten und walten konnten. Präsidenten und Präsidentinnen, die völlig neben der Spur standen und keinen Funken Anstand im Leib hatten. Das Streben nach Macht und Popularität war ihr steter Antrieb. Sie führten sogar einen "Welttag gegen Kinderarbeit" ein, der am 12. Juni eines jeden Jahres gefeiert wird. Da werden einen Tag lang alle Regierungen und allerlei Organisationen aufgerufen, etwas gegen die erbärmlichen Bedingungen von 152 Millionen Kindern auf den Müllkippen dieser Welt zu unternehmen. Und bei diesen Aufrufen bleibt es dann. Leider ist kein Geld für sie locker zu machen, denn das muss man in die Aufrüstung stecken, um sich gegen Menschen zu schützen, die man sich zuvor als Feind aufgebaut hat. Oder man muss sich der religiösen Fanatiker erwehren, die alle ihre Religion für die einzig Wahre halten. Kein Wunder, dass so viele den Ausweg ihm Atheismus suchen und dadurch endlich ihren Seelenfrieden finden. Sie sparen eine Menge Sprengstoff und Munition, weil sie keinen Andersgläubigen mehr in die Luft jagen oder niederschießen müssen.

Im Jemen sind in den letzten Jahren 85000 Kinder an Seuchen, Hunger, und an westlichen Waffenlieferungen für ihre Nachbarn, die dort ihre zweifelhaften Interessen verfolgen, gestorben. Das alles lässt die Politik der führenden Industrienationen dieser Welt zu.

Vielleicht kommt es zukünftig ja noch dicker und unsere Nachkommen werden sagen: „Ihr habt es vielleicht gut gehabt." Wäre auch möglich, würde mich im nachhinein aber nicht trösten.

Hoffnung macht mir der Nicht-Gaga-Anteil unserer Jugend (der sich nicht den ganzen Tag beim Wischen über das smarte Telefon schweigend gegenübersitzt). Diese jungen Leute sind gewitzter als die gegenwärtige Politikergilde. Hoffentlich lernen sie einen Beruf (nur nicht wieder Anwalt, dann lieber Tischler, Klempner, Metzger, Bäcker usw), bevor sie sich evtl. auf das politische Parkett begeben. Zu wünschen wäre es ihnen – vor allem aber uns. Es ist sicher nicht von Nachteil, wenn sie das wirkliche Leben und dessen Herausforderungen kennenlernen, bevor sie Entscheidungen für die Menschen in ihren Ländern treffen.

Bei diesem Gedanken erscheinen vor meinem inneren Auge wieder die Indianer, bei denen nur Entscheidungen getroffen werden durften, die noch der siebten Generation nach ihnen bessere (oder wenigsten gleich gute) Bedingungen bieten mussten, als sie gegenwärtig herrschten. Sie dachten und handelten 140 Winter weit in die Zukunft, weiter, als das von den Politikern heutzutage erwartet werden kann. Die schaffen es allerhöchstens, eine Legislaturperiode weit vorauszuschauen, wenn überhaupt. Viele können noch nicht mal von 12 Uhr bis Mittag denken. Sie brauchen dann externe Berater, die für ihre untauglichen Ratschläge dreistellige Millionenbeträge in Rechnung stellen. Abermillionen, die unseren einheimischen Rentnern ein menschenwürdiges Dasein ermöglichen könnten.

Da drängt sich die Frage auf, warum wir überhaupt Politiker brauchen, wenn doch externe Berater sagen, wo es langgeht. So könnten wenigstens Diäten gespart werden. Und unsere Soldaten müssten nicht für ihre Kameraden die Unterhosen zurückgeben.

Nur um zu verkünden, was sich andere ausgedacht

haben, braucht es keine Abgeordneten und Minister.

Das geht aber wiederum nicht, denn es muss jemanden geben, der seinen Kopf hinhält, wenn im Verteidigungs- oder Verkehrs- oder Innenministerium wieder einmal „Land unter" herrscht. Die Namen externer Berater tauchen dann nicht auf. Sie lassen den Politikern den Vortritt. Sollen die ihren Kopf hinhalten. Dafür sind sie schließlich gewählt worden. Außerdem können die sich für ihr Versagen entschuldigen und gleich danach ins nächste Ressort hinüberwechseln, was sich in den letzten Jahren als gängige Praxis etabliert hat. Der externe Berater kann das nicht. Wenn der gefeuert wird, kann er stempeln gehen. Den will dann keiner mehr. Das passiert allerdings auch nicht, denn sie halten zusammen wie Blutsbrüder, quasi wie *Winnetou* und *Old Shatterhand* oder wie *Dick und Doof.* Und die Abgeordneten und Minister pinkeln ihnen auch nicht ans Bein, denn ohne ihre Berater sind sie völlig aufgeschmissen, weil auch für kleinste Probleme unter ihrer Ägide keine passenden Lösungen gefunden werden. Die endlosen Debatten über Für und Wider verhindern das. Das ist der Segen und gleichzeitige Fluch der Demokratie.

Politiker, die in Demokratien ihr Unwesen treiben, sind stets um Kompromisse bemüht, weil sie unfähig sind, einen guten Gedanken anderer Parteien (z.B. Koalitionspartner) gut zu heissen. Wenn der Vorschlag nicht aus den eigenen Reihen kommt, taugt er nichts. Mir ist des öfteren unangenehm aufgefallen, dass besonders Frauen unter ihnen bei Debatten dazu neigen, einem bereits das Wort abzuschneiden und zu einem Gegenargument anzusetzen, bevor sie überhaupt wissen, worum es eigentlich geht. Falls sie es doch erwarten können, ist es ihnen unmöglich, das so stehen zu lassen. Der Vorschlag, der nicht von ihnen kam, muss deshalb augenblicklich modifiziert werden. Oder man findet letztendlich einen Kompromiss, auf den man sich schweren Herzens einigt. Der aber ist nur dazu geeignet, dem anderen zu zeigen, dass er auch nicht recht hatte, oder dass man es besser weiß. Es scheint sich dabei um eine Art Zwangsneurose zu handeln, die behandelt werden müsste. Da aber zu viele davon betroffen sind, fehlt es an Therapeuten. Das Schlimme dabei ist, dass Therapeuten auch stets um Kompromisse bemüht sind, um überhaupt einen kleinen Erfolg bei ihrer Behandlung erzielen zu können.

Sie sehen, dass wir uns hier in einem Teufelskreis befinden, der nicht zu durchbrechen ist. Praktisch ein löbliches, jedoch unmögliches Unterfangen. Was man als Fazit noch bemerken könnte, wäre, dass ein Kompromiss noch nie irgend jemandem genutzt hat. Da muss man aber erst mal draufkommen. Unsere Politiker bestimmt nicht. Putin schon. Der Mafiapate auch.

Ein halbes Jahr braucht man hierzulande schlimmstenfalls nach einer Wahl, um eine einigermaßen tragfähige Regierung zu bilden, und eineinhalb Jahre vor der nächsten Wahl beginnt der neuerliche Wahlkampf. Es verbleiben kümmerliche zwei Jahre, um etwas Vernünftiges für sein Volk zu erreichen. Die meiste Zeit davon geht jedoch mit Positions- und Machtkämpfen oder der Verunglimpfung politischer Gegner drauf. Viele haben anscheinend das Pech gehabt, eine Kinderstube wie Donald Trump durchleben zu müssen. Bei dessen Erziehung ist der Respekt vor den Mitmenschen (oder politischen Gegnern) auch nicht zur Sprache gekommen. Eigentlich können sie einem Leid tun – mir nicht!

Viele Versprechen, die vor Wahlen gemacht wurden, konnten aus Mangel an Zeit nicht umgesetzt werden. Sie werden vor dem nächsten Wahlgang wieder aufbereitet.

Das funktioniert ganz gut, denn die Mehrzahl der Wähler hat sie längst wieder vergessen. Vor allem die dahindarbenden Rentner, deren Gehirne wegen Mangelernährung nicht mehr so gut funktionieren. Ich weiß wovon ich schreibe, denn ich bin einer von ihnen.

Abschließend muss ich Sie und meine bereits verstorbenen Eltern in aller Form um Vergebung bitten, denn bei meiner Niederschrift der Ereignisse seit der unsäglichen Wahl Donald Trumps zum Präsidenten der Vereinigten Staaten von Amerika ist ein paar Mal der Gaul mit mir durchgegangen. Dabei habe ich meine gute und liebevolle Erziehung vollkommen vergessen. Und irgendwann habe ich anscheinend selbst Erde und Erdi verwechselt. Ich bin schon so durcheinander mit dem ganzen Hin und Her, dass ich gar nicht mehr weiß, auf welchem Planeten ich mich eigentlich befinde und was sich wo zugetragen hat. Mist!

Sie werden sicher verstehen, wie wichtig mir der nun angedachte Gang in meinen Biergarten ist, der mir Geborgenheit und Vertrautheit bietet. Ich wollte, Sie könnten mich begleiten!

Außerdem bin ich gespannt, was der Sepp und der Seppi heute so draufhaben. Die beiden würden Ihnen auch gefallen. Man kann einiges von ihnen lernen.

Servus miteinander.
Macht`s gut und … prost Mahlzeit!

Ebenfalls bei BoD erschienen

Falk Wegner war Personenschützer bei der Familie des superreichen Leo Densing, der seinen Lebensmittelpunkt, nicht nur aus steuerlichen Gründen, an den Zürichsee verlegt hat. Notwendigerweise betreute Falk immer wieder auch Densings Frau Loretta.

Eine illegale Abhöraktion, die er nicht initiiert, jedoch die Verantwortung dafür übernommen hat, kostet ihn den Job. Nicht nur er, sondern in besonderem Maße ein befreundetes Ehepaar seiner Schutzpersonen, dem das Abhören galt, verlor dabei seine Protektion und somit die anvisierte Zukunft. Da Falk Wegner seit seiner Kindheit die Malerei als Autodidakt studierte und in seiner Freizeit ausübte, zieht er sich daraufhin auf *die größere* der Baleareninseln für die Dauer eines Jahres zurück, um Abstand zu gewinnen und zu Malen. In der abgelegenen Villa eines Freundes will er den Grundstein für seine neue Profession legen, und das Leben mit gutem Essen und Wein genießen.

Ein Katz – und Mausspiel nimmt auf der Insel seinen Anfang und eskaliert. Darin verwickelt sind nicht nur Falk Wegner, sondern auch die geheimnisvolle Schönheit Nathalie, die das Liebesspiel vorübergehend zu ihrem Beruf gemacht hat, als auch der vierzehnjährige Einheimische Emilio, dem Falk Unterricht im Bogenschießen erteilt, und der des mehrfachen Mordes wegen gesuchte Russe Jurek Michailow, der den Auftrag angenommen hat, Falk Wegner vom Leben zum Tode zu befördern.

Liebe, Trauer, Gewalt und Glück (Suerte) in vielerlei Hinsicht werden Wegners Begleiter. Die Schönheit der Insel und die Liebenswürdigkeit ihrer Bewohner sorgen für eine facettenreiche Mischung aus paradiesischer Idylle und Alptraum. Der Bogen der Handlung spannt sich von Mallorca über die Pyrenäen, den Zürichsee, den Nationalpark Oberpfälzer Wald, München, Wien und Tiflis bis hin nach Sibirien.

Die bewegte Vergangenheit, die der Autor G. Juris nicht nur als Leibwächter, sondern auch als Spieler lebte, veranlasst ihn am Ende der Geschichte, professionellen Roulettspielern einen gedanklichen Anreiz zu geben.

Das Geschriebene hat zum Teil autobiographischen Ursprung. Nicht jedoch die Personen, die um Falk Wegner herum die Geschichte tragen. Sie sind allesamt Fiktion.